THE BOOK
OF
JOY

Dalai Lama and
Desmond Tutu with
Douglas Abrams

よろこびの書

変わりゆく世界のなかで
幸せに生きるということ

ダライ・ラマ
デズモンド・ツツ
ダグラス・エイブラムス
菅靖彦 訳

河出書房新社

目次

2日目と3日目
喜びをさまたげるもの

4日目と5日目
喜びの八本柱

装丁・本文デザイン＝松田行正＋杉本聖士

よろこびの書

喜びへの招待状

私たちはダライ・ラマの八〇歳の誕生日を祝うため、インドのダラムサラで一週間共に過ごしました。おかげで、友情を存分に楽しむことができました。人々への誕生日プレゼントとして、本書を生み出すこともできました。この世で誕生ほど喜ばしいことはおそらくありません。にもかかわらず、人生の大半は悲しみ、ストレス、苦しみの中で費やされます。このささやかな本が、喜びと幸せへの招待状になってくれることを願っています。

私たちの未来を決定するのは暗い運命ではありません。私たち自身です。私たちには、毎日、刻一刻と命をつなぎ、地球上での人生の質を向上させる力が備わっています。その力を巧みに用いなければなりません。

永続する幸せはなんらかのゴールや業績を追いかけることによっては得られません。富や名声の中にも見出せません。私たちの心の中にのみ存在します。今ここで、あなたにそれを見つけていただきたいのです。

私たちの共同執筆者であるダグラス・エイブラムスは、親切にもこのプロジェクトに協力することに同意し、ダラムサラでの一週間の滞在中、私たちにインタビューをしてくれました。私たちは彼に、私たちの発言をまとめるだけではなく、ナレーターとしての意見も織り交ぜてくれるよう頼みました。そうすれば、私たちの見解や経験だけではなく、彼がよく知る科学者たちが発見した喜びの源泉も読者と共有できるからです。

読者は私たちを信じる必要はありません。実際、私たちが述べていることは、信仰の条文などではありません。まったく異なる世界に住む二人の友人が、これまでの長い人生で目撃し、学んできたことを話しているだけなのです。本書に書かれていることが真実かどうかは、ご自分の人生に照らし合わせて判断してください。

毎日が新たな一歩を踏み出すチャンスです。毎日があなたの誕生日なのです。

本書が、生きとし生けるものやあなたを含む神の子たちの祝福になってくれますように。

テンジン・ギャツォ・ダライ・ラマ

デズモンド・ツツ南部アフリカ聖公会元大主教

イントロダクション

ダグラス・エイブラムス

小さな空港で飛行機を降りると、ジェット・エンジンが轟音を響かせる中、二人の旧友は抱擁(ほうよう)しあった。ヒマラヤのふもと、冠雪した丘が背後にそびえ立っている。大主教はダライ・ラマの両頬に優しく触れ、ダライ・ラマは大主教に投げキスを送るかのように唇をすぼめた。それは愛情と友情に溢(あふ)れた一瞬だ。一年を費やしてこの訪問に備えた私たちは、この会談が世界にとってどんな意味を持つかよくわかっていたつもりだが、一週間共に過ごすことが二人にとってどんな意味を持つかは、まだ気づいていなかった。

インドのダラムサラにある亡命中のダライ・ラマの住まいで行なわれた一週間の対話を読者にお伝えするのは、とても名誉なことだ。だが同時に、気の遠くなるような責任も感じる。本書において私は、二人の親密な会話を読者と分かち合うことに努めた。それはいつ終わるともしれない笑いに満ち溢れていたが、時折、愛のエピソードや愛するものを失ったときの思い出が語られ、深い感動を呼び起こした。

これまで数えるほどしか会ったことがないにもかかわらず、彼らは堅い絆(きずな)で結ばれ、お互いに相手を「お茶目な霊的兄弟」とみなしていた。彼らが今回のように多くの時間を一緒に過ごし、友情を思う存分楽しむチャンスは、以前にもなかったし、おそらく今後もないだろう。

だが、死が思いのほか近くにあることを思い知らされる事態が発生し、大主教が同僚の葬儀に出席できるよう旅の計画を練り直さなければならなくなった。健康問題とグローバルな政治問題が共謀して二人を引き離していたので、今回が一緒に過ごす最後の機会になるかもしれないとの認識が私たちにはあった。

五台のビデオカメラと照明に取り囲まれ、私たちは一週間、光の中に座っていた。ダライ・ラマの敏感な目をいたわるために光は柔らかなものが用いられた。喜びを探求する旅の途上で、私たちは人生のもっとも奥深いたくさんのテーマについて語り合った。私たちが追求したのは、環境の変化に左右されない真の喜びだ。ともすれば喜びを味わえなくする障害に取り組む必要があることも理解していた。対話の間に、二人の偉大なリーダーは〝喜びの八本柱〟を描き出すことになる。四本の心（マインド）（精神）〈思考の中枢を表わす〉の柱と四本の心（ハート）（臓）〈感情の中枢を表わす〉の柱である。彼らは、絶え間なく変化する過酷な世界の中で、永続的な幸福を見つけるための糧（かて）となる洞察（どうさつ）を集めようとする際、もっとも重要な原理にかんしては同調しながらも、それぞれ啓発的な独自の見解を示してくれた。

私たちは毎日、温かいダージリンティーを飲み、チベットの平たいパンをちぎって食べた。インタビューの撮影クルー全員が、毎日のお茶とランチに招待された。一度、例外的な朝があった。ダライ・ラマが自分のプライベートな邸宅の中で、大主教に瞑想（めいそう）の修行を紹介したのだ。それに対して、大主教は、通常であればキリスト教の信者だけに取っておかれる儀式、聖体拝領をダライ・ラマに授けた。

最後に、週末、チベットを逃れた子供たち――中国政府によって、チベットの文化と言語に基づく教育を受けるのを妨げられた子供たち――のために創（つく）られた寄宿学校の一つであるチベット子供村でダライ・ラマの誕生日を祝った。子供たちは両親に見送られ、ガイドと一緒に山道を越え、ダライ・ラマの学校の一つに送り届けられる。一〇年以上も会えないと知っていながら、子供たちを遠くに送り出す両親の心痛を想像するのは難しい。心に傷を負った子供たちのいる学校のど真ん中で、僧院の誓いによってダンスを禁じられているダライ・ラマが、大主教の意気軒昂（けんこう）な踊りに触発されて、ためらいがちながら初めてシミー〔肩や腰を激しく振るダンス〕を踊った。それを見た二〇〇〇人以上の学生と教師が大歓声を上げた。

★ ★ ★

ダライ・ラマと大主教は現代を代表する偉大な霊的教師であるが、自らが属する伝統を超えた道徳のリーダーでもある。彼らはなにかを語るとき、つねに人類全体の安寧（あんねい）や幸福を念頭に置いている。今はやりの冷笑的な態度に屈しない彼らの勇気や回復力、それに人間性への粘り強い希望は、何百万人もの人々を鼓舞（こぶ）している。彼らの喜びは安易であったり表層的であったりすることなく、逆境や圧制や葛藤（かっとう）の火によって鍛（きた）え上げられたものだ。ダライ・ラマと大主教は、喜びが実際に私たちの生得権であり、幸せよりも根本的なものであることを私たちに思い出させる。

「喜びは――」と大主教は言う。「幸せよりもはるかに大きい。幸せは往々にして外部の状況次第とみなされるが、喜びはそうではない」。喜びに満たされた心の状態は、ダライ・ラマと大主教が、私たちの人生を活気づけ、最終的に満たされた意味のある人生に導くとみなしているものだ。

二人の対話は、ダライ・ラマが「人生の目的」――苦しみを避け、幸せを見出すこと――と呼んだものについてだった。彼らは人生の避けられない悲しみに直面しながらも、喜びを持って生きる方法について、苦労して得た知恵を惜しみなく披露(ひろう)した。どうすれば喜びを、**束の間の状態から永続する性質に**、はかない感情から持続する存在のあり方に変容できるかを共に探ったのだ。

★　★　★

本書はそのはじまりから、三層のバースデイケーキとして思い描かれている。

第一の層はダライ・ラマと大主教ツツによる喜びについての教えである。日々の困難――朝の交通渋滞へのいらだちから、家族を養えないのではないかという不安、私たちを不当に扱う人たちへの怒り、愛する人を失った哀しみ、病気、死の危険にいたるまで――に直面しても、実際に喜びに満ちて生きることは可能なのだろうか？　自分の人生の現実を、なにも否定せずに受け入れ、避けられない痛みや苦しみを超越するにはどうすればいいのだろう？　自分の人生がうまくいっていたとしても、多くの人が苦しんでいるとき――貧困が人々から未来を奪い、暴力やテロが横行し、生態学的な荒廃(こうはい)が地球上の生命を危険にさらしているとき――、喜びに包まれて生きるにはどうしたらいいのだろう？　本書はそのような疑問に答えようとするものである。

二番目の層は喜びについて、また、永続する幸せに欠かせないと彼らが信じるすべての性質についての最新の科学からなっている。脳科学や実験心理学の新しい発見により、今や、人間の幸福についての奥の深い洞察がたくさん存在する。

この旅の二か月前、私は幸福研究のパイオニアである神経科学者リチャード・デイヴィッドソンとランチを共にした。彼は実験室で瞑想を研究し、瞑想が脳に測定可能な利益をもたらすことを発見した人物である。私たちは、サンフランシスコにあるベトナム・レストランの外のテーブルに座った。いつも吹いている風が、彼の灰色がかった黒のボーイッシュな髪の縮れ毛に吹きかかっていた。生春巻を食べている最中、デイヴィッドソンが言った。かつてダライ・ラマが、元気づけてくれる瞑想——とくに早朝、ベッドから出て座るとき——の科学を発見したと自分に告白したことがある、と。もし科学がダライ・ラマの助けになるなら、私たちにとってはもっと助けになることだろう。

私たちは往々にしてスピリチュアリティと科学を互いに反目しあう敵対する力とみなす。けれども、大主教ツツは、さまざまな知識分野が同じ結論を指し示すのを「自己確証の真理」と呼び、その重要性を強調した。同様に、ダライ・ラマも、本書が仏教徒やキリスト教徒の本ではなく、科学によっても支えられている普遍的な内容であると認識することの大切さを強調した（私のことも打ち明けよう。私はユダヤ教徒であるが、世俗の人間でもある。やや冗談めいて聞こえるかもしれないが、仏教徒とキリスト教徒とユダヤ教徒が一緒にバーに入っていく……）。

バースデイケーキの第三層は、一週間の間、ダライ・ラマや大主教に付き添ったダラムサラでの**物語**である。個人をクローズアップしたこれらの章は、最初の抱擁から最後の別れに至るまでの旅に、読者が参加できるよう意図したものだ。

また、巻末には「喜び(ジョイ)を実践(プラクティス)する」を収録した。二人の教師が、自身の感情生活や霊的生活の基盤となっている日々の実践を話してくれたのだ。ここでの狙(ねら)いは、喜びに溢れた人生の青写真を作ることではなく、ダライ・ラマや大主教はむろんのこと、さまざまな伝統において、一〇〇〇年以上もの長きにわたって、無数の人たちの役に立ってきたテクニックや伝統的技法の一部を提供することにある。これらの実践が、本書に掲げられている教えや科学、物語の知恵を読者の日常生活に取り入れる一助になってくれることを願っている。

★★★

私は、現代の多くの偉大な霊的教師や科学のパイオニアたちと仕事をする特権に恵まれ、健康や幸福に関する洞察を人々に伝える手伝いをしてきた（科学者の多くが、寛大にも、自分たちの研究成果を本書に提供してくれた）。私が喜びに魅了された——取りつかれたと言ってもいい——のは、愛のある家庭で育っている間に始まったと確信している。若いとき、幸せな家庭生活が憂うつ症で曇らされるのを経験したのだ。若い頃のそうした苦しい体験から、人間の苦しみの多くが、頭や心（臓）の中で起こることを私は知った。ダラムサラでの一週間は、喜びと苦しみの両方を理解するための生涯の旅における胸躍る驚くべきクライマックスのように感じた。

私は人々の大使として、五日間のインタビューの間、二人に同席し、地球上でもっとも慈悲深い二人の人間の目を見つめていた。スピリチュアルな教師の前に出ると、魔法にかかったような気持ちになると言う人たちがいるが、私はそのことに関してきわめて懐疑的である。ところが初日から、頭がうずき出していることに気づいた。それはおそらく、愛に溢れた二人の瞳を見て、共感する特別な脳細胞である私のミラーニューロンが反応したせいだろう。

幸運なことに、彼らの知恵を結晶させる難しい仕事に取り組んでいるのは私一人ではなかった。三〇年以上にわたりダライ・ラマの主席英訳者を務めている仏教学者のトゥプテン・ジンパが、旅の最初から最後まで同行してくれた。長年、彼は仏教の僧であったが、カナダでの結婚生活や家庭生活のために僧衣を脱ぎ、言葉の翻訳だけではなく、洋の東西の文化を翻訳する適任のパートナーとなった。私たちは対話に同席していたが、ジンパは質問を準備し、答えを解釈するのを手伝ってくれた。信頼できる協力者である彼とは、その後、親友となった。

質問は私たちだけがしたのではない。私たちは喜びについての質問を受け付けることを、世界に向かって呼び掛けた。募集期間は三日しかなかったにもかかわらず、一〇〇〇通以上の質問を受け取った。もっとも多い質問は、いかにすれば喜びを見出せるかではなく、苦しみに満ちた世界の中で、いかにすれば喜びをもって生きられるかということだった。

★★★

その週の間、彼らはお互いの面前でたびたび指を振り、愛情をこめて握手をした。最初のランチの折、大主教がダライ・ラマと一緒に行なった講演での笑い話を披露した。彼らが舞台に上がる準備ができたとき、慈愛と平和の世界的な象徴であるはずのダライ・ラマが、霊的な兄である大主教の首を絞めるまねをしたのだという。大主教はダライ・ラマに言った。「ヘイ、カメラが回ってるんだぞ、聖人のようにふるまいなさい」

この二人の男性は、日々、どのようにふるまうかの選択が重要であることを思い出させる。聖人ですら、聖人のように行動しなければならないのだ。しかし、この二人が世間の人やお互いに対して挨拶するやり方は、私たちが普段イメージする真面目で厳しく敬虔で控えめな聖人のふるまいとは似ても似つかない。

大主教は自らを聖人だと主張したことはないし、ダライ・ラマは自分自身をただの僧侶とみなしている。彼らは、痛みと不安に満ちたありのままの人生を私たちに提示する。不安の中にあっても一定レベルの喜びや平和、勇気を発見できるということを、彼らは示してきた。彼らが本書で望むのは、ただ単に自分たちの知恵を伝えることではない。彼らの人間性を感じ取ってもらうことを望んでいるのだ。苦しみは避けられないが、その苦しみにどのように反応するかは私たちの選択であると彼らは言う。圧制や占領でさえ、どう反応するかを選択する自由を奪えないのだ。

　大主教の主治医が今回の長旅を許すかどうかは、最後の最後までわからなかった。再発した前立腺癌は今回、治療にゆっくり反応した。大主教は現在、治療が癌を寄せ付けないかどうかを見きわめるため、実験プロトコル〔分子生物学や生化学の実験において、実験の手順や条件などを記述したもの〕の請求をしている。ダラムサラに着陸したとき、私をもっとも驚かせたのは、大主教がにこやかな笑顔でブルーグレイの瞳をきらきら輝かせ、興奮と期待、そして一抹（いちまつ）の不安の表情を浮かべていることであった。

到着――私たちはこわれやすい生き物である

「私たちはこわれやすい生き物です。それにもかかわらず、ではなく、それゆえに、真の喜びを知ることができるのです」と大主教は言った。私は、グレーハウンドのような形をしたシルバーの取っ手がついた黒光りする杖を手渡す。「人生は試練と逆境に満ちています」と大主教は続けた。「痛みや、最終的に死もそうであるように、恐れは避けられません。前立腺癌からの回復を例に取ってみましょう。重要なのは心です」

大主教が服用している薬の副作用の一つは疲労だ。インドへのフライトの間、大主教はほとんど、ベージュの毛布を頭からすっぽりかぶって眠っていた。私たちは機内で打ち合わせをする予定だったが、眠りのほうが大切だった。そして、ダラムサラに近づいた今、彼は自分の考えを明らかにしようとしていた。

私たちはその晩、大主教が充分な休息を取れるよう、アムリツァルで途中降機し、一泊した。ダラムサラの空港は一日数時間しか開いていなかったからだ。朝、私たちはシク教の聖地、ハルマンディル・サーヒブを訪れた。そこが黄金寺院と呼ばれるようになったのは、二階が黄金で覆われているからだ。寺院に出入りする扉が四つあるのは、あらゆる人々、あらゆる宗教に門戸を開いていることを象徴している。世界でもっとも偉大な二つの宗教、キリスト教と仏教との間の対話を深める宗教的な集い(つど)を催そうとする私たちにとって、敬意を表するにピッタリの場所である気がした。

一日一〇万人にのぼる寺院への訪問者の雑踏に呑み込まれたとき、私の電話が鳴った。ダライ・ラマは、大主教を空港で迎えると決めたようだ。途切れることのない高僧の訪問者の中でも、そのような待遇を受ける人物はまれである。というわけでダライ・ラマは今、空港に向かっている――

そんな内容の電話だった。私たちは大主教を車椅子に乗せ、急いで寺院を出て、空港に取って返した。彼の禿げ頭はオレンジ色のハンカチに覆われていたが、それは寺院で必要とされる敬意のしるしで、彼を安ピカの海賊のように見せていた。

バンは渋滞したアムリツァルの通りを少しずつ進んだ。クラクションが響く中、大量の車と歩行者と自転車とスクーターと動物とが、進路を確保しようとひしめき合っている。道路の両側に建ち並ぶコンクリートの建物の鉄筋が、未完成な状態で突き出していた。私たちはなんとか空港にたどりつき、飛行機に乗りこんだ。二〇分のフライト時間が縮まってくれることを願った。ダライ・ラマを飛行場の駐機場に待たせていることが気がかりだった。

「冷たいことを言うようですが、たとえ多くの喜びを発見したとしても」と降下が始まったとき、大主教が言った。「困難や辛苦から逃れる術はありません。事実、私たちはもっと簡単に泣いたり、笑ったりしてもいいかもしれません。そうすればたぶん、もっと生き生きとするでしょう。けれども、より多くの喜びを発見すれば、苦い思いをするのではなく、成長できるような方法で、苦しみと向き合うことができます。窮地に追い込まれることなく困難と向き合い、胸がはり裂けることなく悲嘆を味わうのです」

私はこれまで、大主教の涙と笑い、その両方を目撃してきた。本当を言えば、涙より笑いのほうが多かったが、彼は簡単に、しかも頻繁に泣く。まだ名誉を挽回していない者や、健康を回復していない者のためである。そうしたことすべてが彼にとって大切であり、深刻な影響をもたらすのだ。私を包み込んできた彼の祈りは、救いを必要としている世界中の人たちや苦しんでいる人たち全員に届いている。彼の本の編集者の一人には病気の孫がいた。その孫の名前は大主教の膨大な日々の祈りのリストに載せられていた。五、六年経った後、その編集者は、もう一度、孫のために祈ってもらえないかと大主教に頼んだ。というのも、子供の病が再発したからだ。大主教は答えた。私は今まで一度だってお孫さんのために祈るのをやめたことはない、と。

機上から、絵葉書の背景になっている雪に覆われた山々から亡命中のダライ・ラマの邸宅まで見えた。中国がチベットに侵攻した後、ダライ・ラマと一〇〇名ほどのチベット人がインドに逃れた。難民たちは一時的にインドの低地に落ち着いたが、その多くが暑さと蚊のせいで病気になった。最終的にインド政府はダラムサラにダライ・ラマの住居を建てた。高地で気候も涼しいことにダライ・ラマは感謝した。時が経つにつれ、多くのチベット人が訪れ、そこに定着するようになった。山岳風景や標高の高さが、自分たちの故郷の風景と重なったのかもしれない。なかんずく彼らは自分たちの精神的、政治的リーダーのそばにいることを望んだ。

ダラムサラは北インドのヒマーチャル・プラデーシュ州にある。イギリス統治時代、この町は情け容赦のないインドの夏の避暑地だった。イギリス領だったヒル・ステーション〔植民地時代に造られた高地の町〕に近づくと、眼下に松の木と農地から成る緑のカーペットが見えた。私の最後の訪問時もそうだったが、分厚い雲や霧によって空港は閉鎖に追い込まれる。しかし、今日は晴天で、小さな雲が山際（やまぎわ）に浮かんでいるだけだ。私たちは急下降し、着陸態勢に入った。

★ ★ ★

「一つの偉大な疑問が私たちの存在の根底に横たわっています」とダライ・ラマは旅行の前に言った。「人生の目的はなにかという疑問です。熟考した末、人生の目的は幸せを見出すことだと思い至りました。私のように仏教徒であろうが、大主教のようにキリスト教徒であろうが、他の宗教に属していようが問題ありません。まったく宗教に属していなくてもいいのです。この世に生まれ落ちた瞬間から、すべての人間は苦しみを避け、幸せを見出したいと願います。文化、教育、宗教の違いは、そのことになんら影響を与えません。私たちは心の底から喜びや満足を求めます。けれども、喜びの感覚は束の間に消えてしまい、見出すのが難しい。私たちにかたとき留まって、飛び去る蝶のようなものです。

幸せの究極の源は私たちの内側にあります。お金でも、権力でも、地位でもありません。私の友人には億万長者もいますが、あまり幸福な人々ではありません。権力やお金は内的な平和をもたらすことができません。外的な達成は真の内的な喜びをもたらしません。私たちは内面を見なければなりません。

悲しいことに、喜びや幸せの土台を侵食する物事の多くは、私たち自身が作り出しています。それは否定的な心の傾向や感情的な反応から生じます。私たちの内部に眠っている潜在能力を認識し、活用することのできない非力さから生じることもあります。自然災害による苦しみはコントロールすることができませんが、日々の災いから生じる苦しみはコントロールできます。苦しみのほとんどは私たちが生み出すのですから、喜びだって生み出せるはずです。生み出せるかどうかは、状況や他者に対して私たちが取る態度やものの見方、反応に左右されます。個人の幸福について言えば、私たちが個人としてできることがたくさんあります」

★　★　★

飛行機のタイヤにブレーキがかかり、私たちは前につんのめった。飛行機はガタゴト音をたてながら揺れ、短い滑走路上で素早く止まった。飛行機の窓から、ダライ・ラマが飛行場の駐機場に立っているのが見えた。インドの強烈な太陽からダライ・ラマの身を守るため、彼の頭上には大きな黄色の日傘がかざされている。彼は栗色の長服に赤いショールを身に着けていたが、袖なしのベストの上にサフラン色の小さな当て布が見えた。お付きの事務員とスーツに身を包んだ空港の職員が彼の脇に立っている。カーキ色の軍服を着たインド人兵士が警護にあたっていた。

報道関係者は空港の外に締め出されていた。この親密な再会に同伴することを許されたのは、ダライ・ラマ専属の写真家だけである。青いブレザーにトレードマークのフィッシャーマンズ・キャップをかぶった大主教が、足を引きずりながら急なタラップを降りていくと、ダライ・ラマが近づいてきた。

ダライ・ラマは微笑(ほほえ)んでいた。大きな四角いフレームのメガネの奥で瞳が輝いている。彼は深々と頭を下げ、大主教が両腕を広げて、二人は抱擁した。抱擁を解くと、お互いの肩をつかみ、本当に再会したことを確かめるかのように、お互いの目をじっと見つめた。

「しばらくぶりですね」と大主教ツツは言うと、指先でダライ・ラマの頬に優しく触れ、綿密に点検した。「とても元気そうだ」

ダライ・ラマは大主教の華奢(きゃしゃ)な肩をつかんだまま、投げキスを送るかのように唇をすぼめた。大主教は黄金の結婚指輪が輝く左手を挙げ、大事な孫にするように、ダライ・ラマの顎を摑んだ。それから、ダライ・ラマの頬にキスをした。キスされるのに慣れていないダライ・ラマは一瞬しりごみしたが、すぐに歓喜の笑い声をあげ、大主教も高らかに笑った。

「お前さんはキスが好きじゃないんだな」と大主教は言いながら、反対側の頬にキスをした。ダライ・ラマはこれまでの全人生で何度キスをされたのだろうと私は考えた。彼は二歳のときに両親から引き離され、キスとは無縁の隔絶された場所で育てられたのだ。

チベットには、訪問者を歓迎する印として、訪問者の首に「カタ」と呼ばれる白いマフラーを巻きつける習慣がある。彼らは立ち止まり、その習慣を実行する。ダライ・ラマはまず胸の前で両手を合わせてお辞儀をした。それは、私たちが一体であることを認める歓迎の身振りだ。大主教はフィッシャーマンズ・キャップを取り、お辞儀を返した。次にダライ・ラマは長い白の絹のマフラーを大主教の首に巻きつけた。彼らはお互いの耳元で囁き、まだ背後でブンブンうなっているジェット機の騒音越しに会話しようとした。ダライ・ラマは大主教の手を取った。冗談を交わし、笑いながらターミナルに向かう二人の姿は、八〇歳というより八歳の子供のようだった。彼らの頭上には黄色の日傘がかざされていた。

大主教の白いマフラーは、小柄な彼の首から足元まで垂れ下がっていた。カタのサイズは、相手に対する尊敬の度合いを表わす。位の高い僧ほど長いカタを受け取るのだ。このときのカタは私がそれまで見た中で最長のものだった。次から次へとカタを首に巻きつけられた大主教は、**人間コート掛け**になったようだと滞在中ずっと冗談を飛ばしていた。

私たちは褐色のソファーが置かれた小部屋に通された。よくあることだが、ダラムサラからのフライトが遅れたり、キャンセルされたときにダライ・ラマが待機するための部屋である。空港の外に報道関係者が集まっているのが見えた。ガラスの壁に沿って並び、スナップ写真を撮ったり、質問を投げかけるチャンスを窺っている。そのときになってはじめて私は、この旅がどれだけ報道する価値があり、歴史的なものであるかを思い出した。お手伝いすることに夢中になり、彼らが共に過ごすことが世界にとって重要なイベントであることを忘れていたのだ。

大主教はソファーに腰かけ、くつろいでいる。ダライ・ラマは大主教のそばにある大きな椅子に座っていた。大主教の隣には、輝く緑と赤のアフリカのプリント・ドレスに身を包んだ娘のムポが座っている。彼女の頭には服にコーディネートされた布が巻かれていた。四人の子供の末っ子である彼女は、父に倣って聖職につき、現在、デズモンド・アンド・リー・ツツ・レガシー・ファウンデーションの常任理事をしている。旅の最中、ムポはガールフレンドのマルセリーヌ・バン・ファースにひざまずいて結婚を申し込むことになるだろう。この旅が行なわれたのは、合衆国の最高裁判所が同性愛者の結婚を合法化する画期的な裁定を下すほんの数か月前のことだったが、大主教は何十年も前から同性愛者たちの権利を支持していた。〝「同性愛を嫌悪」する天国に行くのはごめんだ〟という彼の発言は有名である。多くの人――とくに倫理的非難を受ける側にいる人々――が忘れているのは、大主教があらゆる形態の抑圧と差別を、見つけ次第、公然と非難していることだ。結婚直後、ムポは聖職を剝奪された。南アフリカの英国国教会が同性愛者の婚姻を認めていないからだ。

「実は、あなたの誕生日にうかがうのを楽しみにしていたんです」とダライ・ラマが言った。「だけど、あなたの国の政府が難色を示しました。当時、あなたはとても強い言葉を口にしていた」とダライ・ラマは言い、大主教の腕に手をかけた。「私はそのことに感謝しています」。**強い言葉**というのは控えめな表現だ。

ダラムサラでダライ・ラマの八〇歳の誕生日を祝うきっかけになったのは、大主教ツツが南アフリカのケープタウンで自身の八〇歳の誕生日を祝った四年前のことだった。ダライ・ラマは貴賓として招かれたが、中国政府からの圧力に屈した南アフリカ政府が、ビザの発給を渋った。中国は南アフリカの鉱物や原材料の主要な買い手だったのだ。

大主教は誕生日の日まで南アフリカの新聞の第一面に毎日登場し、政府の背信行為と不誠実さを激しく非難した。支配政党であるアフリカ民族会議——そのメンバーの亡命生活や刑務所から抜け出すのを助けるために何十年にもわたって彼は闘ってきた——を、長らく憎まれてきたアパルトヘイト政府にたとえさえした。実際のところ、彼らはそれにも増して悪いと言った。なぜなら、アパルトヘイト政府の場合は少なくとも、悪行が公然としていたからだ。

「私はいつも一切の面倒を避けようとします」とダライ・ラマは苦笑いを浮かべて言い、大主教を指さして「だけどあなたが面倒を買って出てくれたので、幸せでした。とても幸せでした」と付け加えた。

「そうです」と大主教は言った。「あなたは私を利用する。それが問題です。あなたは私を利用し、私は学ばない」

そこで大主教は手を伸ばし、ダライ・ラマの手を優しく取った。

「南アフリカは私の八〇回目の誕生日にあなたが出席するのを拒みました。そのおかげでイベント全体の注目度があがりました。グーグルが私たちの対話を主催することになったからです。プレスの関心もかえって高まりました。だけど、気にすることはありません。あなたがいるところはどこでも、多大な関心を引き寄せます。妬んでいるわけじゃないですよ。

シアトルでのことです。主催者はあなたを一目見たがっている人々を収容できる会場を探していました。それでどうなったか。サッカー・スタジアムを選んだんです。この方のお話を聞きたがっている人間が七万人もいたんですよ。英語を正確に話すこともできないのに」

ダライ・ラマは腹を抱えて大笑いした。

「本当を言えば、面白くないんです」と大主教は続けた。「私があなたのようにもうちょっと人気者になるよう祈ってもらう必要がある」

からかうのは親しさや友情のしるしであり、愛情の蓄えがあるからこそ、欠点のある面白い人間であることを笑えるのだ。彼らの冗談はお互いに対するのと同じぐらい自分自身に対するものが多く、決して相手を貶（おとし）めることはなく、絶えず彼らの絆や友情を強めるのだ。

大主教はこの旅が実現するのを手伝ってくれた人々ひとりひとりを紹介したがった。自分の娘のムポ、社会奉仕家で平和活動家のパム・オミディアー、そして私を紹介したが、ダライ・ラマはすでに全員知り合いだと言った。次に大主教は私の妻レイチェルを自分のアメリカ人ドクターとして紹介した。オミディアー・グループ〔慈善事業を推進するさまざまな企業や組織の集合体〕のパムの同僚、そしてパット・クリスチャン、まもなく彼の娘の婚約者になるオランダの疫学の教授で小児科医のマルセリーヌ。同行者の残りの一人、尊敬すべきラマ僧テンジン・ドンデンを紹介する必要はなかった。彼はダライ・ラマの公邸の目の前にあるナムギャル僧院の一員だからだ。

ダライ・ラマは大主教の手を優しく撫でていた。その週の間中、ずっとそうしていた。彼らはフライトの旅程やアムリツァルでの私たちの途中降機について語り合った。「アムリツァルで途中降機したのはいいことです。休むことが必要です」とダライ・ラマは言った。「私はいつも八時間から九時間は寝ています」

「だけど、朝早く起きるんでしょう？」と大主教が尋ねた。

「ええ、午前三時に」

「午前三時？」

「いつもです」

「そして、五時間祈る、と？」大主教は五本の指を上げて強調した。

「そうです」

大主教は天を仰ぎ、頭を振った。「いや、それはやりすぎです」

「ときどき、〝セブンホールド・アナリシス〟として知られているものを使って、自己の性質について瞑想することがあります」とダライ・ラマは言った。それは仏教の瞑想で、自分自身と自分の心身の肉体的側面や精神的側面との関係を見つめなおすことによって自己の本性を探るものだと後にジンパが説明してくれた。「たとえば」とダライ・ラマは続けた。「あなたが敬愛する友人の大主教ツツだとわかっていますが、よく考えれば、いや、これは彼の身体であり、彼自身ではない。これは彼の心であり、彼自身ではないとなります」。ダライ・ラマは身を乗り出して語気を強め、仏教が始まったのと同じくらい古い逆説的な難問を問いかけた。「大主教ツツの自己はどこにあるのか？　どこにも見当たりません」。そう言って、大主教の腕を楽しそうに叩いた。

大主教は少し煙に巻かれ、とまどった様子だった。「**どういう意味でしょう？**」

「今や」とダライ・ラマは続けた。「量子力学も同様の見方をしています。客観的な物は実は一切存在しない。突き詰めると、私たちが見出せるものはなにもありません。それは分析的瞑想と同じです」

大主教は困惑して両手で顔を覆った。「理解できん」。ダライ・ラマは大主教ツツの本質が存在することに反論したかったのかもしれない。とはいえ、同時に、そこにはひとりの**人物がいた**。フレンドリーなダライ・ラマにとって特別な友人であり、二人といない大切な人物である。ジンパと私は、大きな意味を持つと思われる二人の関係について話し合った。二人にとって、真の友人を持つのはまれなことだったろう。道徳的リーダーになれる人の数は限られており、二人の人生は、彼らを偶像視する人々に取り巻かれている。だから、シャッターチャンスを狙っていない誰かがいれば、彼らは安心するにちがいない。たしかに、彼らはすべての宗教の核心が出合う場所で、価値を共有している。もちろん、二人とも素晴らしいユーモアのセンスも持っている。私は喜びの経験において友情と関係がいかに重要であるかを理解し始めていた。それは、その週の間、何度も浮かび上がることになるテーマだった。

「私は人々によく言っています」と大主教が言った。「あなたのもっとも偉大な点の一つは、穏やかさだと。〝彼は毎朝五時間、瞑想をしています〟と。それは、あなたが苦しみをもたらす物事、祖国の痛みや世界の痛みにどう反応しているかを示しています。でも、五時間はやりすぎです」。性格的に謙虚で控えめな大主教は、自分が一日三、四時間祈りを捧げていることを忘れている。早朝四時に彼は起きているのだ。

霊的指導者がいつも早朝に起きて祈ったり、瞑想したりするのはなぜだろうか。明らかにそれは、一日の始まりに大きな違いをもたらす。ダライ・ラマが午前三時に起床することを知ったとき、新手（あらて）の超人伝説になるだろうと私は想像した。彼は毎晩たった二、三時間しか寝ないのだろうと思ったが、普段、彼は七時頃に寝るらしい。私は安堵した（子供に食事をさせ、寝かしつけなければならない親にとっては現実的ではない。だが、いつもより一時間早く寝て、翌朝一時間早く起きるのは可能だろう。それによって霊的成長が促されるのだろうか？　より大きな喜びに導かれるのだろうか？）。

ダライ・ラマは大主教の手を取って自分の頬に近づけ、「さて、私の家にまいりましょう」と言った。

★　★　★

空港から出ると、報道関係者が二人のリーダーのまわりに群がり、大主教の旅について質問の矢を浴びせた。大主教は立ちどまり、南アフリカ政府の不当な仕打ちにスポットライトを当てるために、メディアの注目を利用した。カメラのフラッシュが浴びせられる中、大主教は話し始めた。

「親友と再会できてうれしいです。しばしば、社会状況や人々が私たちを引き離そうとしましたが、私たちがお互いに対して抱いている愛と、神の宇宙の徳が、私たちを会わせてくれたのです。南アフリカ政府が彼にビザを発給するのを拒んだとき、彼は私の八〇回目の誕生日に出席しようとしていたのです。私は彼に尋ねました。〝あなたの国の軍隊はどのくらいの規模なのですか？ どうして中国はあなたを恐れているんですか？〟中国が彼を恐れていることに、私は驚いています。もしかすると、彼らは正しいのかもしれません。霊的指導者は真剣に受けとめられるべき存在ですから。神の世界がもっと良い場所になるのを願っています。善良さや思いやりや寛大さがもっと行きわたってほしい。共に生きることを快く受け入れてもらいたい。そうすれば、現在、ロシアとウクライナの間やＩＳＩＳ（イスラム国）、あるいはケニヤやシリアで起こっているようなことはなくなるでしょう。彼らは神を泣かせているのです」

　大主教はそこで立ち去ろうとしたが、別のジャーナリストが旅の目的について尋ねたため、再び立ちどまった。「私たちはただ友情を楽しみ、喜びについて語り合うために一緒にいるのです」

　大主教とダライ・ラマは待っていた車列で運ばれた。ダライ・ラマの邸宅までのドライブはおよそ四五分。通りは、ダライ・ラマが滞（とどこお）りなく空港に到着できるよう通行止めになっていた。チベット人やインド人や旅行客が彼とスペシャル・ゲストを一目見ようと沿道に並んでいる。ダライ・ラマがなぜめったに空港に出向かないのかがそのときわかった。目抜き通りの一つを閉鎖すると、市全体の物流が大きな影響をこうむるからだ。

　私たちがダラムサラにいるのは、人生の試練を前にしての喜びについて語り合うためである。ダラムサラのここかしこに、圧制と亡命によって傷つけられてきた共同体の名残が見られた。町は山腹の曲がりくねった道にへばりつき、屋台が絶壁の端から張り出している。インドや多くの開発途上国の建物と同じように、爆発する人口を収容するために、建築基準法や安全性への配慮はないがしろにされていた。私はこれらの建物が地震に耐えられるかどうか疑問に思い、動物の背中からふるい落とされる葉のように、市全体がこれらの山の背から崩落しまいかと懸念した。

車列がくねりながら坂を登っていくと、沿道の人垣の層が厚くなった。一部の人は香を炷いている。他の多くはカップ状にした手に**マラビーズ**〔マントラを唱える際に使うビーズ〕をぶら下げている。チベット人ではない者にとって、ダライ・ラマが、そして彼を中心とする亡命共同体がチベット人にどれほど大きな意味を持っているか理解するのは難しい。彼は国や政治のアイデンティティの象徴であると同時に、チベット人の精神的な野望の体現者でもあるのだ。弥勒菩薩の体現者になるということは、多くの点でキリストのような人物になることを意味する。そうした責任を担う一方で、自分が「特別」ではなく、七〇億いる人間の一人にすぎないことを強調しようとするのは、ダライ・ラマにとっていかに大変なことであろうか。

通りが狭まり、私たちの車が人だかりを通過できるかどうか危ぶまれたが、車の速度が落ちるのは聖なる牛が通りに出てくるときだけのようだ。おそらく、牛たちも二人の聖人をもっとよく見ようとしているのだろう。

ガタガタ揺れてまで疾走するのは、セキュリティのせいなのか、それとも通行止めを早く解除したいという思惑のせいだろうか？　おそらく、前者だろう。この都市はインドのすべての都市同様、お互いにしのぎを削る何層もの文化の絶えざる軋轢を通して形成されている。アッパー・ダラムサラとしても知られるマクロード・ガンジという丘の頂上にあるチベット仏教徒の町は、インドのヒンドゥー教の都市の上に堆積された文化だ。ダラムサラ（Dharamsala）——ヒンディー語ではダラムシャラ（Dharamshala）と発音する——は、ダルマ（dharma、法あるいは霊的教え）という言葉と住まいを表わすシャラ（Shala）を結合させたもので、「霊的な住まい」あるいは「巡礼者の宿」を意味する。その名は今日多くの巡礼者が訪れる都市の名前にふさわしい。

簡素な金属の門を急いで通り抜け、春の花でいっぱいの花壇を取り囲むロータリーに到着した。ここがダライ・ラマのオフィスや住居がある複合施設である。ダライ・ラマと直接この旅のプランを練るために、私は一月にダラムサラを訪れていた。そのときは町全体がすっぽり雲に覆われ、凍えるほど寒かったが、今は、太陽が明るく輝き、花々が競い合うかのように咲いている。高地ゆえに、花の咲く期間が短く、一斉に開花を促されるのだ。

対話が始まる時間が近づき、そわそわしている自分に気づいた。だが、神経質になっているのは私だけではないこともわかっていた。この旅のプランについて電話をした際、大主教はダライ・ラマと知恵を交換し合うことに興味を持っていることを素直に打ち明けてくれたので、私は心を揺り動かされた。大主教は、ダライ・ラマの知的探究心が最新の科学を含む広範囲に及ぶものであることを知っており、「彼は私よりはるかに知的です、私はもっと本能的です」と言った。深い本能的な知恵と信心深い献身が、アパルトヘイトを終わらせるための闘いにおいて、自分の人生や使命の大きなターニング・ポイントになったと彼は語った。偉大な英雄的指導者たちでさえ、未知の領域に踏み込むときには神経質になる。大主教が一日休養した後、私たちは真の喜びについての対話を始めることになるだろう。

初日

真の喜びの性質

Day1 The Nature of True Joy

なぜあなたは悲しんでいないのですか？

はじめに、大主教にお祈りをしてもらうよう頼んだ。大主教が属する伝統では、それが重要な会話を始めるときの方法だからだ。

「わかりました、ありがとう」と大主教は言った。「助けになるならどんなことでも常に必要です。少し、心を鎮めてお祈りしましょう。聖霊よ、来たれ。汝の信心深い人々の心を満たし、汝の愛の火を灯したまえ。そして、汝の霊を行きわたらせたまえ。さすれば、人々は生まれ変わり、地球の顔は一新するだろう。アーメン」

「アーメン」とダライ・ラマが続けた。次に私はダライ・ラマに、希望を分かち合ってくれるようお願いした。彼は椅子に深く座り直すと、両手をこすり合わせた。

「今、私たちは二一世紀に生きています。二〇世紀の技術革新を受け継ぎ、物質的な世界を改良し続けています。もちろん、まだ充分な食事ができない人がたくさんいますが、全体的に見ると、世界は今、高度に発達しています。問題なのは、私たちの世界や教育が外部の物質的な価値にもっぱら焦点を当て続けていることです。内的な価値にあまり関心を持たない。そのような教育を受けて育った人々は物質的な人生を送り、ひいては社会全体が物質的な価値を偏重するようになります。

しかし、物質的な文化だけでは、現在、人類が直面している問題に取り組むことはできません。真の問題は**ここ**にあります」。そう言って、ダライ・ラマは自分の頭を指さした。

大主教は手で自分の胸を軽く叩き、心（ハート）も重要であることを暗に示した。ダライ・ラマはすぐにその意図を察し、「そして、ここにも」と自分の胸を叩いた。「頭とハート。物質的な価値は心の平和をもたらすことができません。だから、私たちの真の人間性である内的な価値に焦点を当てる必要があるのです。そうすることによってのみ、心の平和が得られますし、世界をもっと平和にできます。戦争や暴力といった私たちが直面している多くの問題は、私たち自身が作り出したものです。自然災害と違い、これらの問題は人間自身によって生み出されているのです。

私は大きな矛盾を感じています。世界には七〇億の人間がいますが、苦しみたいと思っている人はいません。ところが私たちは多くの問題や苦しみを生み出している。なぜでしょう？」今や、ダライ・ラマは相槌(あいづち)を打つ大主教に向かって直接語りかけている。「なにかが欠けている。七〇億の人間の一人として、誰もがより幸せな世界を育む責任を持っているはずです。他者の幸福にもっと関心を持つ必要があるのです。換言すれば、今の世に欠けているのは思いやりや慈悲です。私たちは内的な価値にもっと注意を払わなければなりません。内側を見つめなければならないのです」

ダライ・ラマは大主教のほうに向き直り、合掌(がっしょう)して敬意を示した。「そこで、あなた、大主教ツツ、私の長年の友人」と言いながら、ダライ・ラマが手を伸ばすと、大主教はその手を優しく両手で包みこんだ。「あなたには偉大な潜在能力がある」

「**潜在能力!?**」大主教はわざと怒ったようなふりをして、手を引っ込めた。

「そう、潜在能力です。人類をより幸福にする偉大な潜在能力のことを言っているのです」

大主教は首を後ろに反(そ)らして笑った。「ああ、そういうことか」

「人々があなたの顔を見るとき」とダライ・ラマは続けた。「あなたはいつも笑っている。いつも楽しそうだ。それはものすごくポジティブなメッセージです」。ダライ・ラマは大主教の手を取り、撫でまわした。

「政治的リーダーや霊的な指導者は、とても深刻な顔をしています」。ダライ・ラマは背筋をピンと伸ばすと、眉をひそめ、厳しい表情をしてみせた。「そんな顔を見ると人々は優柔不断(ゆうじゅうふだん)になってしまいます。でも、あなたの顔ときたら……」

「鼻がでかいからね」と大主教がすかさず突っ込みを入れ、二人はくっくっと笑った。

「ですから、あなたが私と対話するためにここに来てくださったことに心から感謝しているのです」とダライ・ラマは続けた。「心を育むためには、私たちは自分の内面をもっと深く見つめなければなりません。誰もが幸せを探しています。喜びに溢れた人生を送りたがっている。けれども、お金や権力、大きな車や家が手に入れば幸せになれると錯覚しているんです。大多数の人は内側にある究極の幸せの源にほとんど注意を払っていません。しかし、身体的な健康の源でさえ外部ではなく内部にあるのです。

あなたと私の間には少し違いがあるかもしれません。普段、あなたは信仰を強調します。私は仏教徒ですが、信仰はたいへん重要だと考えています。と同時に、七〇億の人間のうち一〇億以上が信仰を持っていないのもまた、事実です。そういう人々を除外することはできません。一〇億といえばかなりの人数です。彼らもまた私たち人類の兄弟姉妹なのです。より幸せになって、人類家族の一員になる権利を持っています。ですから、内的な価値を教育するために、宗教的な信仰に頼る必要はありません」

「あなたの奥の深い意見についていくのは、まったくもって大変ですな」と大主教はややおどけた調子で言った。「実のところ、幸せを追いかけても見出せないとあなたはおっしゃりたいのではないですか。幸せはなかなか手に入りにくい。なにもかも忘れて幸せだけを追いかけてもつかまらないって。シンクレア・ルイスの本に『喜びに驚かされて〔Surprised by Joy〕』というタイトルの本があるのを知っていますか。あれなんかはどうすれば幸せになれるかをうまく表現していると思うんですが……。

多くの人はあなたを見て、あなたの身に起こった恐ろしい出来事に思いを馳(は)せます。祖国や自分にとってとても大切なものから追放されることほどむごいことはないですからね。にもかかわらず、あなたの許(もと)にやってくる人々は、そこに素晴らしく心穏やかで慈愛に満ち、それでいてお茶目な人物を見る……」

「適格な表現です」とダライ・ラマが付け加えた。「あまり堅苦しいのは好きじゃないので」

「私の話を遮(さえぎ)らんでもらいたい」と大主教が釘をさした。

「……」。言葉を呑み込んで、ダライ・ラマは笑った。

「われわれが求めているものが、実際には幸福ではないことを発見するのは素晴らしいことです。私が語りたいのも幸福についてではありません。喜びについて語りたいのです。喜びは幸福を含んでいます。幸福よりもずっと偉大なものなのです。出産間際の母親のことを考えてください。ほぼすべての人が痛みから逃れたいと願いますが、母親は出産に強烈な痛みが伴うと知っていても、それを受け入れる。出産の苦しみを味わった後でも、赤ん坊が生まれるや、喜びに包まれます。それは、苦しみの直後に喜びが訪れる信じられない出来事の一例です」

大主教はさらに続けた。

「母親は仕事でくたくたに疲れているかもしれません。あれこれ思い悩んでいるかもしれません。

だけど、子供が病気になると、疲れなど吹っ飛んでしまう。夜を徹して病床の子供の傍らで看病するのです。そして、子供が快方に向かうと、心から喜ぶ」

★　★　★

喜びと呼ばれるものの正体はなんだろう？　喜びが広範な感情を喚起できるのはどうしてなのだろう？　喜びの経験が、出産時の歓喜の涙から冗談を聞いての抑えきれない大笑いや瞑想の間の満ち足りた穏やかな微笑みにまで及びうるのはどうしてだろう？　喜びはすべての感情的な広がりを覆っているようだ。感情に関する有名な研究者であり、ダライ・ラマの昔からの友人でもあるポール・エクマンは、喜びが次のようなさまざまな感情と結びついていると記している。

（五感の）**快楽**
（くすくす笑いから大笑いまでの）**おかしさ**
（穏やかな満足をもたらす）**満足感**
（目新しさや試練に対する）**興奮**
（恐れ、不安、快楽といった他の感情の後に訪れる）**安堵感**
（驚異的なことや賞賛に値することを前にしたときの）**驚異**
（自分の枠を越えさせてくれる）**エクスタシーもしくは至福**
（困難な、あるいは斬新な仕事を成し遂げたことによる）**歓喜**
（自分の子供が表彰されたときの）**誇らしい気持ち**

（他人の苦しみを楽しむ）**意地悪な愉悦**
（親切、寛大さ、思いやりを目撃することによる）**高揚感**
（恩恵をもたらす利他的行為への）**感謝**

仏教学者で元科学者のマシュー・リカードはさらに三つの高揚した喜びの状態を付け加えた。

（仏教徒がムディターと呼ぶ他人の幸福を祝福する）**悦び**
（輝かしい満足としての）**喜悦**
（深い幸福や慈愛から生まれる穏やかな喜びとしての）**霊的輝き**

喜びの王国を理解する助けになるこのマッピングは、喜びの複雑さと精妙さを伝えている。喜びは、仏教徒がムディター（mudita）と呼ぶ他人の幸運を喜ぶ気持ちから、ドイツ人がシャーデンフロイデ（schadenfreude）と呼ぶ他人の不幸を喜ぶ気持ちまでを覆っている。大主教が述べているのは明らかに単なる喜び以上のもので、安堵感や驚き、出産の法悦（ほうえつ）に近いものだった。たしかに喜びは、こうした経験のすべてを包含しているが、人々が大主教やダライ・ラマの中に目撃する持続する喜び――存在のあり方としての喜び――は、深い安寧（あんねい）や慈愛から生まれる「輝かしい満足」や「霊的な輝き」に、おそら〵近いものだ。

私はこの喜びの複雑な地形こそが、私たちがここに集（つど）って発見しようとしているものだということを知っていた。グラスゴー大学の認知科学・心理学研究所で行なわれた研究によると、基本的な感情は実際のところ四つしかないらしい。そのうちの三つは、恐れ、怒り、悲しみといった否定的な感情である。唯一の肯定的な感情は、喜びないし幸せだ。喜びの探求とは、人間を心から満足させてくれるものの探求にほかならない。

★　★　★

「喜びは私たちを驚かせる感情でしょうか、それとも、より頼りになる存在のあり方でしょうか？」と私は尋ねた。「お二人にとって、喜びは永続するなにかであるような気がします。霊的修行によってお二人は、陰鬱(いんうつ)な気分や生真面目(きまじめ)になったりしませんでした。より多くの喜びに満たされました。単なる一時的な感情ではなく、存在のあり方としての喜びの感覚をどうすれば養えるのでしょう？」

大主教とダライ・ラマはお互いを見やった。大主教が身ぶりでダライ・ラマを促した。ダライ・ラマは大主教の手をぎゅっと握り、話し始めた。「たしかに、そのとおりです。喜びは幸せとは違うものです。私は〝幸せ〟という言葉を使うとき、ある意味、〝満足〟という意味をこめています。ときに私たちはつらい経験をしますが、その経験は、出産を例に挙げて述べたように、大きな満足や喜びをもたらすことがあります」

「質問させてもらいたい」と大主教が口を挟んだ。「あなたは五十何年間か亡命していましたね？」

「五六年です」

「なによりも愛する国から追放されて五六年。それなのに、どうしてあなたは悲しんで（morose）いないのですか？」

「morose？」とダライ・ラマはその言葉を理解しそこねて聞き返した。ジンパが急いでチベット語に訳そうとすると、大主教が「悲しい、という意味です」と言った。

ダライ・ラマはつらい出来事を振り返りながら、大主教をなだめるかのように彼の手を取った。ダライ・ラマは二歳のとき、ダライ・ラマ一三世の転生者として認定され、チベット東部のアムド地方にある田舎家からチベットの首都、一〇〇〇もの部屋があるラサのポタラ宮殿に連れていかれた。そこで、未来のチベットの精神的、政治的指導者として、また、観音菩薩の生まれ変わりとして、裕福ではあるが孤独な環境の中で育てられた。一九五〇年の中国によるチベット侵攻後、ダライ・ラマは政治の世界に押しやられた。一五歳で六〇〇万人の統治者となり、極端に不平等な総力戦の戦争に直面した。そして国が併合されたのち、九年間にわたって、自国民の幸福のために共産主義国・中国と交渉し、政治的な解決策を探った。一九五九年、大虐殺のリスクがある動乱が起こり、ダライ・ラマは不承不承(ふしょうぶしょう)亡命することを決意する。

インドに無事逃げおおせる確率はきわめて低かったが、衝突や虐殺を避けるため、警備員を偽装して夜間に出発した。一目で彼のものだとわかる眼鏡は外さなければならなかった。逃亡部隊が人民解放軍の駐屯部隊の監視の目をかいくぐろうとしたとき、かすんだ視界が恐怖や不安を煽(あお)ったことだろう。彼らは三週間に及ぶ逃亡の末、砂嵐や吹雪(ふぶき)に耐え、五七〇〇メートルの山の頂を越えた。「私の実践の一つは古代インドの僧侶から学んだものです」とダライ・ラマは大主教の質問に答えて語りだした。「なんらかの悲劇的な状況に陥った際、悲劇を避ける方法がないなら、悩んでも無駄である。そう彼は教えてくれました。私はそれを実践しているのです」。ダライ・ラマが言及しているのは八世紀の仏教僧、寂天（Shantideva）である。彼はこのように書いている。「もしもある状況に関してなにかがなされうるとすれば、落胆する必要はあるだろうか？　もしもなす術がないとしたら、落胆することに、どんな益があるだろう？」

大主教はゲラゲラ笑った。おそらく、単に無益だという理由で気を揉むのをやめることが、彼にはできるということが信じられないように思えたのだろう。

「でも、人々は頭ではそれを理解していると思う」。彼は両方の人差し指で頭に触った。「心配してもしょうがないことはわかっている。それでも心配してしまうんだ」

「私たちの多くは難民になりました」とダライ・ラマは続けた。「我が国には、たくさん困難な問題があります。それだけを見ると……」と言いながら、彼は両手をカップ状に合わせて円を作る。「心配になります」――両手を開いて円を壊した。「けれども、世界に目を転じると、中華人民共和国の内部にさえ、たくさんの問題があります。たとえば、中国の回族のコミュニティ〔中国最大のイスラム教徒の民族集団〕には、多くの問題と苦しみがあります。中国の外には、もっと多くの問題や苦しみがあります。それらを見ると、苦しんでいるのは私たちだけではなく、私たち人類の兄弟姉妹の多くも苦しんでいることに気づきます。同じ出来事をより広い視点から見ると、心配や私たち自身の苦しみが少し緩和(かんわ)されるのです」

ダライ・ラマが述べたことの簡潔さと奥深さに、私は心を動かされた。それはポピュラー歌手ボビー・マクファーリンが唄う「心配するな、ハッピーになれ(ドント・ウォーリー・ビー・ハッピー)」とはかけ離れていた。ダライ・ラマが指摘しているのは、痛みや苦しみを否定することではなく、他にも苦しんでいる人がいるのを見ることで、自分自身から他者へ、苦悩から思いやりへと視点を転換することの大切さだった。注目すべきなのは、他人の苦しみを認め、苦しんでいるのは私たちだけではないことに気づくと、苦痛が和(やわ)らぐとしている点だ。

私たちはしばしば他人の悲劇について聞き、自分の状況がそこまでひどくないことにほっと胸を撫でおろす。ダライ・ラマが行なっていたことはそれとはまったく異なる。彼は自らの状況を他人のそれと比較したりしない。自分の状況を他人のそれと融合させ、自分のアイデンティティを広げ、自分とチベットの人々が苦しみにおいて一人ではないことを見つめるのだ。チベットの仏教徒であれ、回族であれ、私たちは全員つながっているという認識は、共感や思いやりの誕生を意味する。

ダライ・ラマの視点を変える力は、「痛みは避けられない。苦しみは私たちが選ぶものだ」という格言とどのようにかかわっているのだろう？　傷の痛みにしろ、亡命の痛みにしろ、苦しまないで痛みを経験することが、本当に可能だったのだろうか？　私たちの「痛みの感情」と「痛みへの反応の結果として生じる苦しみ」とを区別するサラタ・スッタ（Sallatha Sutta）と呼ばれる経（仏陀の教え）がある。「痛みの感情に触れると、特別の教えを受けていない普通の人は、悲しみ、心を痛めてしまい、嘆き、胸を叩き、取り乱します。そのため、身体的な痛みと心の痛み、二つの痛みを感じます。一本の矢を射られた直後に、別の矢を射られたかのように、その人物は二本の矢の痛みを感じるのです」。ダライ・ラマは、視点をより広い憐れみ深いものに転換することによって、二番目の矢である心配や苦しみを回避できることをほのめかしているように思う。

「もう一つ」とダライ・ラマは続けた。「どんな出来事にもさまざまな側面があります。たとえば、私たちは自分の国を失い、難民になりましたが、その経験がより多くのものを見る新たな機会をもたらしてくれました。私個人に関して言えば、あなたのようなさまざまな霊的実践者や科学者と会う機会を得たのは、難民になったからです。もしもラサのポタラ宮殿にとどまっていたら、黄金の籠（かご）（ラマ僧、聖なるダライ・ラマ）とも呼ばれてきた地位にあぐらをかいていたことでしょう」。彼は今や、世俗から隔絶した禁じられた王国の精神的長だった頃を思い出したかのように姿勢を正して座っていた。

「個人的には、亡命生活の五〇年は良かったと思っています。より有益で、学ぶ機会や人生を経験する機会をより多く持てているからです。一つの角度から見れば、最悪で悲しいと感じることでも、同じ悲劇、同じ出来事を違う角度から見ると、それが自分に新たな機会をもたらしていることがわかります。だから、素晴らしいのです。私が悲しんでいないのはそのためです。〝友達がいるところはどこでもあなたの国であり、愛を受け取るところはどこでもあなたの故郷です〟というチベット人のことわざがあります」

この心に沁みる言葉に、はっきりとそれとわかるため息が漏れた。亡命生活で過ごした半世紀の痛みを、消せないまでも、和らげるダライ・ラマの能力には、驚嘆させるものがあった。

「ごりっぱです」と大主教。

「また」とダライ・ラマが続けた。「自分に愛を与える人は誰でも自分の親です。ですから、四歳しか年上でないけれども、私はあなたを父親だと思っています。四歳で子供を持つことはできないので、本当の父親ではありません。だけど、私はあなたを父と思っているのです」

「あなたがおっしゃったことには感服します」。大主教は、亡命生活に対するダライ・ラマの反応にまだ心を動かされている様子だった。「つけ加えて私たちの兄弟姉妹に言いたいことがあります。苦悩や悲しみは多くの点で、制御することができません。それらは自然に生じます。誰かに殴られたとしましょう。痛みはあなたの中に苦悩や怒りを生み出します。あなたは仕返ししたくなるかもしれません。でも、仏教徒であれクリスチャンであれ、またその他の宗教的な伝統に属していようと、霊的な成長を遂げれば、自分の身に起こることはどんなことでも受け入れられるようになります。罪があるから受け入れるのではありません。起こってしまったことだから受け入れるのです。人生はそうやって織りなされていきます。好むと好まざるとにかかわらず、起こることは起きます。人生にはフラストレーションがつきものです。問題は、いかに逃れるかではありません。いかにしてそれを肯定的なものとして活用できるかなのです。たった今、あなたがおっしゃったとおりです。多くの点で、自国から追放されることほどむごいことはありえません。それに、国は単なる国ではなく、あなたの一部です。他人に説明するのは非常に難しいですが、あなたは国の一部なのです。

ダライ・ラマには気むずかしがり屋（surpuss）になる権利があります」

ダライ・ラマはジンパに surpuss を通訳してくれるよう頼んだ。

大主教は自分でそれを説明した。

「あなたがそんな顔をするときのことを言ってるんです」。大主教はダライ・ラマの怪訝（けげん）そうな顔つきと、レモンでも噛んだかのようにすぼめた唇を指さした。「ちょうどそんな顔。根っからのひねくれ者に見えます」

ダライ・ラマはどうすれば顔がひねくれているように見えるのか、理解していないようだ。ジンパもまだ通訳しようとしていた。

「それに、あなたが笑うと、顔がパッと明るくなる。それは、まったくネガティブだったものをほとんどあなたが変えてしまったからです。ネガティブなものを徳に変えてしまったんです。というのも、あなたは〝どうしたら私は幸せになれるだろう？〟とは自問せず、〝どうしたら思いやりや愛を行きわたらせる助けができるだろう？〟と自問したからです。世界中の人々は、たとえあなたの英語がわからなくても、スタジアムを埋め尽くすほど集まります。いや、嫉妬なんかしていませんよ、本当に。私はあなたよりずっと英語を上手に話せます。だけど、あなたが話をするほどには私の話を聞きに来はしません。なぜだかわかりますか？　人々は話を聞きに来るのではないのです。少しは話に耳を傾けるかもしれませんがね。彼らが集まる本当の理由は、あなたが口でおっしゃっていることを体現していることが明白に見てとれるからなんです。それは言葉ではありません。言葉の背後にある霊性（スピリッツ）なんです。あなたは、苦しみや欲求不満は自分が何者かを決める要因ではないと言います。それはつまり、私たちが、一見ネガティブに思えることを、ポジティブな効果を生み出すために活用できるということです。

神の子供たちに、いかに深く彼らが愛されているかを伝えたいんです。神にとっていかに彼らが大切な存在かを、です。誰も名前を知らず軽蔑されている難民も例外ではありません。暴力から逃れようとしている人々の写真をしょっちゅう目にします。実にたくさんの写真をです。子供たちを見てください。神は泣いています。それは神が私たちに望んでおられる生き方ではないからです。けれども、そのような状況下においてさえ、あなたは世界のほうぼうからやってくる人たちを助け、事態を改善しようとしている。神は涙を通して微笑み始めます。あなたを見、あなたがどのようにして神の子供たちを助けようとしているかを聞くと、神は**微笑む**んです」。大主教は今や喜びに満ち溢れていた。そして、「微笑む」という言葉を、神聖な神の名前であるかのように囁（ささや）いた。

「彼が別の質問をしたがっています」。私が身を乗り出しているのを見て、大主教が言った。彼らがいかに深く喜びや苦悩に取り組んでいるかを聞くのは驚くべきことだったが、こんなペースではあらかじめ準備してあった質問を一割も消化できないだろうと思った。

ダライ・ラマが大主教の手をピシャリと叩いて言った。「数日ありますから、問題ありません。もし私たちのインタビューが三〇分か一時間しかないのであれば、答えを短くしなければなりませんが」

「あなたは答えを短くすべきです」と大主教が言った。「私のは簡潔だ」

「まずお茶を飲みましょう。そうすれば、私も簡潔になります」

いくばくかの苦しみがなければ美しいものはやってこない

「大主教、あなたはダライ・ラマが亡命生活でいかに大きな苦しみを味わったかを語っていました。あなたやあなたの母国も、アパルトヘイトの間、大きな苦しみを経験しました。私生活においても、あなたは前立腺癌を患い、現在でも闘病中です。大抵の人は病気になると、喜びを感じることができなくなります。ところがあなたは苦しみに直面しても喜びを保ちつづけることができています。それはどうしてでしょうか？」

「私は多くの人たちに助けられてきました。自分が孤独な細胞ではないことに気づけるのは素晴らしいことです。私たちは素敵なコミュニティの一員なのです。それが大いに助けになります。普段から言っていることですが、ひとりだけで喜びに満ちた人生を送ろうとしても、なかなかそうはなりません。自分のことばかり考えていると、結局、孤立してしまうからです。私たちは花に似ています。他の人々のおかげで心を開き、開花するのです。人生には、ある程度の苦しみが——強烈な苦しみでもいいのですが——必要だと思います。とくに思いやりの心を養うためには。

ご存じのように、ネルソン・マンデラは若い頃、刑務所に収監されました。それをむごすぎることだと言う人がいます。彼は自分の政党であるアフリカ民族会議の軍事組織の司令官でした。彼は二七年間を刑務所で過ごしました。〝二七年だって⁉ なんという時間の浪費だろう〟と人々は言います。いや、二七年は必要だったのだ、と私が言えば、人々は驚くでしょう。しかし、不純物を取り除くためにはそれだけの時間が必要だったのです。刑務所内での苦しみによって、彼は包容力を増して、相手の話を進んで聞くようになりました。彼が敵とみなしていた人々もまた恐れや期待を持っている人間であることを発見するためにも、時間が必要だったのです。彼らは社会によって作られたのです。二七年という歳月がなかったら、慈悲心や雅量の豊かさ、他人の立場に立って考える能力を持ったネルソン・マンデラを見ることはなかったでしょう」

南アフリカの人種差別主義者アパルトヘイト政府がネルソン・マンデラをはじめとする政治的リーダーを投獄している間、大主教は反アパルトヘイト運動を世界に向けて発信する事実上の大使となった。英国国教会の法衣、そして一九八四年に受賞したノーベル平和賞に護(まも)られて、大主教は南アフリカに住む黒人やその他の有色人種の抑圧を終わらせるためのキャンペーンを実施することができた。その血なまぐさい闘争の間、彼は数え切れないほどの男性や女性、子供たちを埋葬し、彼らの葬儀で平和と寛大さの大切さを精力的に説教しつづけた。ネルソン・マンデラが釈放され、自由になった南アフリカ共和国の初代大統領に選ばれたのち、大主教はアパルトヘイトの残虐さに立ち向かい、報復や懲罰のない新しい未来を切り開く平和的な方法を見出すために、有名な真実和解委員会を設立するよう依頼された。

「逆説的ですが」と大主教は話の穂を継いだ。「私たちがどのような人間になるかを決めるのは、否定的と思えるすべての出来事にどのように向き合うかなのです。それらをいらだたしいこととみなせば、圧迫されて怒りにかられ、なにもかもぶちこわしたくなります。

先に母親や出産について話をしましたが、ある程度の痛みや欲求不満や苦しみがなければ、最終的に美しいものはやってこないというのは、素晴らしい比喩であるような気がしました。それが物事の性質であり、私たちの宇宙の仕組みなのです」

のちに、こうした状況には実際にある種の生物学的な法則が働いている、と周産期の研究家であるパティーク・ワドワから聞いて驚かされた。ストレスと圧迫こそが子宮内での発達を開始させる当のものであることがわかってきたのだ。充分な生物学的なストレスがなければ、幹細胞が分化し、私たち人間になることはない。ストレスや圧迫がなければ、人間のような複雑な生命は発達しなかっただろう。つまり、私たちはこの世に誕生しなかったということだ。

「もし良い作家になりたかったら」と大主教は続けた。「しょっちゅう映画を観に行ってボンボンを食べているだけではなれません。とてもいらだたしいことだけれど、じっと座って、文章を書かなければならない。でなければ、良い結果は得られないのです」

★　★　★

大主教の発言には深い真実があったが、彼がダライ・ラマに言ったことを反芻（はんすう）したかった。苦しみの価値を理解するのは一つのことだが、人が怒りにかられているときやいらだっているとき、あるいは苦痛にさいなまれているとき、苦しみの価値を思い出すのは容易なことではない。「大主教、たとえばあなたを病院に連れていったとしましょう。医者はあなたを調べ、いじくりまわします。痛くて、不快になりますが、あなたは長い時間、じっと待ちつづけます。そんなとき、怒りを感じたり、不満をつのらせたり、自己憐憫（れんびん）でのたうち回ったりしないために、あなたは内面においてなにをしますか？　そのような困難に直面しても、自分は喜んでいることを選べるとおっしゃっているようにも聞こえるのですが？」

「苦痛があっても、人々に罪の意識を感じさせるべきではないと思います。苦しいのだから、苦しいことを認めなければなりません。けれども実際には、そうした苦しみの渦中にあっても、自分の面倒をみてくれる看護師の優しさを味わえます。あなたに手術を施してくれる外科医の腕前を見ることができます。でもときには苦痛が激しすぎて、そうした余裕すら持てないこともあります。大切なのは、罪の意識を感じないことです。私たちは感情をコントロールできません。感情は自然に生じます」。これはその週を通じて、大主教とダライ・ラマとの意見が合わないポイントとなった。私たちはどの程度自分の感情をコントロールできるか？　大主教なら、ほとんどできないと言うだろう。一方、ダライ・ラマなら、自分で思っている以上にできると言うだろう。

「どこかで、あなたは苦悩するでしょう」と大主教は続けた。「キリスト教の伝統では、自分の苦しみを救世主に捧げ、救世主の苦悩や痛みと合体させ、世界を改善するために活用するよう告げられます。それは自己中心的になりすぎないようにする助けになります。ある程度、自分自身から目を逸らすのを助けてくれるんです。そして、苦悩を耐えられるものにしてくれます。医者に診てもらえるなんてなんと幸せだろう、資格を持った看護師に面倒をみてもらえるなんてなんと幸せだろう、病院に入れるなんてなんと幸せだろう。そんなふうに感じるのに、なんの信仰も必要はありません。それは自分にこだわる自己中心性から離脱する始まりにすぎないかもしれません。おい、俺は一人じゃないぞ、ということをあなたは悟り始めます。他の人たちを見まわしてみてください。自分より大きな痛みを抱えている人がいるかもしれません。燃えさかる炉の中に放り込まれて精錬されるかのようです」

大主教の発言が真実であることを告げるために、ダライ・ラマが割って入った。「行きすぎた自己中心的な考えは苦しみの原因です。他人の幸せを思いやることが幸せの源です。私はあなたほど肉体的な苦痛を味わったことがありません。ある日、大切な仏教の教えの説教を始めるために、仏陀が悟りを開いたとされるブッダガヤに滞在したときのことです。ブッダガヤは仏教徒の聖なる巡礼地です。

説教を聞きにきてくれた人たちは、およそ一〇万人いました。私は、突然腹部の強烈な痛みに襲われました。痛みが胆嚢であることはまだ誰も知りませんでしたが、すぐに病院に行く必要があると告げられました。あまりにも強烈な痛みで、私はアブラ汗をかいていました。ビハール州の首都、パトナの病院までは車で二時間ほどかかります。道すがら、たくさんの貧民窟を通過しました。ビハールはインドでもっとも貧しい州のひとつです。靴を履いていない子供たちの姿が窓越しに見えます。彼らが適切な教育を受けていないことを私は知っていました。パトナに近づくと、ある小屋の下で老人が地面に横たわっていました。髪はもじゃもじゃ、衣服は汚れ、病気のようですが、誰も面倒をみる者はいません。実際、彼は死につつあるように見えました。病院への道すがら、ずっとこの老人のことを考え、彼の苦しみを感じていました。そのおかげで、自分自身の痛みのことをすっかり忘れていました。自分への注意を他者に切り替えるだけで、自分自身の痛みが薄れたわけです。これが慈悲の性質なのであり、身体レベルで慈悲が働く仕組みなのです。

ですから、あなたが的確に述べたように、自己中心的な態度が問題の原因です。私たちは利己的にならずに自分自身の面倒をみなければなりません。生きていくために、自分自身の面倒をみるのは必要なことです。ただし私たちは愚かな利己性ではなく賢い利己性を身につけるべきです。愚かな利己性とは、他人をそっちのけにし、自分自身のことしか考えず、他人をいじめ、食い物にすることを意味します。実際、他人を気遣い、助けることは、最終的に、自分自身の喜びを発見し、幸せな人生を送る方法なのです。ですから、私はそれを賢い利己性と呼ぶのです」

「あなたは賢い」と大主教が言った。「私には賢い利己性など備わっていませんが、あなたは賢い」

★

★

★

チベット語で「ロジョン」と呼ばれる心の鍛錬が、ダライ・ラマの伝統の重要な部分を占めている。二〇世紀のロジョンの原典の基本的メッセージの一つは、ダライ・ラマと大主教が、〝自分自身から目を逸らすこと〟として語っていることに響きあっている――「すべての仏法の教えは自己に耽溺(たんでき)しないという点で一致している」

自分自身に集中しすぎると不幸になるよう定められていることを、経典は明言している――「自分の重要性にこだわり、自分がいかに良い人間か（あるいは、悪い人間か）考えることに囚われている限り、あなたは苦しみを味わうだろう。自分の欲しいものを得ることに執着し、欲しくないものを避けても、幸せな結果は得られない」。その経典は次のような忠告を含んでいる――「いつも楽しい心だけを維持しなさい」

では、楽しい心とはなんだろう？　敬愛されているこの経典を英訳し、解説したジンパは、楽しい旅の準備をしていれば、誰もが気づけるものだと説明した。幸せになりたいという私たちの願望は、ある意味で、私たちの本来の心の状態を再発見しようとする試みであるのだ。

喜びは自然な状態であるが、喜びを経験する能力は一つのスキルとして培(つちか)うことができる、と仏教徒は信じている。人の話を聞く際、私たち自身の苦しみ、あるいは他人の苦しみ、他人とのつながりや分離、どこに焦点を当てるかによって印象が異なる。

私たちの喜びを培う能力は、幸福を培う能力ほどには徹底して科学的に研究されてこなかった。一九七八年、心理学者のフィリップ・ブリックマン、ダン・コーツ、ロニー・ヤノフ・ブルマンは、宝くじの勝者が事故で身体が麻痺した人たちよりずっと幸せなわけではないことを発見した、画期的な研究書を刊行した。この研究とそれ以降の研究によって、人々がそれぞれの人生の過程で自分の幸せを決定する「設定ポイント」を持っているという仮説が生まれた。言い換えるなら、私たちはどんな新しい状況にもやがて慣れるし、必然的に普遍的な幸福状態に戻ることができる。けれども、心理学者のソニア・リュボミアスキーによる最近の研究では、遺伝子や気質といった私たちの「設定ポイント」となる不変の要因によって決定されるのは、幸せのうちの半分の要素でしかないことが示された。残りの半分は、私たちにはコントロールしきれない状況の組み合わせや、ほぼ制御できる私たちの態度や行動によって決定される。リュボミアスキーによれば、私たちの幸せを増大させるのにもっとも大きな影響を及ぼすと思われる三つの要因は、❶状況を肯定的に捉え直す能力、❷感謝を感じられる能力、❸親切で寛大になる選択である。それらはまさに、ダライ・ラマと大主教がすでに述べ、喜びの中心的な柱としてのちに取り上げる態度や行動だった。

快楽を断念しましたか?

仏教徒は、いくら感覚的な快感を追求しても永続する幸福は発見できないという強い信念を持っている。感覚を通して一時的に楽しむことはできるが、それは束(つか)の間にすぎず、永続する満足の源にはなりえない。感覚的な満足を通して幸せを追い求めようとするのは、塩水を呑んで喉の渇きを癒そうとするようなものであるという仏教の箴言(しんげん)すらある。しかし、喜びと快楽、ダライ・ラマが身体レベルの幸福と呼んでいるものと精神レベルの幸福と呼んでいるものとの関係はどうなっているのだろう?

「法王、あなたは僧侶として、快楽や楽しみを断念したと多くの人が信じています」

「それにセックス」とダライ・ラマがつけ加えたが、私はそちらの方向に話を持っていきたくなかった。

「**なんだって？**」と大主教が口を挟んだ。

「**セックスですよ、セックス**」とダライ・ラマが繰り返した。

「**今、そう言ったの？**」と大主教が信じられないというような顔をして言った。

「まあ、まあ」。大主教が驚いたのを見て、ダライ・ラマが笑いながら言い、手を伸ばして、安心させた。それが大主教の高笑いの引き金になった。

「セックスのことは措いておくとして」と私は話を本題に戻そうと口を挟んだ。「あなたは快楽や楽しみを断念したんですか？　ランチのとき、私は隣に座っていましたが、あなたはおいしい食事を心から楽しんでいるように見えましたよ。あなたにとって楽しみの役割、人生の快楽を楽しむ役割はなんですか？」

「私は食べ物を愛しています。食べ物がなければ身体は存続できません。あなただって」と大主教のほうに向き直ってダライ・ラマは言った。「ただ**神**、**神**、**神**についてだけ考え続けることはできません。私もただ**思いやり**、**思いやり**、**思いやり**についてだけ考え続けることはできません。思いやりは胃袋を満たしてくれませんからね。だけど、食事をするたびに、私たちは執着せずに食べた物を消化する能力を養わなければなりません」

「エッ？」大主教には仏教用語の「執着（アタッチメント）」の使い方がピンとこないようだった。どのようにすれば食べ物に執着せずにいられるかも理解できないようだった。

「貪欲（どんよく）に食べないということです」とダライ・ラマが説明した。「身体を存続させるためだけに食べるのです。滋養のより深い価値について考えなければなりません」

ある食事の折、ダライ・ラマはチベットのライスとヨーグルト・プディングの入ったお椀を私に見せ、「これが典型的なチベットの僧の食べ物です。私はこれがとても好きです」と言った。彼はおいしそうに食べていた。法王がおいしい食べ物、とくにプディングのように、質素な人生の喜びを拒まない料理を知っていることに、私は安堵した。

こういったデザートを食べることを通して、ダライ・ラマが大きな楽しみを引き出していることを私は確信した。彼は明らかに、五感を通していくばくかの喜びを味わっている。では、楽しみと貪欲との境界はどこにあるのだろう？　二度、三度とお代わりすること、すなわち量の問題だろうか、それとも一噛み一噛みに対する態度の問題だろうか？　ジンパはしばしば食事の前に唱えられる有名な感謝の祈りを共にしてくれた。「この食事を薬とみなし、欲張ることも怒ることもなく楽しみます。暴飲暴食をせず、優越感に浸ることもなく、自分自身を太らせるためではなく、身体を養うためだけに食べます」。おそらくダライ・ラマは、身体を養うために食べてさえいれば、その経験がもたらす楽しみや満足を否定する必要はないと言っているのだろう。

「それでは、あなたの質問に答えましょう」とダライ・ラマが言った。「幸せを味わうことについて語る場合、実際には二種類の幸せがあることを知る必要があります。一つは感覚を通して得られる快楽の楽しみです。私が先ほど例に挙げたセックスもそのような体験の一つです。けれども私たちは、心を通して、より深いレベルの幸せを経験することもできます。愛や思いやり、寛大さといったものです。より深いレベルの幸せを特徴づけているのは、あなたが味わう満足感です。感覚の喜びは束の間ですが、より深いレベルの喜びははるかに長く持続します。それは真実の喜びです。

信仰者は神への信仰を通して、より深いレベルの喜びを育みます。それが内的な強さや内的な平和をもたらすのです。無信仰の人、あるいは私のような無神論者は、心の鍛錬を通してより深いレベルの喜びを育まなければなりません。この種の喜びや幸せは内側からやってきます。その結果、感覚的な快楽はさほど重要ではなくなります。

過去数年間、私はさまざまな科学者たちと、感覚レベルの快楽や痛みと、より深いレベルの幸せや苦悩との違いについて、話し合ってきました。今日の物質主義的な生活から鑑みるに、人々はもっぱら感覚的な経験に関心があるように見えます。彼らの満足がきわめて限られており、束の間であるのはそのためです。というのも、彼らの幸せの経験は外部からの刺激に依存しているからです。たとえば、音楽がかかっている間、人々は幸せを感じます」。彼は音楽を楽しんでいるかのように、頭を片側に傾けて微笑んだ。「なにかいいことが起こると、人々はハッピーになります。おいしい食べ物を食べているときもハッピーです。でも、そういうものがなくなると、退屈で落ち着かなくなり、不幸になります。もちろんそれは今に始まったことではありません。仏陀が生きていた時代でさえ、人々は感覚的経験が幸せをもたらしてくれると考える罠に陥っていました。

ですから、喜びが単なる感覚ではなく心のレベルで生じるとき、あなたはより長期間、深い満足を維持することができるのです。一日、二四時間でもです。

私は常々、人々に諭しています。精神的なレベルの喜びや幸せにもっと注意を払わなければならない、と。単なる肉体的な快楽ではなく、心のレベルでの満足のことを指しているのです。それが真の楽しさです。精神的なレベルで楽しく幸せであれば、肉体的な苦痛はさほど問題にはなりません。けれども、もしも心のレベルでの喜びや幸せがなければ、心配や恐れが絶えず、そんなときは肉体的な慰めや快楽でさえ、あなたの精神的な不調を和らげることはないでしょう」

「読者の多くは」と私は言った。「肉体的な快楽がなんであるかを理解するでしょう。あるいは、肉体的な喜びや幸せの次元がなんであるかを理解するはずです。良質な食事や良い楽曲が自分をどんな気分にさせるかを彼らは熟知しています。けれども、あなたが一日二四時間続くとおっしゃった精神的な幸せや快楽についてはどうでしょうか」

「嘘偽りのない愛の感覚です」とダライ・ラマが言った。

「朝のコーヒーを飲む前でも、あなたはそうした喜びを持って目覚めますか？」と私は尋ねた。

「生きとし生けるもの、とくにすべての人間の健康に強い関心を持つようになれば、朝、コーヒーを飲む**前でも**幸せを感じられるでしょう。

それこそが、思いやりが持つ力です。他者を思いやる気持ちを持つことの力なのです。他人への思いやりや親切について一〇分ないし三〇分瞑想するだけでも、一日中、その効果が感じられるでしょう。それが穏やかで喜びに満ちた心を維持する方法なのです。

気分が良いときには、多少のトラブルがあっても大丈夫だと感じられる。こんな経験を誰でもしたことがあるでしょう。でも、気分が落ち込んでいると、親友がやってきても気分は良くなりません」

「私がやってきたときも、あなたはそんなふうに感じたのかい？」大主教がふざけた調子で尋ねた。

「だからこそあなたをお迎えに空港に伺ったんですよ。困らせてやろうと思いまして！」

★　★　★

快楽のみを追いかけても満たされないことを表わす専門用語が、科学にはある。**ヘドニック・トレッドミル**〔収入の増加と共に人々の幸福感も増すが、期待や志も膨らむため、ほどほどの幸福感が維持される傾向〕という言葉は、ヘドニズム〔快楽こそ最高の善〕を信じるギリシアのエピクロス派にちなんで名づけられたものだ。文字文化の誕生以来、快楽主義を唱える者は跡を絶たなかった。ギルガメッシュ叙事詩の中で、発酵〔つまりアルコール〕の女神であるシドゥーリはこう忠告している。「お腹を満たしなさい。

昼夜なくはしゃぎなさい。日々、喜びで満たしなさい。……そのようなことのみが人間の関心事なのだ」。チベットの伝統の源流とも言うべき古代インドの霊的文化にさえ、「チャバカ」として知られる快楽主義の一派がいた。多くの点で、快楽主義はほとんどの人の既定の哲学であり、消費者の「爆買い」文化の支配的な傾向であり続けてきた。

けれども科学者たちは、快楽を味わえば味わうほど不感症になり、それが当たり前になってしまうことを発見した。最初のアイスクリームは最高で、二杯目も楽しめるが、三杯目のアイスクリームは消化不良を引き起こす。それは、最初と同じハイな気分を生み出すためにどんどん量を増やさなければならないドラッグに似ている。だが、私たちの幸福感を劇的に変えるあることが、文献に載っているらしい。それはダライ・ラマと大主教が初日に再三主張していたものである——私たちの関係、とりわけ他者への愛と寛大さの表現だ。

私がサンフランシスコでランチを共にした神経科学者リチャード・デイヴィッドソンは、ニューロイメージングを使ったリサーチを通して、幸せな脳の統一理論を描き出した。彼の話に完全に魅せられてしまい、私は少なくとも物質レベルで生春巻きのおいしさを味わうことができなかったくらいだ。

脳には、私たちの健康の維持に影響を及ぼす四つの独立した回路が存在する、とデイヴィッドソンは説明した。第一の回路は「肯定的な状態を維持する能力」である。肯定的な状態もしくは肯定的な感情を維持する能力が、幸せを味わう能力に直接影響を及ぼす——これは理解しやすいだろう。二人の偉大な霊的指導者は、この状態に到達するもっとも手っ取り早い道は愛と思いやりから始めることだと語っていた。

第二の回路は「否定的な状態から回復する能力」を司っている。私にとってもっとも魅力的だったのは、これらの回路がそれぞれ完全に独立していることだった。肯定的な状態を保つことには長けているが、否定的な状態の奈落に簡単に落ち込み、そこからなかなか這い上がれない人もいる。実際、それは私の人生で起こった多くのことを説明してくれた。

やはり独立している第三の回路は、「心がさまようのを避ける、集中する能力」である。これは言うまでもなく瞑想によって育むことができる回路だ。呼吸ないしマントラに集中しようが、ダライ・ラマが毎朝行なっている分析的な瞑想をしようが、この集中する能力は基本的なものだ。

最後の第四の回路は「寛大になれる能力」である。脳の四つの回路のうちの一つが寛大さに捧げられているのは驚きだった。私たちが他人を助けるとき、あるいは他人が助けられているのを見るとき、脳が気分を良くするのは不思議ではない。エクマンはそれを喜びの一つの次元である高揚として説明した。さらに、協調性、思いやり、寛大さという資質が私たちに生まれながらに備わっていることを裏付ける研究もある。

無意識の科学を先導する専門家の一人、ジョン・バーは、それを生来備わっている三つの（しばしば無意識の）目標（＝生存、生殖、協調）の一つだと述べている。生後一八か月の子供を対象とした実験では、お互いに向き合っている人形を見せられた子供は、お互いにそっぽを向いた人形を見せられた子供よりも協調的だった。この卓越した無意識は、協調性が成長の初期から備わる進化的本能であることを示す興味深い例の一つであるとバーは主張する。

もっとわかりやすい言い方をするなら、私たちは自分の安全を護り、面倒をみてくれるであろう人物に協力し、親切にするよう脳にプログラムされているのだろう。私たちは自分と違うように見える人々を警戒する。それは偏見の無意識のルーツだ。共感は自分の「グループ」の外にいる人間にまでは及ばないようだ。だから、大主教とダライ・ラマは、私たちが実際には一つのグループ

――人類――であることを絶えず思い出させようとするのだろう。協調する能力や欲求、他人に寛大になれる能力や欲求は私たちの神経回路の中にすでに組み込まれており、個人的にも、社会的にも、地球規模においても活用できるのだ。

私たちの最大の喜び

私は大主教に次の疑問をぶつけた。「あなたが話している喜びは単なる感情ではありません。束の間に生じて消え去るものでもありません。はるかにもっと深遠なものです。喜びは世界とかかわる一つの方法だとあなたはおっしゃっているように聞こえます。多くの人々が幸せや喜びを待ち望んでいます。仕事にありついたり、恋に落ちたり、お金持ちになったりすると、彼らは幸せになり、喜びに包まれます。あなたは待たずとも今すぐ手に入れられるものについて語っています」

大主教は慎重に答えを探った。「結局、私たちの最大の喜びは、他人に善をほどこそうとすることなのです」。そんなにストレートでいいのだろうか？　私たちは献身的な寛大さの脳回路を刺激し、満足させる必要があるだけなのだろうか？　私の猜疑心（さいぎしん）を予期していたかのように、大主教は続けた。「私たちはそのように造られているのです。人を思いやるよう脳の神経が結線されているということです」。デイヴィッドソンの研究によれば、文字どおり、結線されているのだ。

「私たちは他人を気遣うよう、お互いに寛大になるようプログラムされています。他人と相互作用できなければ、私たちはしぼんでしまうでしょう。監禁が非常に恐ろしい罰である理由の一つはこの点にあります。私たちは自分自身であるために、他者に依存します。私たちがこんなに早くウブントゥのコンセプト〔南アフリカの現地語で〝他者との共生意識〟を表わす〕に行きつくとは思いもよりませんでした。ウブントゥの根底には、人間は他者を通して一人前の人間になるという考えがあります。一切れのパンを持っていたら、それを分け合えば自分のためになる、というのがウブントゥのコンセプトです。自分一人だけでこの世に誕生した者はいません。この世に誕生するには二人の人間が必要でした。ユダヤ教徒とキリスト教徒が共有している聖書が美しい物語を告げています。〝アダムが一人なのは良くない〟と神は言います。それに対して、あなたはこう言えるかもしれません。〝いいえ、残念ながら彼は一人ではありません。まわりには樹木が生えているし、動物や鳥たちもいます。それなのに、どうして彼は一人だと言えるでしょう〟

そして、あなたは、本当の意味で私たちがお互いに補い合うように造られていることを理解します。それが物事の性質なのです。あなたはなにも信じる必要がありません。他の誰かから学ばなければ、私は今話しているようには話せなかったでしょう。他の人間から学ばなければ、歩くことも考えることもできなかったのです。私は他の人間から人間であることを学びました。私たちはそのような洗練されたネットワークに属しています。それは実に奥が深いものです。

不幸なことに、私たちは大惨事が起こるまで、自分たちのつながりに気づかない傾向があります。私たちはまだ会ったことのないティンブクトゥ〔西アフリカのマリ共和国内ニジェール川中流域に住む砂漠の民トゥアレグ族の都市。イスラム系武装組織の活動により危機に瀕している世界遺産としてリストアップされている〕の人々を気にかけ始めています。恐らく、私たちは彼らのような危機に遭遇することはないでしょう。それでも私たちは心のうちを吐露（とろ）します。彼らを助けるために力を注ぐのです。共に束ねられていることに気づくからです。私たちは束ねられ、一緒であることによってのみ人間になりえます」

私は大主教ツツが言ったことに深く心を揺り動かされたが、一部の読者は首をかしげるかもしれない。大抵の人は、他人を助ける方法を考えながら歩き回ったりしない。好むと好まざるとにかかわらず、朝、目を覚ますと、仕事をどうやって片づけよう、生活費を賄(まかな)えるだけのお金をどうやって稼ごう、家族をどうやって養っていこう、といったことに思いを巡らせる。「正直者は馬鹿をみる」とは、西洋における親切と思いやりに対する相反した感情を表わすフレーズである。私たちの社会の成功はお金、権力、名声、影響力によって測られる。

　ダライ・ラマと大主教はお金を除いてすべて持っているが、飢えることはないだろう。霊的指導者にとっては、お金は無視しても平気だろうが、絶大な力を持つ市井(しせい)で生まれ、死んでいく人たちにとってはどうだろう？　大抵の人は霊的に偉大になることや悟ることを望んではいない。子供たちの教育費を捻出することや、退職後にお金を切らさずにうまくやっていくことを望んでいる。ラスベガスの郊外に住む友人の家を訪問したときのことが思い出され、私は忍び笑いをした。それは飛びっきり美しい家だった。泉と水路を備えた複数の建物からなるペルシャの邸宅のようで、イスラム文明の偉大な構造の名残をとどめていた。私がそこを訪れたのは、大主教の遺産について話し合うためである。現地に到着した大主教は、その美しさと壮麗さを目にすると、微笑みを浮かべて口走った。「私は間違っていたよ。実は金持ちになりたいんだ」

「あなたがたった今おっしゃったように」とダライ・ラマが溌剌(はつらつ)とした声で言った。「人々はお金や名声や権力について考えます。個人的な幸せの観点から言うと、それらは近視眼的すぎます。真実は、大主教が述べたように、人間は社会的な動物だということです。人はどんなに力を持っていても、またどんなに賢くても、他の人間がいなくては生き残っていけません。だから、自分の願望を満たし、目標を達成する最善の方法は他人を助け、より多くの友人を作ることなのです。では、どうしたら友達を増やせるでしょう？」

　自分に問いかけるかのようにダライ・ラマが言った。「信頼することです。信頼感を育むのは簡単です。相手の幸福を心から願っていることを示せばいいのです。そうすれば信頼感が生まれます。でも、偽りの微笑みや下心があると、信頼感は育ちません。もし食い物にしてやろうとか、利用してやろうと考えているなら、相手の中に信頼感を育むことはできません。信頼なくして友情はありえません。前に述べたように、私たち人間は社会的な動物であり、友達を必要とします。正真正銘の友達です。お金や権力のための友達は偽りです」

大主教が割って入った。「コミュニティ、すなわち仲間こそ神です。その神によって創造された私たちは、繁栄するように造られています。私たちはコミュニティの中で繁栄するのです。自己中心的になって自分のことだけしか考えなくなると、いつか必ず**どうしようもない**欲求不満に陥ります」

★　★　★

ここで矛盾に直面する。喜びの根本的な秘密の一つが自己中心性を超えることだとすれば、自分自身の喜びや幸福に焦点を当てるのは、（ダライ・ラマが言うように）愚かな利己性であり、自滅的なのだろうか？　大主教は喜びや幸福そのものを追いかけることはできないと語った。だとすれば、喜びや幸福に焦点を当てるのは、間違いではないだろうか？

自分自身の喜びや幸福を養うことは自分のためになるだけではなく、自分とかかわりのある人のためにもなることをリサーチは示している。自分の痛みや苦しみを乗り越えることができれば、他者を気に掛ける余裕ができる。痛みは私たちを自分のことしか考えられなくさせる。痛みが身体的なものであろうと精神的なものであろうと、私たちの注意力のすべてを奪い、他人を気に掛けるエネルギーを枯渇（こかつ）させる。ダライ・ラマとの共著の中で、精神科医のハワード・カトラーはこれらの発見を次のように要約している。「実際に、もっとも自己中心的な傾向があり、引きこもってくよくよ考え、反抗的な人間は不幸であることを示す研究が次々に生まれている。それに対してハッピーな人間は、より社交的で柔軟性があり創造的で、不幸な人々よりも簡単に日々のフラストレーションに耐えられることが発見されている。もっとも重要なのは、彼らが不幸な人間よりも愛情深く寛大であることだ」

それでも、私たち自身の喜びが不正や不平等に抵抗することとどのようにかかわっているのか疑問に駆られる人もいるかもしれない。私たちの幸せは世界の苦しみに取り組むこととどのようにかかわっているのだろう？　簡単に言うと、私たちが自分の痛みを癒せば癒すほど、他者の痛みに目を向けることができるようになる。ところが、驚くべきことに、私たちが自分自身の痛みを癒す方法は、実際に他者の痛みに目を向けることによってであると大主教とダライ・ラマが主張しているのだ。それは「良循環」である。他者に目を向ければ向けるほど、私たちはより多くの喜びを味わえるようになり、喜びを味わえば味わうほど、他人を喜ばすことができるようになる。目標は自分自身のために喜びを生み出すことにとどまらない。大主教の詩的な表現を借りれば、「周辺のすべての人々に波及していく喜びの貯水槽、平和のオアシス、平静さの池」になることだ。これから見ていくように、喜びは、愛や思いやりや寛大さと同じようにきわめて伝染しやすいのだ。

より多く楽しめれば、喜びに満たされるというわけではない。私たちが語っているのは、全身全霊で世界とかかわる、力強い共感するスピリチュアルな心の状態についてである。大主教と私が紛争地域に赴（おもむ）く平和大使や活動家のためのトレーニング・コースを創設しようとしていたとき、平和は内側からやってこなければならないと大主教は説き、その理由を説明してくれた。もし内的に平和がなければ、私たちは地上に平和をもたらすことはできない。同様に、もし自分自身の人生において幸せになることを熱望しなければ、世界をより良いハッピーな場所にすることは望めない。私は喜びを妨害するものにどう対処すればいいか聞きたくてたまらなかったが、翌日まで待つ必要があった。ランチまで、たった一つ短い質問をする時間しかなかった。

私は喜びを持って目覚めるのはどのような感じかダライ・ラマに尋ねた。毎朝、彼は自分の経験を私とシェアしてくれた。「もしあなたがとても信心深ければ、目覚めたとたん、新たな一日を過ごさせてくれる神に感謝すると思います。そして神の意志を叶えようとするでしょう。無神論者ではあっても仏教徒の私は、目覚めたとたん、仏陀の教えを思い出します。親切や思いやりの大切さ、他人に良いことが起こるよう、あるいは少なくとも彼らの苦しみが和らぐよう願う気持ちの大切さを思い出すのです。それから、万物が相互に関連し合っていることを思い出します。相互依存の教えです。その後で、その日を有意義に過ごそうと心に誓います。有意義とは、可能なら他者に奉仕し、助けることを意味します。それができなければ、少なくとも他者を傷つけないようにすることです。それが有意義な一日です」

ランチ──茶目っ気たっぷりの二人の出会い

ダライ・ラマの謁見室はダイニングルームに変えられていた。部屋の隅に色彩豊かな木の箱に納められた黄金の仏像があった。壁には、仏陀をはじめとする仏教徒の人物を描いた絹の巻き物であるタンカ〔仏画の掛け軸〕がかかっていた。伝統的にタンカは瞑想の修行を鼓舞するために短期間、僧院の壁にかけられる。悟りの道を究めようとする修行者を後押しするためである。

窓は白いレースのカーテンで覆われ、テーブルにはバスケットに入ったチベットのパンと箱に入ったジュースが置かれていた。とても質素なセッティングで、まるでピクニックのようだった。食事はダライ・ラマのキッチンで作った典型的なチベット料理である。麵と野菜、それにモモ〔チベットの蒸し餃子〕が並べられている。

ダライ・ラマと大主教ツツはテーブルをはさんで向かい合って座った。私はダライ・ラマの隣に座ったので、彼の姿勢や身振りに、リーダーの力を感じることができた。初対面の折、彼が私の手をいかに強く、しかし優しく握ったかを思い出した。彼はとびきり親切だが、それによって威厳が損なわれることはない。彼を見ていると、思いやりが弱さではなく強さの特徴であることを思い知らされる。何日間かの対話の中で、彼らは何度もその点を強調した。

ダライ・ラマが人を迎えるときには、手を驚くほど強く握り、祖父がよくするように優しく撫でる。彼は人の目をまっすぐに見、その人が感じていることを深く感じ、自分のおでこと相手のおでこをくっつける。高揚感や激しい苦痛、どんな感情が心の中にあっても、または顔に反映されていても、彼の顔に映し出される。だが次の人間に会うと、それらの感情は消え去り、彼は全身全霊を傾けて次の出会いと瞬間に集中する。おそらく、それが「今ここ」に存在することの意味だろう。

過去の記憶から解き放たれ、未来への思い煩いに惑わされず、一瞬一瞬、ひとりひとりの人間に集中するということ。

ランチが始まり、誕生日や老化、死ぬべき運命などが話題にのぼった。

「私はドイツ人の膝のスペシャリストに会いに行きました」とダライ・ラマが口火を切った。「私の体調がきわめて良好であることは、彼にすぐに伝わりました。でも、私の膝に問題があると指摘し、あなたは一八歳ではなく八〇歳ですからたいしたことはできないと彼が言うんです。それは偉大な教えだと痛感しました。はかなさについて考えることはとても重要です。彼は私が八〇歳であることを思い出させてくれました。それは素晴らしいことです。けれども、友よ、あなたは私よりも年を取っていますよね」

「若さを自慢したいのかい？」と大主教が言った。

「キッチンでこれを作ったんです」とダライ・ラマは言って、大切な客に一片のパンを差し出した。

「あなたは勝手にパンを選び、無理矢理、私に食べさせようとしている」と大主教が応じた。「私はこっちが好きです」と大主教ツツは五穀入りのパンを無視して白いパンを手に取ると、お抱えのアメリカ人医師のほうを見て微笑んだ。

「空港で報道陣から言われました。〝大主教ツツの訪問を受けて、あなたは幸せにちがいありませんね〟と。彼らに言いました。〝そのとおり、私はたいへん幸せです。親友を迎えようとしているんですから。人間として素晴らしい方です。彼は宗教的なリーダーであり、さまざまな宗教的伝統を尊重する真剣な実践家です。それから、もっとも重要なことですが、彼は私の大親友です〟」

「単なるお世辞だろう」

「それからこうも告げました。あなたはよく私のことを茶目っ気のある人間だと言っていたと。それで、私もあなたのことを茶目っ気のある人間だと思っていると言いました。二人の茶目っ気のある人間の出会いは素晴らしい。非常にハッピーな再会です」。二人とも笑った。

大主教はパンを食べる前に十字を切り、祈った。

「大丈夫ですか？　気温はどうですか？」とダライ・ラマが尋ねた。彼が偉大な霊的指導者であること、チベット臨時政府の元長で、信心深い人たちにとって弥勒菩薩の生まれ変わりであることなど問題ではなかった。この瞬間、彼はホストに徹し、客が食事を楽しんでいるかどうかを気にかけていた。

「ありがとう」と大主教は言った。「私たちを歓迎してくださったことに感謝します。おいしいランチもありがとう。沿道の人々が私たちを歓迎するよう取りはからってくれたんですね」。大主教は笑っている。「スープがおいしいですね」

大主教ツツは、親切にされたり、なにかを与えられたとき、感謝するのを絶対に忘れない。彼は与えられたものを確認するために、やりかけていることを中断すらする。

「このスープは素晴らしい」と大主教は言って、彼にもっと食べ物を差し出そうとする僧侶の手を払いのけた。他のみんなはほとんど食事をし終わっていたが、彼はまだスープをすすっていた。「おいしい。お願いだから、私が食べるのはこれだけにしてもらいたい。あとでデザートをいただく。フルーツのサラダをね」。それから、アイスクリームが振るまわれているのを見て、ニコリと微笑んだ。「そうだね、少しだけアイスクリームももらおうか」。彼は頭を左右に振り、スイーツを食べる楽しみと健康への悪影響とを天秤にかけていた。大主教はアイスクリーム、とくにラムレーズンのが大好きである。レイチェルと私が彼と一緒に宿泊した際、事務所は彼の好みを親切にも教えてくれた。魚ではなく鶏肉、ラム肉、コカコーラ（やっかいな健康問題のため現在は諦めている）、ラムレーズンのアイスクリーム。ラムレーズンは休日以外に見つけるのは容易ではないが、私たちは最終的に、アイスクリームの卸売問屋の大型冷蔵庫に一ガロンの容器に入ったラムレーズンがあるのを見つけた。だが大主教は一度、食後のデザートに少し口をつけただけで、残りは数か月かけて私たちが食べることになった。

★　★　★

話題は彼らが属している二つの宗教的伝統、キリスト教と仏教の融合、宗教紛争の課題、寛容の必要性などに移った。ダライ・ラマは全員がキリスト教徒や仏教徒になるのは不可能だと言って口火を切った。「世界の宗教の信者たちが他の信仰の真実を受け入れる以外に選択の余地はありません。私たちは共に生きていかなければならない。幸せに生きていくためには、お互いの伝統を尊重しなければなりません。私は他の伝統を賞賛しています」

「コフィー・アナン〔元国連事務総長〕は晩年、委員会を設置しました」と大主教がつけ加えた。「もったいぶった名称ですが、彼らはそれをハイレベル・パネルと呼びました。さまざまな伝統の人間がかかわっていましたが、そうした多様性にもかかわらず、私たちは満場一致の報告をしました。〝信仰には悪いところなどない。問題は盲信だ〟という結論に達したのです」

「まったくもってそのとおりです」とダライ・ラマは相槌を打った。

世界中に燃え上がっている狂信や不寛容さをどうしたらいいのでしょう、と私は尋ねた。「唯一の解決策は教育とより広い触れ合いです」とダライ・ラマは答えた。「私はポルトガルのファティマ、エルサレムの嘆きの壁や岩のドームといった聖地に巡礼に行きました。一度、スペインのバルセロナにいた折、ほとんど温かい食事を摂(と)らずに托鉢僧(たくはつそう)として五年間山中で暮らしていたキリスト教の僧侶と出会いました。私はどんな目的で行(ぎょう)をしているのか尋ねました。愛の行だ、と彼は言いました。答えるとき、彼の瞳にはなにか特別なものが宿っていました。この愛という行こそ、世界中の宗教の核にあるものです。この聖者に会ったとき、〝不幸にも彼は仏教徒ではない〟とか〝キリスト教徒だなんて残念だ〟とは思いませんでした」

「私はよく人々に言うんです。本当にそう思うのかい、と……」。大主教が話し始めた。ところが、ダライ・ラマは食事を給仕している僧侶のほうを向いていた。大主教は彼を叱るふりをした。「ちゃんと聞いてるかい？」

大主教のコメントを聞き逃したダライ・ラマは「だから、それは……」と言いよどんだ。

大主教は機嫌を損ねたふりをしつづけた。「ほら、みなさい。あなたは聞いていない」

「こん棒で叩かれない限り、私は聞きません」とダライ・ラマは言って笑った。

「あれ、あなたは非暴力主義者だと思っていたんだが！」

「どうかもっと話してください。私は食事に専念しなければなりません。これは私にとって本日最後の食事なんです」。仏教の僧院の伝統で、ダライ・ラマは朝と昼、一日二食しか食べない。

「わかりました。さっき言いかけたことですけど、ダライ・ラマが天国に到着したとき――神は〝オー、ダライ・ラマ、あなたは素晴らしかった。あなたがクリスチャンではないのはとても残念だ。あなたはもっと暖かい場所に行くべきです〟と言うと本気で思いますか？　それがいかに馬鹿げたことか誰にでもわかります」。大主教はいったん話を中断してから、親しみをこめてつけ加えた。「これまで、私の身に起こったことで最良の出来事の一つは、あなたに出会ったことです」

ダライ・ラマは微笑んで、別の話をし出した。

「あなたは食べることに専念するんじゃなかったの⁉」大主教が釘を刺した。

ダライ・ラマは声高に笑い、デザートを食べることに戻った。

「だけど、あなたは世界に素晴らしい影響を与えてきました」と大主教が続けた。「宗教や信仰の違いにもかかわらず、多くの人が善良になるのを助けてきた。人々はそれを目で見、体で感じることができます。なぜなら、人々が善良になったのは、あなたがおっしゃったことによってではないからです。いや、あなたの言うことが受け入れられないということではないですよ。ただ、あなたの言葉で人々が変わったとは思いません。科学者たちも、あなたは賢いと思っていますが、人々を変える力を持っているのは、あなたという存在そのものなのです。あなたが世界のどこに行こうと、人々はあなたが本物であることに気づいている。あなたは大げさには語りません。あなたは自分の教えを自ら実践し、実にたくさんの人々が信仰を回復するのを助けてきました。そして、徳のある生き方を勧めてきました。あなたは年取った人たちだけではなく、若者にも人気がある。ポップ・スターでもないのに、セントラル・パークを人で埋め尽くせるのはあなたとネルソン・マンデラぐらいしかいません。あなたの講演に人々が列をなして押し寄せます。世俗的な世界について私たちが語っていることは、一部しか真実ではありません」

ダライ・ラマは、自分が特別な人間だなんてとんでもないと言わんばかりに手で払いのけるしぐさをした。「私は常に自分のことを七〇億の人間の一人だと考えています。特別なことはなにもありません。同等のレベルで、究極の幸せの源は健康な体と暖かい心だけであることを人々に気づかせようとしてきました」

彼が話している最中、私たちにとって信じることや信仰に基づいて行動することがなぜそんなにも難しいのだろうと思った。私たちが同じ人間であるのは明白なのに、しばしば私たちは切り離されていると感じる。孤立と疎外が巷に蔓延している。たしかに、私はニューヨークでそんなふうに感じて育った。当時、ニューヨークは世界でもっとも人口の多い場所だった。

「誰でも幸せな人生を欲します。個々人の幸せは人類全体が幸せかどうかにかかっています。ですから人類を念頭に置き、七〇億の人間の一体感を発見しなければなりません。紅茶にしますか、コーヒーにしますか？」と言って、ダライ・ラマは今一度、霊的指導者からホストに戻った。

「私はジュースをいただいた。ありがとう」と大主教が答えた。「あなたはチベットにおいてたいへん特別な身分で育てられました。長い時間をかけて、その一体性の認識にたどり着いたにちがいありません」

「ええ、私は学習と経験によって知恵を育んできました。初めて北京を訪れ、中国の指導者に会ったとき、また、一九五六年にインドを訪れ、何人かのインドの指導者に会った折、あまりに形式張りすぎていて、神経質になりました。ですから今、人々と会う際には、人対人のレベルでお会いします。形式張る必要はありません。本当に形式が嫌いなんです。私たちは生まれるとき、なんの形式もありません。死ぬときもそうです。病院に入院する際も、形式はありません。ですから、形式は人工的なものにすぎません。それは障壁を生み出すだけです。異なる信念を持っていても、私たちは全員同じ人間です。すべての人が幸せな人生を望みます」。ダライ・ラマが形式主義を嫌っているのは、金ぴかの籠の中で子供時代を過ごしたことと関係があるのだろうかという疑問にかられた。

「形式主義をおやめになったのは亡命してからですか？」と私は尋ねた。

「ええ、そうです。ときどき私は言うんです。難民になってから、形式主義の牢獄から解放された、と。要するに真実に近づいたのです。それはいいことです。日本人の友人に対して、あなたたちの文化的エチケットには形式が多すぎると言ってよくからかうことがあります。ときどきなにかについて論じているとき、彼らはいつもこんなふうに反応します」。ダライ・ラマは大げさに頭を縦に振った。「だから、彼らが同意しているのか、していないのかわかりません。最悪なのは公式のランチです。食事が食べ物ではなく装飾品のようだと私はいつもからかいます。すべてがたいへん美しいのですが、量がきわめて少ない！　私は形式などを気にしません。だから、もっとライスを、もっとライスを、と頼むんです。形式が多すぎる上に量が極端に少ない。小鳥にはいいのかもしれませんが……」。彼はわずかに残っていたデザートをたいらげた。

「誰でも幸せになりたいのかもしれませんが」と私は言った。「問題は、多くの人がそのやり方を知らないことです。あなたは温かい心を持つことの重要性を語っていましたが、多くの人は引っ込み思案か、他人に心を開けません。彼らはおびえているのです。拒絶されるのを怖がっているのです。あなたは信頼感を持って人々に接すれば、彼らの中にも信頼感を鼓舞するとおっしゃいました」

「そのとおりです。正真正銘の友情は、全面的に信頼に基づいています」とダライ・ラマは説明した。「他者の幸せに本気で関心を持てば、信頼が生まれます。それが友情の基盤です。私たちは社会的な動物であり、友情を必要とします。生まれてから死ぬまで、友情はとても大切なものだと思います。生き残っていくために、愛を必要とすることを科学者たちは発見してきました。私たちが生まれると、母親はとてつもない愛情を注ぎます。誕生後、母親の身体的接触が脳の正常な発達の鍵になる時期が何週間かあると多くの科学者たちは語っています。誕生後に母親から引き離されて隔離されると、非常に有害な影響を及ぼすことがあります。これは宗教とは関係ありません。生物学です。私たちは愛を必要とするのです」

ダライ・ラマが晩年の生物学者、ロバート・リヴィングストンからこの研究について初めて聞いたのは一九八〇年代のことだった。ロバート・リヴィングストンは後にダライ・ラマの生物学の「家庭教師」になった人物である。児童神経学者で神経科学者のタリー・バラムはこの重要な分野の最新の研究を行なった。そして、母親の愛撫(あいぶ)が赤ん坊の発達する脳の中で、認知能力やストレスからの回復力を改善する活動を刺激することを発見した。母親のタッチは、メッセージの送受信や記憶の暗号化に重要な役割を果たす神経細胞の樹状突起(じゅじょうとつき)スパインを崩壊に導くストレス・ホルモンの放出を、文字どおり妨げる可能性があるのだ。

「私の母親は双子でした」と私は言った。「また、母親は早産で生まれたため、体重が一キロちょっとしかありませんでした。そのため、人間との接触を断たれ、二か月間、保育器で過ごしました」

「それがあなたの母親に影響を与えたんですか?」と大主教ツツが尋ねた。

「かなり深刻な影響を与えたと思います」

「あれは……なんと呼ぶのだろう?」大主教ツツが言った。「カンガルーの育児嚢(いくじのう)〔おなかの袋〕かな。私の妻リーと私はケープタウンの子供の病院のパトロンなんです。ある日、そこを訪れた際、こんな大男が小さな赤ん坊を胸に結わえつけて歩き回っていました。そうやって彼の心臓の鼓動を赤ん坊が感じられるようにしていたのです。そうして育てられた赤ん坊は順調に育つと言っていました」

早産で生まれた直後、新生児の集中治療室に入れられていた私自身の双子の娘の写真をまだ持っているかどうか、ムポが尋ねた。私は自分の身に起こった体験を語った。娘の一人の臍(へそ)の緒は脱出していて、産道をおりてくるのを妨げていた。彼女の心臓の鼓動や酸素レベルは急落しており、産科医は吸引分娩器を使って娘の頭を引っぱり出そうとしたが、赤ん坊を取り出すにはもうひと押し必要で、緊急の帝王切開をしなければならないとレイチェルに告げた。エリアナはすでに産道に押し出されていたので、帝王切開が無事に行なわれる保証はなかった。

レイチェルは医師でもあるので、エリアナの酸素レベルが危険なまでに低下している今、一刻の猶予もないことを知っていた。痛みをものともせず、レイチェルが全身の力を振り絞って娘を押し出したときに示した強さは、それまでに見たことがないものだった。生まれてきたエリアナは蒼白（あおじろ）く、無反応で、呼吸をしていなかった。彼女のアプガー指数〔出産直後の新生児の健康状態を示す指数〕は一〇点満点の一で、つまり、かろうじて生きていることを意味していた。

エリアナは急いでクラッシュカート〔救急用のメス、消毒液などの医療器具や医薬品を積んだ移動手押し車〕に乗せられ、医師は彼女を蘇生させるため、赤ん坊に声をかけるようレイチェルに告げた。ハイリスクの手術室でも、母親の声はほとんど魔術的な癒しの効果を持っているのだ。医師が娘を蘇生させるため、挿管の準備をする時間は、とてつもなく長く感じた。それから、言葉では言い尽くせない喜びと解放の瞬間が訪れる。エリアナが声を発し、最初の呼吸をして、泣き出したのだ。私たちは産科医も含め、喜びの涙を流した。

トラウマになりそうなエリアナの誕生後、双子はその病院の新生児集中治療室に入った。直後に私が集中治療室を訪れると、赤ん坊二人は手を取り合って並んで横たわっていた。

このようなことがあり、ダライ・ラマが述べている、生き延びるための愛の重要性は私にとって抽象的なものではない。それは、娘の命を救い、私たち全員を生き延びさせてくれる母親の愛情を目の当たりにしたからだ――。

「なんと素晴らしい！」大主教が想像の羽根をはばたかせて言った。

「これは生物学の話です」とダライ・ラマは断言した。「すべての哺乳類は人間も含めて母親と特別な絆を持っています。母親に世話をされなければ、子供は死んでしまいます。それが事実です」「たとえ死ななくても、大きくなってヒトラーのような人間に成長する可能性があります。大きな欠如感を持つことになるから」と大主教がつけ加えた。

「ヒトラーだって幼い頃は他の子供たちと同じだったのではないでしょうか」とダライ・ラマは反論した。二人が、ふざけ合ってではなく、意見を異にしたのはそれがはじめてだった。「彼の母親は彼に愛情を注いだと思います。でなければ、死んでいたでしょう」。家族は、クララ・ヒトラーが本当に献身的な母親だったと証言している。けれども、ヒトラーの父親は口汚い人だったと伝えられている。「というわけで」とダライ・ラマは続けた。「今日でも、テロリストたちは自分の母親から最大限の愛情を受け取っています。だから、心の奥底では……」

「その件に関してあなたと話し合わなければなりません」と大主教が割って入った。「いじめっ子になるのは、大きな不安感を抱えている人たちです。彼らは、往々にして充分な愛情を得られなかったため、自分はひとかどの人間であることを証明したがっているのです」

「そうだと思います。状況、環境、教育すべてが重要です」とダライ・ラマが応じた。「とくに今日、教育において内的価値が重視されていません。内的価値がおろそかになると、自己中心的になります。常に**私**、**私**、**私**と考えるのです。自己中心的な態度は不安や恐れの感覚をもたらします。疑惑です。恐れが強すぎると欲求不満になります。欲求不満が昂じると、怒りを生み出します。それが一連の反応を生み出す心や感情のシステム、すなわち心理学です。自己中心的な態度でいると、他人から引き離されます。すると、不信感が芽生え、疑心暗鬼になります。それが恐怖を、そして不安を生み、欲求不満になります。そして怒りに駆られ、暴力をふるうようになるのです」

ダライ・ラマが恐れや疎外、最終的に暴力へと導く心のプロセスを説明するのを聞くのは面白かった。西洋における育児は、往々にして自分の子供や子供の欲求にばかり焦点を当て、子供たちが他者を気遣う方法を学ぶのを助けようとしないと私は指摘した。ダライ・ラマが応じた。「そうですね。親たちの間にも、利己性がはびこっています。〝私の子供、私の子供〟と考えるのです。それは偏った愛です。私たちは人類全体、生きとし生けるものすべてに対する公平な愛を必要としています。あなたの敵も人間の兄弟姉妹なのですから、私たちの愛や尊敬、思いやりを受け取るに値します。それが公平な愛です。あなたは敵の行動に対抗しなければならないかもしれませんが、彼らを兄弟姉妹として愛することはできます。私たち人間だけが、知性を用いてそのようなことができるのです。人間以外の動物にはそれができません」

親の子供への熾烈な愛情を知った私は、同様な愛情を持って他人を愛することが本当に可能かどうか疑問に思った。私たちは本当に、そうした思いやりの輪を自分自身の家族だけではなく、他の多くの人に広げることができるだろうか？　修道士はすべての愛情を人類に捧げることができるだろうが、親は育てなければならない子供を持っている。私は、ダライ・ラマが言っていることが、人類の大望かもしれないと想像したが、はたしてそれは現実的なのだろうか？　恐らく私たちは、自分の子供を愛するように他人の子供を愛することはできないだろうが、そのような愛情を、ありきたりの壁を越えて広げることはできるかもしれない。私は、大主教が父として述べたことについてももっと聞きたいことがあったが、今や、全員、ランチを食べ終わっていた。

後に、愛や思いやりの柔軟性の話題に戻ることになるだろうが、明日は、喜びを妨げるもの、ストレスや不安、逆境や病気について話し合うことになるだろう。そして、避けられない試練に直面しても、喜びを味わうことができる方法を論じることになるだろう。

2日目と3日目

喜びをさまたげるもの

Day2&3 The Obstacles To Joy

あなたは造られつつある傑作である

「とてもシンプルです」とダライ・ラマは口火を切った。「体の痛みは嫌なものだということは誰でも知っており、それを避けようとします。痛みを避けるには、病を癒さなければなりません。病を予防したり、体の免疫力を強化することも必要です。精神的な痛みもやはり嫌なものなので、それを緩和（かんわ）しようとするのは当然です。その方法は、心の免疫力を養うことです」

私たちは二日目の対話を始め、喜びを妨げるものに目を向けた。対話のテーマは、苦しみに直面して、いかにして喜びを発見するかである。あらゆる角度から苦しみを論じるには、丸々二日必要なことはわかっていた。ダライ・ラマが前日言ったように、私たちの不幸の多くは私たちの心（マインド）（精神）や心（ハート）（臓）の中で生み出される。幸不幸は人生の出来事にどのように反応するかにかかっているということである。

「心の免疫力とは」とダライ・ラマは続けた。「破壊的な感情を避け、肯定的な感情を育む方法を学ぶことです。まず、心を理解しなければなりません。心には実にさまざまな状態があります。私たちは日々、多様な思考や感情を経験しています。その一部は有害であり、実際に毒を持っています。健全で癒しの効果を持っているものもあります。前者は私たちの心を乱し、精神的な苦痛の引き金になります。後者は私たちに真の喜びをもたらします。

この事実を理解すれば、心の動きに対処し、予防措置を講じるのがとても容易になります。それが心の免疫力を養う方法です。健康な免疫系や体質が、あなたの身体を潜在的に危険なウィルスや細菌から守るように、心の免疫力は健全な心を生み出し、ネガティブな思考や感情に惑わされるのを防ぎます。

こんなふうに考えてみてください。もしあなたが健康なら、ウィルスが入ってきても、病気にはなりません。あまり健康でないなら、小さなウィルスでさえ、非常に危険です。同じように、あなたが精神的に健全であれば、障害にぶつかったとき、ある程度苦しむでしょうが、すぐに回復するでしょう。もし精神的に健全でなければ、些細な障害や問題でも多くの苦痛や苦悩を引き起こします。そして、恐れ、不安、悲しみ、絶望、怒り、いらだちといった感情を覚えるでしょう。

人々は恐れや不安を消し去り、即座に平和な気持ちにしてくれる薬を飲みたがります。そんなことをしても無駄です。心を平和に保つには、時間をかけて心を鍛え、心の免疫力をつけなければなりません。往々にして人々は問題に対する素早い最善の解決策を私に求めます。それは不可能です。素早い解決策か最善の解決策、いずれかなら思いつくことができるでしょうが、両方を即座に見出すことはできません。苦しみに対する最善の解決策は心の免疫ですが、育むのに時間がかかります。

一度、アメリカの副大統領のアル・ゴアと話したことがあります。彼は頭を悩ませるたくさんの問題や困難を抱えていると言いました。私たち人間は理性と感情のレベルを区別する能力を持っている、と私は言いました。理性のレベルで、対処しなければならない深刻な問題だと思っても、より深い感情のレベルでは、穏やかなままでいることができます。心の免疫力を育てる方法を知っていれば、それが可能になるのです」

「まったく同感です」と大主教が相槌を打った。「すこぶる適切な答えです。いつものことですが、今回のはきわだって良かった。私が気になっているのは、ときどき、人々が必要もないのに自分自身にいらだつことです。人間としてきわめて自然な思考や感情を持っているだけなのに、いらついてしまうのです。基本的に、自分自身をあるがままに受け入れなければならないと思います。その上で、ダライ・ラマが述べているような成長を目指せばよい。成長の引き金になるものはなにかを知るということです。ネガティブな思考や感情を抱いたからといって、私たちは自分自身を恥じるべきではありません。私たちは人間であり、ときに、人間的な感情を持っていることを認めるのは良いことなのです。問題はいつそれが適切かということです」

その週の対話の最中、大主教は、ネガティブな思考や感情を持ったとしても自分自身を責めるべきではないと再三繰り返した。それは自然で、避けられないことであり、自分を責めれば、罪悪感や羞恥心(しゅうちしん)にさいなまれるだけだ、と。人間の感情が自然なものであることにダライ・ラマは同意したが、ネガティブな感情が避けられないかどうかについては、心の免疫力がつけば避けられると主張した。

ダラムサラで過ごした後の数か月、私は食い違う二人の意見のいずれが正しいのかを解明しようとした。ネガティブな思考や感情を避け、ダライ・ラマが言う〝心の免疫力〟を養うのは本当に可能なのだろうか？　それとも、そうした思考や感情は避けられないものであり、大主教が言うように、それらを受け入れ、自分を許すべきなのだろうか？

多くの心理学者たちと議論を重ねた末、最終的にいずれの立場も有効であり、感情生活の周期における異なった段階であることが判明した。私たちは自己探求や瞑想を通して、心の動きを知り、感情的な反応をなだめる方法を学ぶことができる。そうすれば、多くの苦悩を生み出す破壊的な感情や思考パターンにさほど振り回されなくなる。それが心の免疫力を養うプロセスだ。

それに対して、心の免疫力を持っていたとしても、私たちはネガティブな感情や破壊的な感情を持つときがある。そのようなとき、私たちがもっともしたくないのは自分自身を裁くことだ、というのが大主教の立場である。

言い換えれば、もし私たちがきちんと食事をし、ビタミンを摂取し、充分な休息を取っていれば、健康でいられるとダライ・ラマが言うのに対し、大主教は「お説はごもっともだけど、人間、風邪を引くときもある。自責の念で自分を追い詰めるべきではない」と言っているのだ。

二人が言う喜びを妨げるものとは、ストレスや欲求不満、心配を生み出す日々のトラブル、人生を決定づける逆境や病気を指す。そして人は最終的に死と直面しなければならない。そうした苦悩の源にどう対処すればいいのだろう。たとえば、死は誰にでも訪れるものであり、避けることができない。とはいえ、こちらがどのような態度で臨（のぞ）むかによって、その影響力が大きく変わってくるというのが二人の共通した見解である。

最初の一歩は苦しみの現実を受け入れることだ。仏陀（ブッダ）なら、「私は一つのことだけ教えた。苦しみと苦しみの停止についてである」と言っただろう。仏教の最初の崇高な真実は、人生が苦しみに満ちているということだ。苦しみを表わすサンスクリット語はドゥッカ dukkha である（風味のあるとてもおいしいエジプトの調味料 dukkha と混同しないでもらいたい）。

dukkha は「ストレス」「不安」「苦しみ」「不満」などと訳すことができる。ときにそれは病や老化で起こる心身の苦しみとして説明される。また、基本的に一時的なもので、制御不能なものを制御しようとすることから生じるストレスや不安としても説明される。なにかが起こると、私たちはその瞬間を制御しようとする。その結果、起こるべきではないことが起こっているという感情を覚える。心痛を生み出すものの多くは、今ある状態と違っていてほしいと思うことから生じる。「多くの場合」とダライ・ラマは説明した。「ある種の不満をつのらせると、それは欲求不満や怒りに変わります」

ストレスや欲求不満は表層的な問題や愚痴（ぐち）のように聞こえるかもしれないが、仏陀はそれらを不必要な、もしくは作り出された苦悩の核とみなした。ダライ・ラマが初日に言ったことを私は思い出した。私たちは自然の災害やそれによって生み出される苦悩を終わらせることはできないが、その他の苦悩の多くは終わらせることができるということだ。

dukkha（苦悩）は幸福、安らぎ、安楽を意味するスカ sukha の反対語である。両方ともサンスクリット語をインドにもたらした古代のアーリア人に端を発すると言われている。アーリア人は馬車や牛車に乗って旅をする遊牧民だった。dukkha（sukha）という言葉は文字どおり「悪い（良い）車軸を持っている」ことを意味する。揺れのひどい乗り心地（dukkha）と快適な乗り心地（sukha）、それらは人生の比喩として、的外れなものではない。どんな人生も轍（わだち）にはまることがあり、揺れは避けられない。だが、快不快はそれをどう感じるかによって決まる。乗り心地が良いか悪いかを決める車軸は私たちの心である。

二人の対話が行なわれる数か月前の一月、ペギー・カラハンと共にダラムサラを訪れた際、私はそのことを痛感させられた。ペギーはダラムサラでの一週間をフィルムに収めることになっていた。四月の大主教の訪問の準備をしに行ったのだが、雲に覆われたダラムサラの空港からの帰国便が突然キャンセルになったのだ。お陰で、ガタガタ揺れる車に乗って近郊の空港まで行かなければならなかった。骨まで揺さぶられる六時間のドライブの最中、私たちは車酔いしないように、お互いに面白おかしい旅行のエピソードを引き延ばせるだけ引き延ばして語り合い、気を紛らわした。

「私たちは自らの経験を知覚し、判断します。〝これは良い〟〝これは悪い〟〝これは良くも悪くもない〟と」。ダライ・ラマが説明した。「その後、恐れや欲求不満や怒りを持って反応します。でも、それらが心のさまざまな側面にすぎないことに気づきます。実体のある現実ではないのです。同様に、大胆不敵、親切、愛、許しといったものも心の側面です。感情のシステムを知り、心がどう働くかを理解するのは、きわめて有益です。

恐れや欲求不満が生じると、なにが原因かを考えざるをえません。大抵の場合、恐れは心の投影にすぎません。私がポタラ宮殿に住んでいた若い頃、非常に暗い場所があり、そこに幽霊が出没するという噂がありました。そのため、そこを通るたび、なにかを感じたものです。それは完璧に心の投影でした」

「いや、違うでしょう」と驚いた顔をして大主教が言った。「幽霊が本当にいたんですよ」

ダライ・ラマが笑って応じた。「狂犬が近づいてきて歯ぎしりしたら、恐れる必要があります。それは不安の投影ではありません。ですから、恐れの原因を分析しなければなりません。欲求不満で誰かを見ると、相手の顔が普段どおりでも、違って見えます。同じように、誰かの行動を見るとき、ありきたりの行動であっても、精神的にむしゃくしゃしていると、自分が攻撃されているように感じたりします。ですから、自分の欲求不満が、現実的なものに基づいているかどうか自問しなければなりません。誰かに批判されたり、攻撃されたりした場合でも、なぜ批判や攻撃にさらされるのか考えなければなりません。その人物は生まれたときから敵なのではありません。特定の環境が、否定的な態度を取るよう仕向けたのです。原因はいろいろあるかもしれませんが、その人自身の態度がかかわっていることもありえます。相手が否定的な態度を取ったのは、過去にその人物の好まないなにかをしたからだということに気づくこともあります。相手の批判や攻撃に自分自身が関与していることに気づくと、自動的にいらだちや怒りの強烈さが和らぎます。すると、敵だと思っていたその人物が実は善良であり、自分を傷つけるつもりがないことに気づきます。誤解や間違った情報のせいで破壊的な行動に駆り立てられていることがわかるのです。それどころか憐れみの感情を覚え、その人物の痛みや苦悩を気の毒に感じることさえあります。〝この人物は自分をコントロールできなくなっている。なんと悲しいことだろう〟と思うのです」

私は頷いて言った。「けれども、私たちのいらだちが他人のせいではなく、私たちの制御できない環境のせいだということもあります。たとえば、私たちはキャンセルされたフライトをコントロールできません」

「まだ、若くて血気盛んだった頃」とダライ・ラマが続けた。「フライトの遅延やキャンセルのアナウンスを聞くと、怒りを感じたものでした。パイロットや航空会社に怒りを覚えたこともあります。

ダラムサラからデリーまでの便ができるまで、およそ四時間かけてジャムの街まで車で行き、飛行機に乗っていました。ある朝、すべての乗客が搭乗し終えたのちになって、フライトがキャンセルされたので、全員、降機してくださいというアナウンスがありました。のちに、パイロットが前の晩、酒を飲みすぎたせいで出勤してこなかったと告げられ、全員が怒り、私もいらだちを感じました。

ここでは頻繁（ひんぱん）にあるのですが、フライトがキャンセルないし延期されたというアナウンスが入ると、今では、座って瞑想する良い機会だと捉えます。ですから、さほどいらだちを感じません」

私は妻レイチェルと当時二歳の息子ジェシー、そして私の母親と一緒にハワイに向かっていたフライトのことを思い出した。私たちはさほど余裕がなかったので、格安の航空会社の席を予約していた。その航空会社は飛行機を二機しか所有しておらず、休日にハワイやその他の目的地まで往復させていた。カリフォルニアからオアフ島までの太平洋上の道半ばで、機体を横から突かれたかのように、突然揺れるのを感じた。すると、機体が大きく旋回し、少し経ってから、サンフランシスコに向かって戻りつつあることを乗務員がアナウンスした。私は非常に腹が立ち、いらだったのを覚えている。

私たちは別のフライトを待って丸一日過ごさなければならなかったので、カリフォルニアでバケーションを始めることにし、ジェシーを動物園に連れて行った。それはそれで結構楽しかったが、ハワイの休日が切り詰められたことに怒りを感じた。翌日、空港に戻って搭乗に備えて待機していたとき、パイロットが引き返した理由を他の乗務員に話しているのを小耳に挟んだ。どうやらエンジンのボルトの一つが緩んでしまったらしい。もしあの瞬間、エンジンを止めずにいたら、エンジンが壊れ、太平洋の真ん中に墜落していたかもしれないとパイロットは平然と言った。危険性の高い状況を冷静に扱うことに慣れている人間のしゃべり方だった。突然、フライトの遅れや動物園で過ごした一日がそれほど悪くないように私には思えた。

「私はよくいらいらし、腹を立てました」と大主教が話を引き継いだ。「重要な会合に向かって急いでいるときのことです。前方で事故があり、交通が止まってしまいました。若い頃なら、そんなとき、歯ぎしりし、誰かを蹴飛ばしたくなったかもしれません。だけど、年を取るにつれ、冷静なままでいられるようになります。私たちにできることはあまりないので、歯ぎしりしたり、怒ったりしても役に立たないということです。それだったら、昔からよく言われている方法を使ったらどうでしょう。一〇まで数えるのです。一、二、三……！」大主教は一〇まで数えながら癇癪（かんしゃく）を抑えるふりをした。

「リラックスする方法を学ぶには時間がかかります」と大主教は続けた。「それは既製品として手に入れられるものではありません。癇癪は起こすべきではありません。いらだちがつのるだけですから。私たちは過ちを犯しやすい人間だと言いたいのです。ダライ・ラマが指摘するように……いや、実はその、彼は落ち着いていて穏やかに見えるでしょう。でも、彼だってイライラするときがあったんです。たぶん、今でもそうでしょう。鍛えるために運動しなければならない筋肉に似ています。ときどき、私たちは、最初から完璧でなければならないと考え、自分自身に腹を立てます。けれども、地球上に生きている間は、もっと愛することや思いやりを持つことを学び、善良になる方法を習得するべきなんです。理論で学ぶのではありません」。大主教は人差し指で自分の頭を指さした。「人が学ぶのは、なんらかの挑戦にさらされたときです」。それから急に神のような口調になった。〝**よく聞くがよい**、汝（なんじ）はもっと慈悲深くなりたいと言った〟。〝**よく聞くがよい**、汝はもう少しリラックスしたいと望んだ〟。

　私たちはしょっちゅう自分に腹を立てます。最初からスーパーマンやスーパーウーマンであるべきだと思っているんです。ダライ・ラマの落ち着きは最初からあったわけではありません。優しさや慈悲心が育ったのは、祈りや瞑想の実践を通してです。適度に忍耐強く、受容的なのもそのためです。彼は状況をあるがまま受け入れます。不可能なことをしてむだ骨を折っても、傷つくだけだからです。それが成長と発達の谷間です」

「成長と発達の谷間」というフレーズに私は心打たれた。人生は嘆きの谷であり、そこから解放されるには、天国に入るしかないというキリスト教の有名な考えを反映しているように思われたのだ。「人生は嘆きの谷」という表現は旧約聖書詩篇八四篇六「嘆きの谷を通るときも、そこを泉のわく所とするでしょう」に基づいているとよく言われる。実際に、私たちは自分の涙やストレス、いらだちを、生気をもたらす感情的、霊的成長の水を汲み出せる泉として活用することができる。

「親のなり方を学ぶのと同じようなものです」と大主教は言い、次のように結論した。「あなたは手を焼かせる子供への対応の仕方を学びます。最初の子供よりも三番目の子供のほうがうまく対応できるでしょう。私は皆さんに言いたい。あなたは完璧を目指すように造られているが、まだ完璧ではないと。あなたは造られつつある傑作なのです」

恐れ、ストレス、不安——私はとても神経質である

「私たちはみな恐れを持っています」と大主教は切り出した。「恐れや不安は私たちが生き延びるのを助けてくれたメカニズムです。もし前方にライオンが見えたとき、恐れを感じることなく陽気に歩き続ければ、あなたはこの世からいなくなるでしょう。神が恐れや不安を私たちに与えたのは、それが私たちに必要だと知っていたからです。そうでなければ、私たちは恐れなくなるでしょうが、この上なく愚かにもなるでしょう。そして、長くは生きられないでしょう。問題なのは、恐怖が取るに足らない些細なことで誇張されたり喚起（かんき）されたりすることです」

私は大主教に尋ねた。アパルトヘイトの暗い日々、頻繁に死の恐怖にさらされていたとき、どうやって恐怖をやりすごしたのですかと。彼はこう答えた。「明かりが灯った部屋の窓の前に立つような愚かなことはしませんでしたが、神に次のように言わなければなりませんでした。〝私はあなたの仕事をしています。だから、機嫌良く私をお護りください〟」。大主教が積極的に自分の恐れや弱さを受け入れることに、私はいつも感銘を受けてきた。

リーダーが疑念や恐れ、心配を抱くといった話はほとんど聞かない。リーダーシップそのものが

自信満々の雰囲気を必要とし、弱さや傷つきやすさを受けつけないからだろう。一度、元タイム誌の編集者、リック・ステンゲルから驚くべき話を聞かされた。当時、彼はネルソン・マンデラと共に、マンデラの伝記『自由への長い道のり』の制作に取り組んでいた。その日、マンデラは小さなプロペラ機で、ボディガードのマイクと一緒に空を飛んでいた。朝刊を広げて読んでいた偉大なリーダーは、プロペラの一つが動いていないことに気づいた。彼は身を乗り出してそのことを穏やかにマイクに告げ、マイクがパイロットに報告した。パイロットたちは問題をよく理解し、緊急着陸の準備をしていると説明した。マイクからパイロットの説明を聞いたマンデラは穏やかにうなずき、ふたたび朝刊を読むことに戻った。マイクはタフな男性だったが、恐怖におののいた。けれども、いつ墜落してもおかしくないという事実に惑わされていないように見えるネルソン・マンデラの姿を見て、やっと落ち着きを取り戻した。彼らが空港に迎えに来ていた防弾仕様のＢＭＷの後部座席に乗ったとき、ステンゲルはフライトについてマンデラに尋ねた。するとマンデラは身をのり出し、目を大きく見開いて言った。「ああ、**ビクビクしていたよ**」と。リーダーが危機の瞬間に強さを示すことが必要でも、私たち人間は、弱さや傷つきやすさから逃れられない。大主教がたびたび言うその事実は、私たちがお互いを必要としていることを示しているのだろう。

マンデラの本『未来へのノート』に含まれている私の好きな文の一つは、勇気に関するものだった。「勇気とは、恐れがないのではなく、恐れを打ち負かすことだということを私は学びました。私は思い出せないほどたくさん怖い思いをしてきましたが、それを大胆さの仮面の背後に隠していました。勇敢な人間とは、恐れを感じない人間ではなく、恐れを克服する人間なのです」。私が大主教と一緒に、『神は夢を持っている』という本に取り組んでいたとき、大主教は似たようなことを言った。「勇気とは恐怖がないのではなく、あるにもかかわらず行動できる能力を指します」と。

英語の**勇気**（courage）は、フランス語のcoeur（ハート）から来ている。はっきり言えば、勇気とは、私たちの安全を保とうとする心の理性的なつぶやきを乗り越えて行動に駆り立てるハートの情熱なのだ。

★　★　★

大主教が述べたように、自然な恐怖が誇張されるとき、私たちはストレスや心配、不安を感じる。そのごくありふれた居心地の悪い状態に、多くの人が苦しんでいる。どのような経験や人間関係にもついて回る捉えどころのない恐れや心配にさいなまれているのだ。ストレスや不安があるのに楽しむのは非常に難しい。ストレスや不安があると、私たちはプレッシャーを感じ、仕事や家庭生活に専念できない。同時にたくさんのことをこなそうとすることで、いつも不全感に悩まされる。

現代社会は自立を優先してきたとジンパは指摘する。そのため、私たちはどんどん制御がきかなくなっていく人生を、なんとか乗り切っていかなければならない。ジンパは、中国侵攻以前にダライ・ラマやチベットの人々が送っていた生活について話してくれた。ダライ・ラマの家はアムド地方のタクツェルという人里離れた村の中にあった。村の他の家と同様、遊牧民やヤクがたくさんいる起伏の多い牧草地を見下ろす高台に建っていた。ダライ・ラマは一六人の子供の一人で、そのうちの九人は幼児のうちに亡くなった。もっとも近い街でも、ラバに乗って三時間かかった。当時、ラモ・ドンドゥプと呼ばれていた少年は、ストーブに一番近いキッチンで眠った。彼や彼の家族にとって人生は決して楽なものではなかった。にもかかわらず、伝統的な村での生活が今よりもはるかにストレスが少なかったというジンパの言葉に、私は驚かされた。

チベットにしろ、アフリカにしろ、またはその中間の地域にしろ、人類の歴史には恐れや心配がついて回った。その一部は、冬を越す充分な食料があるだろうかというような生死にかかわる心配だった。しかし、そのような心配は、人々が密接なつながりを持つようになることで処理できるようになった。たしかに、生存は最大のストレス要因である。私たちのストレス反応が進化したのはそのためだ。けれども、現代生活の絶え間ないプレッシャーには、それとはまた違った性質がある。作物が被害を受けたときや子供を失ったとき、大きなストレスや不安に見舞われたのは疑うべくもない。だが、伝統的な生活の日々のリズムは現代生活ほど不規則ではなかったし、めまぐるしくもなかった。「失われてしまった一つの知恵があります」とジンパは言った。「現在、チャンスは広がっていますが、それにつれて不安も増大するということです」。私はジンパがたどってきた物理的、心理的な旅のことを考えた。何千年もほとんど変わらない仏教寺院での生活から、現在、彼がモントリオールで送っている家庭生活に至るまでの旅である。

もしストレスや不安が現代生活の避けられない一部なら、常につきまとうこれらのいらだちの原因に、どのように立ち向かったらいいのだろう？　どうすれば人生をもっとスムーズに乗り切っていけるだろう？　心配を最小限に食い止めるにはどうしたらいいのだろう？

「ストレスや不安は往々にして期待しすぎや、野心を持ちすぎることから生じます」とダライ・ラマは言う。「私たちは期待を果たせないとき、あるいは、野心を達成できないとき、いらだちを感じます。野心満々というのは自己中心的な態度なのです。あれが欲しい、これが欲しい、というわけです。しばしば私たちは、自分自身の能力や客観的な現実を直視しようとしません。自分自身の能力を明確に把握すると、自分の努力を現実的に捉えられるようになります。そうすれば、自分の目標を達成するチャンスがずっと広がります。けれども、非現実的な努力は災いをもたらすだけです。私たちのストレスは、期待や野心によって生み出されるケースが多いのです」

強すぎる野心とはなんだろう？　野心を持つことが徳と見なされているアメリカで育った私は、彼の説明に心打たれた。現代人が切望する「得ること」や「つかみ取る」ことがすべて心得違いかもしれないということはありうるだろうか？　多ければ多いほど良いという信念は、ストレスや欲求不満、ひいては不平不満の元凶かもしれない。

おそらく、それは優先順位の問題である。本当に追いかけるに値するものとはなんだろう？　私たちが本当に必要としているものとはなんだろう？　大主教やダライ・ラマによれば、それは愛とつながりであるが、現代の生活には充分に行きわたっていない。そのことを理解すれば、私たちはいかに生きるべきかに意識的になり、やみくもに獲得することやつかみ取ることに邁進することはなくなる。ダライ・ラマが勧めるのは、もっと現実的になることである。そうすれば、いつも自分の期待や野望を追いかけるのではなく、内的平和の感覚を抱けるようになるというのだ。

慢性的なストレスの兆候は、分断されているという感覚や、常に時間に追いかけられているという感覚になって現れる。反対に、今ここに存在しているという感覚はなくなる。私たちが探し求めているのは、落ち着いて楽しく暮らすことだ。そのためには、時間的な余裕が必要である。大主教は一度、私に言ったことがある。

「人々は、私が祈ったり内省したりするために時間が必要だと考える。というのも、私が宗教的なリーダーだからだ。だが、市井で生きなければならない人たち、たとえばビジネスマンや専門家、労働者などは時間をもっと必要とするだろう」

★　★　★

慢性的なストレスはグローバルに広がっており、ストレス反応の謎を解く集中的な研究がなされている。私たちのものの考え方が、身体のストレス反応に驚くべき影響力を持っていることが判明している。**脅威**を**挑戦**に変えれば、身体はまったく違う反応をするのだ。

心理学者のエリッサ・エペルはストレス研究を先導する研究者の一人である。彼女はストレスがどのように働くかを説明してくれた。ストレス反応は、お腹を空かしたライオン（攻撃）や雪崩（危険）から私たちを救うために進化した。ストレス反応が起こると、コルチゾールやアドレナリンが血液中に放出される。すると、物が鮮明に見えるよう瞳孔が広がり、素早い反応に備えて心臓の鼓動や呼吸が速まる。また、闘争／逃走反応に備えて血液が臓器から背筋やお尻の筋肉へと回される。ストレス反応はめったにない一時的なものとして進化したが、多くの現代人の場合、絶えず活性化されている。エペルと彼女の同僚であるノーベル生理学・医学賞受賞者の分子生物学者エリザベス・ブラックバーンは、絶え間ないストレスが実際に私たちのテロメア（真核生物の染色体の末端部にある構造）を疲弊させることを発見した。テロメアとは私たちの細胞を病気や老化から守るＤＮＡのキャップである。テロメアに影響を与えるのは、ストレスだけではない。私たちの思考パターンも影響を与える。そのことから、エペルとブラックバーンは、私たちの細胞は実際に「思考を聞いている」と結論した。

問題は、避けられないストレス要因の存在ではない。ストレスとは、なにかが重要であることを知らせる脳の方便にすぎない。重要なのは、そのストレスに私たちがどのように反応するかである。

テロメアにダメージを与えるのはストレスのみではない、とエペルとブラックバーンは言う。もっとも重要なのはストレスに対する私たちの反応なのだ。**ストレスからの回復力**を養うよう彼女らは勧める。そのためには、「脅威のストレス」と呼ばれるものを「挑戦のストレス」と呼ばれるものに変える必要がある。わかりやすい言い方をするなら、ストレスのかかっている出来事を、私たちを害する脅威とはみなさず、私たちの成長を助ける挑戦のチャンスとみなすということである。彼女らが提供する治療法はきわめて直接的だ。身体に現れた闘争／逃走のストレス反応――心臓の鼓動の高まり、手や顔のひりひりする感覚、呼吸の速まり――にただ気づき、それらがストレスに対する自然な反応であり、身体が試練に立ち向かおうとしているだけにすぎないことを思い出すのだ。

★　★　★

私たちが出来事や人を脅威とみなすかどうかを決定するのはなんだろう？　大主教とダライ・ラマは、私たちのストレスのほとんどが、自分自身を他者から切り離されているとみなすことから生じると述べている。その根底には、共同体感覚の喪失の問題が横たわっている。一度、大主教に、心配や不眠をどのように処理したのか尋ねたことがある。目覚めたまま眠れずにいる世界中の人々のことを考えるとのことだった。苦しんでいるのは自分一人だけではないことを思い出せば、不満や不安が軽減されるというのだ。彼らのために祈ることも心の平安を取り戻す助けになるという。「私は若い頃、教えていました」とダライ・ラマが述べ、ストレスや不安に見舞われた経験の一つについて語り始めた。「私はとても神経質でした。自分自身を聴衆と同じとみなしていなかったからです。私がチベットを去った一九五九年以降は、彼らも自分と同じ人間なのだと考え始めました。自分を特別だと考えると、恐れやいらだち、ストレスや不安が生じます。私たちは同じ人間なのです」

「ダライ・ラマと私が提唱しているのは」と大主教が付け加えた。「不安を扱う方法です。われわれは自分と同じような境遇にある人や、自分より劣悪な境遇にあるにもかかわらず、しぶとく生き残って成功している人について考えることができます。自分自身をより大きな全体の一部とみなすと、とても気が楽になります」

繰り返しになるが、「つながり」こそ喜びの道であり、「分離」は悲しみの道なのだ。他人を分離しているとみなすと、脅威となる。私たちの一部であり、つながりを持って相互に依存し合っているとみなすと、挑戦的になる必要はない。

「誰かと会うとき」とダライ・ラマが大主教の話を引き継いだ。「つねに私は、基本的な人間レベルでその人物とかかわろうとします。そのレベルでは、私同様、彼（もしくは彼女）も、幸せを見つけたい、人生の問題や困難を少なくしたいと願っているのがわかります。一人の人間と話をするにしろ、大勢の人たちに向かって語りかけるにしろ、私はまず最初に自分自身をもう一人の仲間とみなします。そうすれば、改まって自己紹介する必要はありません。一方、自分は違う人間なのだという立場に立って他者と向き合うと、たとえば、自分は仏教徒であるとか、チベット人であるという立場から人々とかかわると、自分とその人物との間に壁を設けることになります。さらに、自分はダライ・ラマだと思って他人に接すると、自分自身を孤立させることになります。この世にダライ・ラマは一人しかいません。それに対して、自分自身を仲間の人間の一人とみなせば、七〇億以上の人間と深いつながりを持っていると感じることができます。素晴らしいと思いませんか？　七

○億の人間と共にあると思えば、なにを恐れたり心配したりする必要があるでしょう」

いらだちと怒り――私はよく叫んでいた

ダラムサラに来る一〇年以上前、私はフロリダのジャクソンビルで大主教が運転する車に乗っていた。スピリチュアルな聖人はどのように運転するのか、それを知ることが、彼と一緒に仕事をしたいという私の主要な動機の一つだったと言えるかもしれない。

家を出発する前、私たちはワニのいる池のそばに座り、水面近くに危なっかしく足をぶら下げてインタビューをした。軽いランチを取るために、私たちはボストン・マーケットのレストラン・チェーン店に立ち寄った。大主教はチキンとマッシュポテトを注文すると、わざわざ席を立って、セレブリティーの客に畏敬(いけい)の念を示すすべての従業員に挨拶をしにいった。私たちは彼をゲスト講演者として招聘(しょうへい)した大学に向かっていた。ドライブの最中も、私はインタビューを続けた。彼の知恵の宝石を集めるために、一緒にいる貴重な時間を最大限活用しようとしたのだ。私たちは多くの高潔な哲学や神学について語り合ったが、私が本当に知りたかったのは、彼の霊的な実践や信念が、車の運転のような日々の活動にどのように影響しているかということだった。

突然、一台の車が車線を横切り、私たちの前に飛び出してきた。大主教は衝突を避けるためにハンドルを切らなければならなかった。「路上には本当にびっくりさせるようなドライバーがいるね！」大主教が憤慨して頭を振りながら言った。私はこのような瞬間、頭になにがよぎるかを尋ねた。たぶん、あのドライバーは妻が産気づいたか、親戚が病で倒れたために病院に向かっているのだろうと彼はさらりと言った。彼は決して驚かなかったわけではない。驚くのは私たちの本能的な反応の一つである。けれども、彼は怒るという選択をしなかった。ユーモアを持って受容し、思いやりすら示したのだ。そのお陰で、高ぶることも、イライラすることもなく、血圧が上がることもなくその事態をやりすごした。

★★★

私たちは恐れや怒りを二つのまったく異なる感情と考える。ダライ・ラマがそれらを結び付けるのを聞いて驚いたのはそのためだ。「恐れがあるところ、いらだちが生じます。いらだちは怒りをもたらします。おわかりのように、恐れと怒りはきわめて近いのです」。ダライ・ラマの見方は私たちのベーシックな生物学からも支持されていることをのちに知った。恐れと怒りは、私たちが逃走または闘争に備えるときの自然な反応の二つの極である。

ダラムサラに滞在中、チベット子供村（のちにダライ・ラマの誕生日を祝うため再び訪れることになる場所である）で、ダライ・ラマは生徒の質問に答えた。一人の年長の生徒が尋ねた。「法王、日常生活において、怒りをどのようにコントロールしているのですか？」

それを聞いて大主教が噴き出した。ただの笑いではない、腹を抱えて笑ったのだ。聖人にとっても怒りは一筋縄ではいかない感情であることを知っているので、ダライ・ラマの受け答えに興味津々（しんしん）だったのだろう。

「怒ったときにはよく叫びました」とダライ・ラマは答え、観自在菩薩（かんじざいぼさつ）でさえ冷静さを失うことがありうることを認めた。子供たちも笑った。「こんなエピソードがあります。私がまだ二〇代はじめの一九五六年か五七年のことです。私は古い車を持っていました。ダライ・ラマ一三世のものです。それは当時ラサにあった数少ない車の一台で、部品を解体して首都まで運び、組み立て直したものでした。当時、チベットには、短い小道があるだけで、車が通れる道がなかったからです。
よくあることですが、車が故障したときには、運転手の一人が修理もしていました。ある日、車を修理するために車の下に潜り込んでいた彼のそばを、たまたま私が通りかかりました。車の下から出てきた彼は、フェンダーに頭をぶつけ、癇癪（かんしゃく）を起こし、非常に憤り（いきどお）、何度も車に頭を打ちつけたのです。バン、バン、バン、バン」。ダライ・ラマが頭をフェンダーにぶつけるしぐさをすると、子供たちが歓喜の声をあげた。「それが怒りです。どんな役に立つでしょう？　彼が癇癪を起こしたのは、頭をぶつけたからです。それなのに彼はわざと頭を車にぶつけ、さらに自分自身を痛めつけました。馬鹿げていますよね。怒りが生じたら、原因がなにか考えてください。怒るとどうなるかも考えてください。怒った顔になるとか、怒鳴るといったことです。そうすれば、怒りが役に立たないことに気づくでしょう」

神経精神科医のダニエル・シーゲルは、私たちが激怒すると、「蓋（ふた）を弾（はじ）き飛ばす」ことがあると説明する。別な言い方をすれば、批判的思考を司る大脳皮質の恩恵を失うのだ。その結果、感情の制御や道徳的判断において重要な役割を果たす前頭葉（ぜんとうよう）が大脳辺縁系（だいのうへんえんけい）を制御する能力を失う。ダライ・ラマが例に挙げたドライバーは蓋を弾き飛ばしてしまった結果、愚かな振る舞いをし、自分自身を痛めつけたのだ。ごくありふれていて滑稽（こっけい）だが、誰にでも起こりうることである。では、どうすればいいのだろう？

ダライ・ラマは恐れと怒りの奥にある深い微妙なつながりを指摘し、恐れがどのように怒りの下に潜んでいるかを説明した。普通、いらだちと怒りは傷つけられることから生まれる。頭を車にぶつけたドライバーが良い例である。私たちは肉体的な痛みに加え、精神的な痛みも経験する。後者のほうがありふれていると言えるかもしれない。私たちは尊敬されたり、親切にされたいと望むが、軽蔑や批判など望んでもいなかった扱いを受けることがある。ダライ・ラマが言うには、怒りの根底には、必要なものを手に入れられないのではないか、愛されないのではないか、尊敬されないのではないか、仲間に入れてもらえないのではないかといった恐れがある。

怒りから抜け出す一つの方法は、怒りを生み出している傷はなにかを自問することである。心理学者はえてして怒りを二義的な感情と呼ぶ。脅(おびや)かされているという感情の防衛として生じるからだ。恐れ――どのように脅かされているか――を認め、表現することができれば、怒りを鎮めることができる。

だが、そのためには、自分が傷つきやすいことを進んで受け入れる必要がある。私たちは恐れや心の傷を恥ずかしく思う傾向がある。もし傷つくことがなければ、痛みを味わうこともないだろうと考えるからだ。しかし、大主教が言うように、人間とはそういうものではない。もし自分自身に憐れみの気持ちを持ち、自分がどのように恐れ、傷つき、脅かされるかを認識できれば、他者――私たちを怒らせた人も含む――に憐れみの気持ちを持つことができるようになるだろう。

★　★　★

「自分で目標を定め、障害物に出合ったら、自然にいらだちを感じるでしょう」と大主教が言った。「一生懸命働いているのに、一緒に働いている人がまったく協力的でなかったら、いらだちや怒りを感じて当然です。家族の間で、自分のすることが誤解されたときもそうでしょう。他者に自分の意向に異議を唱えられて、自分の目標が高すぎることに気づかされることもあります。それはかなりの痛みを伴います。あなたは歯ぎしりし、またか、と吐き捨てます。

もっと大局的に言うと、私たちがアパルトヘイトの闘争にかかわっていたとき、容認されていない「ネックレーシング」のような方法を使う連中が私たちの中にいました。車のタイヤにガソリンを満たし、首にかけて火をつけて殺す処刑方法です。私たちの運動が批判にさらされやすくなるだけだから、そんなものは必要ないと言いたかったんですが。

個人的には、体調を崩して、病気に対処しなければならなくなったとき、あなたはもっと体を鍛えておけばよかったと思うかもしれません。病気になると、人は自分の人間性ともろさを思い知らされます」

「一度、エルサレムにいたとき」とダライ・ラマが話に割って入った。「誰かにいらだちや怒りを覚えたら、彼らが神のイメージに似せて造られていることを思い出しなさい、と生徒たちに再三言っている教師に出会いました。実は生徒の一部にパレスチナ人がいて、イスラエルの検問所を通過する際にいらいらしたら、検問所の兵士が神のイメージに似せて造られていることを思い出す、そうすれば、リラックスして気分が良くなると、その教師は聞いていたのです。身体のレベルでは、状況に応じて行動せざるをえませんが、メンタルなレベルでは、冷静にリラックスしたままでいられます。それが心を鍛錬する理由です」

だが、怒りにも居場所を与えるべきだと私は思った。私たちや他者を傷つけることから守る役割を果たすことがあるからだ。私が知りたかったのは、正当な怒りの役割である。大主教は、アパルトヘイトに対する平和的な抗議を、ともすればだいなしにする殺害が起こっている間、拳（こぶし）を振り上げてどなりたて、不正を行なう者たちに天罰を下すよう神に祈った。長年、彼の広報秘書官を務めたジョン・アレンによる彼の伝記には『平和の民衆扇動（せんどう）家』というタイトルがつけられている。その書籍は大主教の自由を求める闘いの矛盾をきちんと描いている。彼は本国の平和、正義、平等を追い求める上で、怒りや正当な憤りを恐れなかったのだ。

大主教は怒りのパワーと限界を簡潔に説明した。「正当な怒りは自分自身に関するものではないのが普通です。傷ついて助けたくなるような人たちに関するものです」。要するに正当な怒りは正義のツール、憐れみの大鎌（おおがま）であり、感情的な反応以上のものなのだ。それは脅かされている家族やグループの人たちを守りたいという闘争／逃走本能に深く根ざしているかもしれないが、選びとられた反応であり、単なる制御不能な反応ではない。それはまた攻め立てられる自己イメージを防御しようとする反応でもないし、分離の感情から生じるものでもない。人々のつながりを断ち切ろうとするものへの怒りなのだ。

「今、医学者たちは」とダライ・ラマが説明した。「絶え間ない恐怖や怒り、憎しみなどが私たちの免疫系を傷つけると語っています。誰でも自分の健康を気にします。ですから、健康な身体と心、両方が必要なのです。健康な心とは穏やかな心です。恐れや怒りは穏やかな心の破壊者です。怒りが問題解決の役に立たないことに人は気づきます。それは助けになるどころか、さらなる問題を生み出します。最終的に心の鍛錬を通して——理性を活用して——私たちは感情を変容させることができるようになります」

「そのようにして否定的感情を克服するのです」とダライ・ラマは付け加えた。あたかも、基本的な人生経験の一部をなす、莫大な否定的感情や苦悩の源である恐れや怒りを、理性的な精神の波動で消滅させることができるかのようだった。彼が述べていることが、一生かけて取り組む課題であることを私は知っていた。私たちは哺乳類の脳の恐れと怒りのメカニズムに絶えず取り組まなければならない。そうでなければ、一時的に恐れや怒りを克服しても、またすぐに制御する力を失ってしまうだろう。

ある晩、ポール・エクマンと夕食を共にしている折、エクマンが驚くべき話をしてくれた。ダライ・ラマが不思議な方法でエクマンの怒りの問題を解決してくれたというのだ。エクマンは仏教徒ではないので、ダライ・ラマに会うことにはさほど興味を持っていなかった。ただ、エクマンの娘がダライ・ラマの大のファンだった。それに加えて、隔年、ダライ・ラマが出席して開催されるマインド・アンド・ライフ・カンファレンスに招待された科学者たちは、客を連れてきてもよいと聞かされたので、エクマンはカンファレンスへの参加を承諾したのだ。

エクマンが言うには、彼はかつてたいへん内気でおとなしい子供だった。ところが、父親の虐待と母親の自殺を経験した後、世間一般で「怒り中毒」と呼ばれているものになった。エクマンは、精神科医が「痛ましい出来事」と呼ぶ症状を持っており、週に数回、怒りの発作を起こすのだ。

エクマンがダライ・ラマに会いに行くと、ダライ・ラマはエクマンの手を取り、愛情をこめて彼の目を覗きこんだ。身体からすべての怒りが排出されていくような気がするとエクマンは藪から棒に言った。それから六か月以上も「痛ましい出来事」は起こらなかった。その後、症状が再発したものの、頻度は激減した。なにが起こったのかわからないが、たぶん、ダライ・ラマの深い慈悲心が、自分の中でうずいていた傷を癒すのを助けたのだろうとエクマンは言う。ダライ・ラマはエクマンに、感情の景色の地図を描くよう頼んだ。人々が否定的感情からなるでこぼこの地形を避け、もっと簡単に慈悲と満足が行きわたった約束された土地に行けるようにするためである。

もし私たちを狼狽させる状況を生み出すことに、自分がどんな関与をしているかが明らかになれば、いらいらや怒りの感情を鎮めることができるだろう、とダライ・ラマは以前語っていた。また、他人も自分と同じような恐れや傷や人間的なもろさを持っていることを認めることができれば、反射的に怒るということが少なくなるだろうとも語っていた。

「ですから、最終的に、タイミングの問題だということもあるのです」とダライ・ラマは言い、お茶の時間にするために、初日の朝のセッションを次のように締めくくった。「疲れすぎは、いらだちや怒りの原因になりえます。私自身について言うなら、朝は心穏やかなので、難しい状況に遭遇しても、比較的楽です。夜遅くだと、少しだけ疲れているので、煩わしさを感じます。そのように、基本的な身体の状態が違いを生み出します。身体は元気はつらつとしているか、心は元気いっぱいかどうか、ということです。つまり、怒りを感じるかどうかは、自分自身の知覚や限られた主観的見方にかかっているということです」

次に私たちは喜びに至る途上で多くの人が避けようとする悲しみや悼みの感情について、論じる予定を立てていた。喜びへの王道がこれらの感情と密接にかかわっていると聞いて、私はとても驚いた。

悲しみと悼み——つらい時期が私たちを一層緊密に結びつける

「真実和解委員会の初日」と大主教が切り出した。「証人の一人が自らの経験を話すためにやってきました。長い、疲れる一日が終わろうとしているときでした。彼はどんな拷問を受けたかを話そうとしました。そのうちに、語るのが困難な場面を思い出す地点にさしかかり、彼は言語障害を起こしました。ひょっとしたら記憶の障害なのかもしれませんが、とにかく話を続けることができませんでした。なにか言いかけましたが、手を目に当ててすすり泣きをし始めました。私ももらい泣きしました。

あとで私は同僚に言いました。〝私は議長には向いていないと言っただろう。ご覧のとおり、私は正しかった。すっかり物笑いの種になってしまった〟。私は泣き虫です。すぐ泣くんです。愛するのも早いんですが。

自分をスーパーウーマンやスーパーマンだと考えるべきではないと思います。制御された環境の中で感情を抑えるのは賢いことではありません。感情を出せと言いたいのです。悲しみや痛みの叫びを上げてもいい。感情を出してしまえば、正常に戻れる可能性があります。ネガティブな感情が化膿（かのう）して傷になるのは、それらを閉じ込めたり、ないふりをするからです。そのことについて書いてある本を読んだことがありません。それが私の感情の扱い方です」

悲しみは一見したところ、もっとも直接的な喜びへの異議申し立てであるが、大主教が強く主張したように、ときに私たちを共感や思いやりへと導き、お互いを必要としていることを認識させてくれる場合がある。

悲しみはすこぶる強力な持続する感情である。ある研究で、悲しみが恐れや怒りといった束の間の感情よりもはるかに長く持続することが発見された。恐怖は平均して三〇分しか続かないが、悲しみは往々にして一二〇時間、ほぼ五日間続くことがある。私たちの闘争（怒り）／逃走（恐怖）反応の進化的価値ははっきりしているが、悲しみの価値は理解するのが難しいように思われる。

心理学者のジョセフ・フォーガスによって行なわれた新たな研究によれば、穏やかな悲しみが実際に多くの利便性を持ちうることが明らかにされている。実験の結果、悲しい気分の人々は、幸せな対象グループの人々よりすぐれた判断力と記憶を持ち、しっかり動機づけがなされていた。しかも、社会規範により敏感で、寛大だった。いわゆるネガティブな悲しみの状態にある人は、状況判断に長け、物事の詳細を思い出すことができるだけでなく、状況を変える熱意を持っていた。とくに興味深いのは、短時間の悲しみがより多くの共感や寛大さを生み出す可能性があることだ。実験の参加者は一つのゲームを行なった。その一部に、自分自身と他の参加者にどのくらいのお金を与えるかを決めるというものがあった。悲しい気分の参加者はかなり多額のお金を他の参加者に与えた。

憂鬱（ゆううつ）はたしかに私たちの内的な関心の輪をせばめるが、周期的な悲しみの感情はそれを広げるのかもしれない。悲しみは私たちの人生になんらかの恩恵をもたらすことがありうる、とフォーガスは結論した。人々が、悲しい気分にさせる音楽や美術や文学に惹かれるのはそのためかもしれない。彼はすべての感情を受け入れるよう勧める。それらが私たちの人生において必要な役割を果たすことは間違いないからだ。

私たちは悲しみという感情に促されて、お互いに支え合い、団結することの大切さを思い知る。大主教はそれを素晴らしい形で表現した。「私たちが絶えず満足のいく人間関係を持っていたら、本当の意味で、他人と近づくことはないでしょう。私たちを緊密に結びつけるのは、困難な時期や痛みを伴う時期であり、悲しみや悼みなのです」。おそらく、葬式は私たちの結びつきやコミュニティの結束を強固なものにする明白な例である。涙でさえ、私たちが傷つきやすく、慰めや親切を必要としていることを他者に知らせる合図となる。

私たちは喜びと悲しみをきっぱり分けようとするが、それらは固く結び合わされている、と大主教とダライ・ラマは言う。二人とも享楽的幸福と呼ばれるはかない幸せを擁護（ようご）しない。そのような幸せは肯定的な状態のみを必要とし、悲しみのような感情を追放する。彼らが述べている幸福は、「幸せと安寧（あんねい）をもたらす幸福」と呼ばれ、自己理解、人生の意味、成長、受容といったものによって特徴づけられ、人生の避けられない苦しみや悲しみ、悼みを含んでいる。

★　★　★

「私はよく次のような質問をされます」とダライ・ラマが言った。「親友や親や子供を亡くした人たちからです。〝なにをすべきでしょう？〟と。

私は彼らと自分自身の経験を分かち合います。私に僧侶の位を授けてくれた最愛の教師が亡くなったとき、私は本当に悲嘆にくれました。彼が生きている間、寄り掛かることができる背後の硬い岩のようにいつも感じていました。彼を失い、私は本当に深い悲しみに沈みました。

喪失によって生じる悲嘆を乗り越えるには、それを動機付けとして活用し、より深い目的感覚を生み出す必要があります。教師を失ったことで、私は以前にも増して彼の望みをかなえる責任があると考えたのです。そのお陰で、悲しみは熱意と決断力へと変換されました。親友や家族を失った人たちに私は言ってきました。たいへん悲しいことですが、この悲しみは彼らの望みを叶えるためのより強い決意に変えられるべきです。もし亡くなった人があなたを見て、固い決意と希望にあなたが満ちていることがわかったら、きっとハッピーになれるでしょう。大きな喪失の悲しみを抱えたままでも、人はより意味のある人生を生きることができるのです。

悲嘆はもちろん大切な人を喪失したことに対する自然な人間の反応ですが、愛する故人のことを考えることに集中すれば、絶望に至ることはないでしょう。それに反して、悼みながらもっぱら自分自身のことだけ考えていれば――〝さて、どうしよう？〟〝どうしたら切り抜けられるだろう？〟――絶望と憂鬱の道を降りていく危険が高まります。このように喪失や悲しみにどのように反応するかに多くのことがかかっているのです」

ダライ・ラマは有名な仏教説話を話してくれた。子供を亡くして深い悲しみに沈み、死んだ子供を連れて国中を歩き回り、誰彼かまわず子供を癒してくれるよう頼む女性の話である。彼女は仏陀（ブッダ）のところに行き、助けを求めた。すると仏陀は、薬になるからしの種を集めてきたら助けてやると告げた。彼女は承知したが、仏陀はさらに言った。そのからしの種は、死に触れたことのない家から集めたものでなければならない、と。その女性は息子を癒してくれるかもしれないからしの種を探し求めて家々を訪ね歩き、親や伴侶や子供の喪失に苦しんだことがない家がないことを発見した。自分の苦しみが自分だけのものではないことを知った女性は森の中に子供を埋葬し、深い悲しみを解き放った。

私の友人、心理学者のゴードン・ホイーラーは、深い悲しみは私たちの愛の深さを思い出させるものであると言う。愛がなければ、深い悲しみもない。だから、大切な人を失ったときに感じる深い悲しみは、不快で心が痛むかもしれないが、失われたばかりの愛の美しさを思い出させるものなのだ。旅行中にゴードンに電話した際、彼は親友を失ったので、「深い悲しみを感じることができるよう」一人で夕食を食べに出かけていると言った。そのときのことが忘れられない。あわただしい現代の生活の中で、過去を消し去り、次の瞬間に歩を進めるのはたやすい。思慕や喪失、切望を感じ続けるのは、豊かに刺繡（ししゅう）された人生の生地を感じる方法である。私たちの世界の破れた生地は、際限なく引き裂かれ、織り直される。

絶望――混乱する世界

世界中の人々が、私に質問してもらいたいと思っている問いをぶつけるときだった。喜びではなく悲しみに関する、お二人ではなく他者についての質問である。「世界中の人々が、悲しみや苦しみに満ちた世界の中で、どうやったら喜びを持って生きることができるかを知りたがっています。質問を送ってくれたドーンという名の女性は、こんなふうに問いかけています。〝戦争、飢餓、テロリズム、環境汚染、大量虐殺など世界は混乱の中にあります。これらの問題を考えると、私の心は痛みます。世界に蔓延（まんえん）するそのような問題の渦中で、どうやったら喜びを見出せるのでしょう？〟」

「年上のあなたがどうぞ」とダライ・ラマが大主教のほうに手を差し延べて言った。

「あなたが人間らしさを示すのは、自分自身を他者から切り離されているのではなく、他者とつながっているとみなすことによってです」と大主教は語り始めた。「私はあなたの話のようなストーリーにたびたび泣かされてきました。

神は私たちを創造し、言いました。さあ、行きなさい、私の子供よ、と。お前は自由だ。神は自由を信じられないほど尊重しているので、私たちを無理矢理天国に来させるよりも、私たちが自由意志で地獄に行くほうを好むでしょう。

たしかに、私たちは恐ろしい残虐行為に耽（ふけ）ることができます。残虐行為の一覧をあげつらうこともできます。なんとかしたいと言い出す人間が現れるまで、神は泣いています。私たちが良いことをする素晴らしい能力を持っていることを思い出すのも大切です。たとえば、「国境なき医師団」と言われる医師や看護師たちがいます。彼らは、難民キャンプなど過酷な環境下で病気にかかっている人たちのいる場所に赴（おもむ）きます。医師や看護師として、フランスやその他どこにとどまっていても、素晴らしい医療行為ができるはずです。けれども、彼らは自国にじっとしてはいません。もっとも貧困にあえいでいる場所に赴くのです。

エボラ熱が流行した折、私たちは「国境なき医師団」が活躍するのを見ました。彼らはエボラ熱が発生していない地域に住んでいるにもかかわらず、あえて危険な状況に入り込みます。彼らがシエラレオネや他の地域に行くいわれはありません。彼らは私たちになにができるかを示しているのです。彼らを見て、私たちは本来の自分（慈悲心のある人間）に目覚め、できるだけのことをしようとします。

混乱した状況の変革に手を貸すために、人はなにができるでしょう？　たいしたことはできないかもしれませんが、今いるところから始め、できることをすればいいのです。そうです、肝をつぶしてください。もし恐ろしい出来事を見て、たいしたことないよ、と言ったとすれば、それこそ恐ろしいことです。苦しむことができるというのは素晴らしいことです。しかも、通常の家族ではない人について苦しむのです。それは本来の私たちの偉大さの一部です。苦しんでいる人を見ると、あなたも同じように苦しみを感じます。人々がいかに慈悲深く寛大になれるか信じられません。

9・11のような大惨事が起こると、私たちは家族であることに気づきます。私たちは**家族なのです**。ツイン・タワーの中にいた人たちは私たちの兄弟姉妹です。さらに驚くべきことに、あの飛行機を操縦していた人たちも私たちの兄弟姉妹です。日本で大津波が起こったとき、私たちは愛と憐れみと思いやりが噴出するのを目撃しました。まったく犠牲者を知らなかったにもかかわらず、多くの人が支援の手を差し延べました。人々はただひたすら与え続けました。というのも、それが私たちの本当の姿だからです。

9・11以降、アメリカを憎んでいる人たちがほくそ笑んでいるとあなたは思ったかもしれません。けれども、ほくそ笑んでいるのはほんのごく少数だったのです。人々は深く深く苦しみました。

もしアメリカの大統領が報復しなかったら、世界は今とは違っていたかもしれません。いずれにせよ、私たちは最終的に今とは異なる世界を持つことになるでしょう。しかし、どんな悲劇でもいいですから、見てください。ロシアで鉱夫が閉じ込められた際、人々は、ロシア語を話せませんとか、その場所が地図のどこにあるのか知りません、とは言いませんでした。ただ憐れみの感情に打たれたのです」

私たちが最終的に異なった世界を持つことになるだろうという大主教とダライ・ラマの確信はゆるがなかった。会見の数か月後、パリでテロリストの攻撃があった折、私は南アフリカの大主教を訪ねていた。多くの人々が人類の明らかな非人間性に絶望していた。「絶望に捉われた人々にあなたはなんと言いますか?」と尋ねたところ、ツツはこう答えた。「たしかに、ゆゆしき問題はありますが、物事の全体を常に見ていなければなりません。世界は良くなっています。女性の権利のことを考えてみてください。数百年前まで、奴隷制が道徳的に正当化されていたのです。時間がかかるんです。私たちは日々成長し、いかにしたら憐れみや思いやりを持った人間になれるかを学んでいます」

それからほぼ一月(ひとつき)後、世界はパリに集結し、世界が生き残るチャンスを拡大するために、国の違いや経済的な強欲さを克服する気候変動枠組条約を批准(ひじゅん)した。大主教は自分のヒーローであるマーティン・ルーサー・キングを引用するのを好んだ。マーティン・ルーサー・キングも、やはり自分のヒーローである奴隷制廃止論者の牧師セオドア・パーカーを引用していた。「道徳的宇宙の弧は長いが、正義のほうに曲がっている」とパーカーは語った。

「ここで私自身の経験から一言述べてもよろしいですか」とダライ・ラマが口を挟んだ。「二〇〇八年三月一〇日のことです」。チベットの亡命政権は毎年三月一〇日を「民族蜂起(ほうき)記念日」として祝福する。最終的にチベットの自由運動の弾圧とダライ・ラマの亡命に導いた、中国の占領に対する一九五九年の抗議を記念してのことである。北京でオリンピックが開催された二〇〇八年三月一〇日、チベットの首都ラサに始まり、チベット全土のみならず世界中の都市に広がる暴動が発生した。「私たちは例年どおり、三月一〇日を祝うために集会を開いていました。集会が終わった後、私はラサからメッセージを受け取りました。地元の人々の一部がデモを始めたというのです。それを聞いて、とても心配になりました。私にはなにもできませんでした。無力感に襲われました。彼らが本当にデモを行なったとすれば、より多くの苦しみや問題を招くことになることはわかっていました。まさに杞憂が現実になったのです。暴力による弾圧と死、それに抗議に参加したたくさんのチベット人の投獄です。それから数日間にわたって、瞑想の最中、地元の中国人の官憲の一部を思い浮かべ、トングレン（「与えること、受け取ること」という意味）と呼ばれる行を行ないました。彼らの恐れや怒りや疑念を受け取り、私の愛と許しを彼らに与えようとしたのです。もちろん、これはなんの物理的効果も持っていません。状況を変えてくれることはないでしょう。ただし、精神的に心を穏やかに保つのを大いに助けてくれました。それは許しと憐れみを実践する良い機会になりました。すべての人が同じような機会や能力を持っていると思うのです」

「私はときどき、神にすごく腹を立てます」と大主教が笑いながら付け加えた。

「私の友人の一部は」とダライ・ラマが言う。「トラブルに直面すると、同じように仏陀に不平を洩らします」

「気になってしかたがないことがあると、私はよく礼拝堂を訪れたものです」と大主教が話の穂を継いだ。「神を批判するんです。預言者エレミアはよく神に言いました。〝あなたは私を誤って導きました。あなたは私を預言者と呼びました。私は預言者にはなりたくないと言いました。すると、あなたは、いや、私は汝と共にいる、と言いました。これらの人々（私がとても愛している人々）に向かって、あなたが私に言わせたのは、彼らを非難することだけです〟。私がエレミアを気に入っているのは、正直だからです。私たちは、エレミアのように、神のところに行って、自分の中に溜めこんでいたものをすべて吐き出すことができるのです」。大主教がエレミアのように預言者になりたくなかったと神に告げたかどうかはわからない。

「自分で手を貸すことができないなにかが起こると、私は泣きます。自分にはほとんどできることがないことを認めるのです。私が深い絶望感に襲われたときのことを覚えています。クリス・ハニは実に素晴らしい若者のリーダーの一人でした。彼がネルソン・マンデラの後継者になるだろうということを誰も疑いませんでした。ところが、はじめての民主的な選挙が行なわれることになっていた一九九三年の復活祭の直前、クリス・ハニは暗殺されてしまった。

　多くの南アフリカの人々同様、私は愕然（がくぜん）としました。ビショップスコートの自宅に戻ると、クリス・ハニの死についての電話がたくさんあったとリーが言いました。私はその場に崩れ落ち、赤ん坊のようにリーに抱きかかえられました。それがよかったのだと思います、のちに彼の葬式で説教しなければならなかったからです。大勢の人が群がり、みんな憤っていました。私には彼らがどう感じているかわかりました。私も同じようなことをくぐり抜けてきたからです。私は上から目線ではなく、彼らと同じ苦悩や痛みを経験した同等の人間として彼らに訴えることができました。

　アパルトヘイトと闘った経験から言うなら、人々が信じられないほど気高いことを認めずにはいられません。人間は基本的に善良です。そこから出発しなければなりません。その他はすべて邪道です。もちろん、たまにいらだつことはあるでしょうが、人々は驚くほど善良です。寛大さは信じられないぐらいです。私たちはそれを見る機会を持ちました。とくに、南アフリカで行なわれた真実和解委員会の最中に、苦しんだ人たちの話を聞くのは驚きでした。黒人や南アフリカの人たちだけではありません。白人やアメリカ人も、です。

娘をむごい方法で殺された家族がいました。彼らは委員会にやってきて、娘を殺した人たちに特赦を行なったと言いました。両親は娘が殺された居住地域の人々を助けるために、非営利の組織を立ち上げ、娘を殺した男たちを雇いさえしました。

多少の例外はあるにしろ、人類や人間が基本的に善良であることを認めなければなりません。人は善良になるよう造られており、本気で善良になりたがっているのです。

たしかに、私たちをうんざりさせることがたくさんあります。けれども、私たちの世界には素晴らしいこともたくさんあります。残念ながらメディアはそのようなことを報告しません。ニュースとみなさないからです」

「おっしゃるとおりだと思います」とダライ・ラマが応じた。「悪いことが起こると、ニュースになります。日々、報じられるニュースを見ていると、基本的な人間性が、殺すことやレイプすること、堕落することであると思いたくなります。そう思えば、未来にはほとんど希望がありません。

ニュースになるのはそれらが尋常（じんじょう）なことではないからです。日々、両親に愛されている無数の子供たちがいます。学校では、先生たちが子供たちの面倒を見ます。もちろん、一部に意地悪な先生もいるかもしれませんが、ほとんどの先生は親切で思いやりがあります。病院では、毎日、何百万人もの人々が治療を受けています。けれども、あまりにありふれていることなので、まったくニュースになりません。私たちはそれを当然のことと思っているのです。

私たちはニュースを見るとき、もっと包括的な見方をしなければなりません。たしかに、あれこれ恐ろしい出来事が起こっています。ネガティブなことが起こっているのは疑いありませんが、同時に世界では多くのもっとポジティブなことも起こっています。私たちはバランス感覚と、もっと広い視野を持たなくてはなりません。そうすれば、悲しい出来事を見ても、絶望はしないでしょう」

二人ともバラ色のメガネを通して世界を見るようには勧めなかった。公平な見方をするよう勧めたのだ。大主教は人々が楽天的になるのを思いとどまらせようとさえした。

「大主教、あなたは希望が楽天主義と同じではないことを強調しました。その違いについてもう少し詳しく話していただけませんか？」

「希望は楽天主義とはまったく異なります」と大主教は答えた。「楽天主義はより表層的で、状況が変わると悲観主義になりやすい傾向があります。希望ははるかに深いものです。

先ほどクリス・ハニの話をしました。彼が暗殺されたのは、新しい民主的な南アフリカを構築するための交渉の最中で、たいへん重要な時期でした。私たちは崖っぷちにいたのです。とても深刻な出来事だったので、当時の白人の大統領、F・W・デ・クラークは、ネルソン・マンデラに国民に向けて演説をするよう頼みました。

あの出来事は交渉を決裂させてもおかしくありませんでしたが、そうはなりませんでした。南アフリカがネルソン・マンデラのような人物を擁していたのは幸運だったと言わなければなりません。もしあなたが楽天主義者だったら、クリス・ハニの暗殺でなにもかも終わってしまったと言っていたでしょう。人々をかろうじて踏みとどまらせ、前に進みたいと思わせたのは楽天主義ではなく希望でした。消すことができない根強い希望です。

私は楽天主義者ではないと人々に言います。なぜなら、ある意味で楽天主義は、現実ではなく感情に基づくものだからです。私たちは楽天的であったり、悲観的であったりします。希望は異なります。束の間の感情ではなく、固い確信に基づいているからです。完全に絶望的な状況などありえないと私は確信します。希望はもっと深く、ゆるぎないものです。希望はあなたの頭の中ではなく、お腹の中にあります。全部ここにあるのです」と大主教は自分のお腹を指さした。

「絶望は深い悲しみによって生じることがありますが、にがい失望のリスクや致命的な心の痛みに対する防衛にもなりえます。諦(あきら)めや冷笑は、リスクを回避して自分を慰めるより簡単な姿勢です。希望を選択することは、荒れ狂う嵐の中に一歩踏み出し、そのうちに嵐が過ぎ去るだろうという確信の下、暴風雨にむき出しの胸をさらすことです」

大主教が述べたように、希望は絶望の解毒剤(げどくざい)である。けれども、希望は信念を必要とする。たとえ、その信念が人間性を信じることや、道を見出すために命を永らえさせることであっても構わない。希望はまた人間関係やコミュニティによっても養われる。そのコミュニティは、文字どおりのコミュニティであってもいいし、ガンジー、キング、マンデラその他の数えきれない人たちによって行なわれてきた長い人類の努力の記憶によって形作られたものでもよい。絶望は私たちを内側に向けさせ、希望は私たちを他人の腕の中に送り込む。

そのとき、大主教が私のほうを向いて、きわめて私的ではあるが普遍的なことを言った。

「多くの点で、それは愛と同じようなものです。あなたはなぜレイチェルにプロポーズしたんですか？　彼女との関係が長続きすると思わせたのはなんですか？　証拠はなかったのでしょう。多くの人々があなたと同じように激しい恋に落ちましたが、数年後に離婚しました。けれども、あなたは心の奥底で、レイチェルが自分の伴侶だということを知っていました。彼女もそうです。あなたは正しかったのです」と彼は笑って言った。

孤独——自己紹介する必要はない

「今日の社会では、人々が深刻な孤独を感じています」とティータイム後の議論の皮切りにダライ・ラマが言った。

私たちは孤独や疎外について、また、最近の困った統計について話し合っていた。社会学者のリン・スミスロビンによって行なわれた最近の研究では、人々が報告する親しい友人の数が三人から二人に減ったことが判明した。私たちは何百人ものフェイスブックの友人を持っているかもしれないが、本当の親友は減っている。もっとも興味深いのは、一〇人に一人がまったく親友がいないと言っていることだろう。

「実際に、アメリカでは、そしてインドでも」とダライ・ラマが続けた。「大都市の人々は時間に追われています。お互いに顔見知りで、何年間も知り合っていても、彼らはほとんど人間的なつながりを持ちません。ですから、なにかが起こると、人々は孤独を感じます。助けやサポートを求める人間がいないからです」

七〇〇万人のニューヨーカーに囲まれて、マンハッタンで育った私は、ダライ・ラマが言っていることが手に取るようにわかった。少年時代、私は住んでいたアパートの同じ階に暮らしている人たちに会ったことがなかった。たまにドアを開け閉めするむなしい金属音と鍵を閉める音を聞いただけだった。エレベーターを待っている間に偶然居合わせたときには、二、三の言葉を交わし、視線は合わせなかった。このわざとらしい視線の回避に私はいつも当惑させられ、込み合った人々の中で生きていくための防衛手段なのだろうと自らに言い聞かせた。

「田舎では、農民が強い共同体意識を持っていました」とダライ・ラマが説明した。「ですから、誰かが、あるいはいずれかの家族が問題に直面した場合、隣人に助けを求められるという感覚があります。何百万人もの人々が暮らしている大都市でも、知り合いであろうがなかろうが、私たちはお互いに対して責任を持っています」

私は自分のアパートの施錠（せじょう）されたドアを思い浮かべた。知らない人たちへの責任をどうやったら果たせるのだろう？　閉じられたドアとその背後にいる見知らぬ人たちは、私たちがつながり合っていないことを絶えず思い出させた。今、ダライ・ラマの言葉を聞いて、子供時代、エレベーターを待っているときや地下鉄の中で、人と視線を合わせないようにしたのは、物理的に近いのに感情的に離れていることが恥ずかしかったからではないかと思った。

「私たちは同じ人間です」。ダライ・ラマが繰り返し言う一節をまた口にした。「自己紹介など必要ありません。私たちは同じ人間の顔をしています。お互いの顔を見れば、すぐに兄弟姉妹であることがわかります。知っていようがいまいが、微笑んで、こんにちはと言うことができるのです」。

私はエレベーターを待っている人や地下鉄の車内で立っている人に向かって微笑みながら話しかけたときのことを思い出した。人間的なつながりを持とうとする試みが混乱を誘うことがあったのは事実だ。なぜなら、社会的に期待されている行動ではなかったからだ。だが、大抵の場合、相手の微笑みを誘った。あたかも、トランス状態から醒（さ）めて、人間的な絆を取り戻したかのようだった。

「私たちの社会は物質文化です」とダライ・ラマが言った。「物質的な生き方には、友情の概念も愛の概念もありません。ただ、一日二四時間、機械のように働くだけです。ですから現代社会では、最終的に私たちも巨大な機械の一部になります」

ダライ・ラマは現代生活の核心に深い痛みがあることを告発していたが、あまりにもありふれているため、それが正常ではないことを私たちは忘れてしまっているのだ。大主教がウブントゥ（共同体感覚）について語ったことを私は思い出した。私たちはどうすれば、お互いを通じて本来の自分になれるのだろう。人類はどうすれば、お互いに結束できるのだろう。

仏教においては、社会的、個人的、原子的なあらゆるレベルで相互依存性があることを認めている、とダライ・ラマは語った。私たちは他者に全面的に依存して生まれ、死んでいく。生まれてから死ぬまでの間に、私たちが経験する自立は謎であることをダライ・ラマはよく強調した。

「二次的なレベルの違い、たとえば、生まれた国、宗教、肌の色などを強調すると、私たちはその違いに気づきます」と大主教が言った。「今日のアフリカがそうですが、国の違いをあまりに強調しすぎるきらいがあります。私たちが同じアフリカ人であることを考えるべきです。さらに言えば、私たちは同じ人間です。宗教においても同じです。シーア派の人、スンニ派の人、キリスト教徒、イスラム教徒いろいろいますが、同じ人間なのです。宗教観の違いは個人的なものです。共感を持って他者と交われば、人間のレベルで付き合えるでしょう。そうすれば、敵に対しても憐れみの感情を持つことができます。

私たちはみな他人を愛する同じ潜在能力を持っています。私たちの基本的な人間性が憐れみ深いものであることを、今、科学者たちは発見しつつあります。問題は、子供たちが学校でそのような深い人間の価値を養うよう教えられないことです。そのため、子供たちの潜在能力が開花しないのです。

私たちのシナゴーグや寺院、教会などが、もっと人々を歓迎すべきなのにしていません。孤独な人たちを集めて、仲間意識を深める努力をする必要があると本気で思っています。積極的に来訪者を増やして、自分たちのランクを上げるためではありません。孤独な人たちが経験したことのない人の暖かさや仲間意識を味わってもらうためです。実際に、孤独を癒すためのプログラムがすでに始まっています」

★　★　★

私たちはひとりでいるのに孤独を感じないときもある。その逆に、ひとりではないのに孤独を感じるときもある。たとえば、群衆の中にいるときや知らない人たちのパーティ会場にいるときだ。心理的な孤独は、物理的にひとりでいることと直接結びついていない。私たちはひとりでいるときでも喜びを感じることができるが、孤独なときには感じることができない。休憩の後、対話は孤独の話題に戻った。

「法王、私たちは最後のセッションを孤独について語ることで終わりました。その話題に戻ってもう一つ質問したいのですが。僧侶たちは多くの時間ひとりで過ごします。ひとりでいることと孤独との違いはなんでしょう？」

ダライ・ラマは大主教のほうを見て、彼が答えたがっているかどうかを確認した。

「いや、私は僧侶じゃありません。あなたが始めてください」

「僧侶たちは自らを物質世界から切り離します。物理的にだけではなく、精神的にも、です。彼が信奉する宗教によれば」、大主教のほうを指さしてダライ・ラマが言った。「キリスト教の僧は常に神の光の下にいると考えています。神に仕えることに身を捧げるのです。私たちは直接神に触れることはできません。それゆえ、唯一の方法は神の子供たちである人間に仕えることです。だから、私たちは決して孤独ではないのです。

多くのことがあなたの態度にかかっています。もしあなたがネガティブな判断や怒りに満たされていれば、他者から切り離されていると感じるでしょう。そして、孤独を覚えるでしょう。けれども、もしあなたが開かれた心を持ち、信頼と友情に満たされていれば、たとえ物理的にひとりであっても、また隠遁生活を送っていても、決して孤独を感じないでしょう」

「皮肉ですね」と私は言った。ダラムサラに来る道すがらドーナツを買っている最中、ダライ・ラマが洞穴の中で暮らしたいと思ったことがあると語ったのを思い出したのだ――伝統的に三年以上、洞穴で暮らすのがならわしになっている。「あなたは孤独を感じることなく、三年でも、三か月でも、三日でも洞穴の中で過ごすことができますが、群衆の中では、孤独を感じないではいられません」

「そのとおりです」とダライ・ラマが応じた。「少なくとも七〇億の人間がいて、感覚を持った生き物の数は計り知れません。あなたが常に七〇億の人間のことを考えていれば、決して孤独を感じないでしょう。

幸福をもたらす唯一のものは愛情と暖かい心です。愛情や暖かい心は実際に内的な強さや自信をもたらし、恐れを和らげ、信頼を育みます。そして、信頼は友情をもたらします。

私たちは社会的な動物であり、生き残るには協力が欠かせません。けれども、協力は全面的に信頼に基づいています。信頼があれば、人々が、そしてすべての国が結束します。人々がもっと思いやりを持ち、暖かい心を培えば、まわりの雰囲気がもっとポジティブに、そしてフレンドリーになります。そうすれば、どこを見ても友達だらけになるでしょう。もしあなたが恐れや不信を感じれば、他の人々が距離を置くようになります。彼らは不信を感じ、慎重で疑い深くなるでしょう。そうなれば、孤独を感じないではいられません。

心の暖かい人はいつでもリラックスしています。もし、あなたが恐れを持って暮らし、自分自身を特別とみなしているなら、精神的に他人から引き離されます。そうすれば、疎外感や孤独を感じやすくなります。だから私は、大群衆に向かって話をする際でも、自分は特別だとは考えません。〝私は法王ダライ・ラマだ〟などとは思わないのです」とダライ・ラマは自分の尊敬されている立場を揶揄して言った。「人々と会うとき、みんな同じ人間だということを私はいつも強調します。一〇〇〇人いようが、一万人いようが、精神的にも、感情的にも、肉体的にも同じ人間です。障壁はありません。そう思えば、心穏やかなままで、リラックスできます。自分を特別だと考えると、不安が昂じ、イライラします。

過剰に自分にこだわろうとすることの背後にある動機は、より大きな幸せをつかもうとすることにあるでしょうが、皮肉なことに、正反対の結果に終わります。あまり自分自身にこだわると、他者から切り離され、疎外されます。最終的に、自分自身からも疎外されるようになります。なぜなら、他者とつながりたいという欲求は、人間としての本来の自分の欠かせない一部だからです。

度を超した自己へのこだわりはまた、健康にも良くありません。強い恐れや不信感、極端な自己への集中はストレスや高血圧に導きます。何年も前のことになりますが、私はニューヨークのコロンビア大学で開催された医学者や医学研究者たちの集まりに出席しました。ある医学者がプレゼンテーションの中で、むやみに第一人称の代名詞——**私が、私が、私が**……——を多用する人間は、心臓発作を起こすリスクが著しく高まると指摘しました。彼は理由を説明しませんでしたが、そうに違いないと私も思いました。これは深い洞察です。自分へのこだわりが強すぎると、視野が狭まり、些細な問題でも大きすぎて耐えられないように思えるのです。

恐怖や不信感は人を人類の兄弟姉妹から引き離します。その結果、孤独になり、他人とコミュニケーションを図るのが難しくなります。突き詰めれば、あなたはコミュニティの一員なのですから、他の人たちと付き合わなければなりません。あなたの興味や未来は他の人たちにかかっているのです。孤立してしまったら、どうして幸せな人間になれるでしょう？　ただ単に、心配が増え、ストレスが増すだけです。過度の自己中心性は、心の扉を閉め、他人とのコミュニケーションを難しくする、と私は折に触れて言っています。他人の幸福に気を配れば、心の扉が開き、他人といとも簡単にコミュニケーションすることができます」

親切心と思いやりを持って他人のことを考えれば、決して孤独にはならない、とダライ・ラマは言う。開かれた心――暖かな心――は孤独の解毒剤である。他人を批判的な目で見ながら通りを歩いていると、一人ぼっちになり、孤独を感じる。同じ通りでも、心を開いて受容的になり、思いやりを持って歩いていれば、驚くべきことに、突然、誰もがフレンドリーで温かいように思える。あたかも心の状態が、周囲の物理的な環境をがらりと一変させるかのようだ。社会心理学者のチェン・ボ・ゾンとシラ・ガブリエルは、人々が孤独を感じたり、社会的に隔絶されていると感じたりするとき、温かいスープをすすりたくなることを発見した。そうやって、文字どおり温かさを求めるのだ。ダライ・ラマや大主教が言っているのは、心を開いて、自分の注意や関心を他人に向けるだけで、そうした温かさを生み出すことができるということだ。

「大主教、なにか付け加えたいことがおありですか？　あなたが修道僧ではないのは知っています。けれども、ご自身で祈りや瞑想に多くの時間を費やされています」

「たしかに、私たちの祈りでは」と大主教が応じた。「一対一で語りかけるのではありません。私たちの神の概念は、ひとりではあるけれども、仲間であり、コミュニティであり、三位一体でもある神です。私たちはそのような神のイメージに似せて造られています。キリスト教徒になると、仲間に加えられます。だから、リトリート（瞑想）をしていても、人はひとりではありません」

「ダライ・ラマが言っていることと同じです」と私は会話に割って入った。「もし、つながれば、たとえその仲間が七〇億人いようとも、あなたは孤独を感じません」

「おっしゃるとおりです」と大主教が答えた。「孤独であるというのは、ちょっとした撞着語法（どうちゃくごほう）〔意味の対立する語句を並べて新しい意味や効果を狙う修辞法〕です。けれども、あなたがどんなとき疎外感を覚え、波長が合わないと感じるかはたいへんよくわかります。そのようなとき、人は連帯感を求めます。人々に罪の意識を感じさせることが助けになるとは思えません。私たちはできるだけ歓迎しようと努めます。そして、彼らのしている経験は他の多くの人たちもしているものだと言います。孤独は意図的に感じるものではありません。孤独を感じたいとわざわざ言う人はいないでしょう。孤独は至るところに潜んでいます。孤独を感じる理由は実にたくさんあるのです。

あなたは、孤独な人に本来の自分を取り戻させたいと思うでしょう。彼らをあるがままに受け入れ、心を開くのを助けてやりたい、と。外出して他人に拒絶されるのが怖いという理由で、部屋に閉じこもっている人が、どんなにつらい思いをしているかよく理解しています。彼らが自分を快く受け入れてくれる仲間を見出すのを、祈らずにはいられません。心を閉ざしていた人たちが、周囲の人々の暖かさと受容の中で、美しい花のように花開くのを見るのは素晴らしいことです」

大主教から私が学んだのは、他者が私たちに心を開くのを待っている必要はないということである。山のてっぺんにいようが、マンハッタンのど真ん中にいようが、私たちの心を彼らに向かって開くことによって、私たちは彼らとのつながりを感じることができるのだ。

妬み——あの男がまたメルセデスに乗って通り過ぎる

「あなたは朝、目を覚まして、よしこれから妬（ねた）もう、とは思わないでしょう。妬みはひとりでに生じます」と大主教は私たちの感情が自然なものであることを強調した。「あなたは朝、気分良く目覚めます。ところが、例の男がメルセデス・ベンツ（やその他の高級車）に乗って通り過ぎる——。彼が高級車に乗って通り過ぎるたびに、あなたは嫉妬を感じまいとしてきましたが、感情が自然に湧いてくるのです」

人間はなにかと比較したがる。人間にかぎらない。動物の世界では、どこでも自然なことだ。大主教が指摘しているように、一緒におとなしく餌を食べている犬でさえ、突然、分け前の量を比較し、吠えたり歯ぎしりをしたりして喧嘩を始める。だが、妬みが大きな不満の源になりうるのは人間だけである。人生において苦しみを生み出すのは、他者とのかかわり方——「目上の者に対する嫉妬、同等の者に対する競争心、下の者に対する軽蔑心」など——であるというチベット仏教の教えがある。

公平さは私たちの遺伝子に組み込まれているようだ。だから、私たちはどのような種類の不平等さにも不快感を覚えるのだ。霊長類学者であるフランス・ドゥ・ヴァールは、人間の代わりとして心理テストでよく使われる、私たちの遠い親類ノドジロオマキザルを使った実験のビデオ記録で話題となった。主役は灰色をした手足の長い小さな頭の猿である。猿は実験者に一つの石を与え、報酬としてキュウリのスライスをもらう。キュウリを手にした猿は喜んで、何度もそれを繰り返す。ところが、隣にいた猿が、同じことをして葡萄をもらう。ノドジロオマキザルの世界では、キュウリよりも葡萄のほうがすごく、格上とみなされている。おそらく人間にとってもそうだろう。隣の猿が葡萄をもらうのを見た最初の猿は、以前にも増して熱心に石を与えるパフォーマンスをし、頭を上げて、葡萄の報酬を期待する。けれども、あくまでそれは比較の実験なので、実験者は最初の猿に、葡萄ではなくキュウリしか与えない。

オマキザルは手にしたキュウリを見て、信じられないと言わんばかりに頭を後ろにそらし、実験者に投げ返す。制御できない怒りに駆られた猿は、檻の鉄格子をつかみ、激しく揺する。このビデオは二〇一一年の九月に起こったウォール街の抗議運動の際に人気になった。というのも、公正さを求める私たちの基本的な本能が、どのように働くかや、不平等がなぜ社会にストレスやダメージをもたらすかを、簡潔に、しかも巧みに明らかにしたからだ。

大主教とダライ・ラマは、対話の最中、社会的なレベルで不平等に取り組む必要性を頻繁に語った。とはいえ、地球規模のこうした不平等性をどんなに告発したところで、大主教が指摘するように、私たちより多くを持っている人間、成功した人間、才能がある人間、賢い人間、器量が良い人間が必ずいる。

普通、私たちは自分自身のことを、ヘッジファンドの億万長者や天才科学者、スーパーモデルなどとは比べない。自分が属する社会的なサークル内にいる人間と比べる。「もし貧しくなりたければ、お金持ちの友人を見つけなさい。もしお金持ちになりたければ、貧しい友人を見つけなさい」という古い諺がある。隣人に負けまいと見栄を張るのは、仲間内で行なわれるのだ。

ジンパに聞くところによれば、一九九〇年代、アメリカ合衆国は、特別な難民対策プログラムの一環として、インドに住むおよそ一〇〇〇人のチベット人に、グリーンカードを与えた。これらのチベット人たちが家族にドルを送り始めると、彼らの隣人が嫉妬するようになった。突然、金回りが良くなり、家を改築したり、子供たちにモーターバイクを買ってやったりし始めたからだ。身内を合衆国に送り込まなかった家族が、貧しくなったというわけではない。彼らの隣人が、突然、豊かになったのだ。

幸福の研究によれば、「上方比較」はとりわけ私たちの健康を蝕(むしば)む。妬みは喜びの余地を残さない。妬みを表わすチベット語はトラクドク trakdok である。「重い、あるいは拘束された肩」という意味で、実際に妬みは、罪の意識が混じった、歪んだ不満や憤慨の感情を残す。仏教は妬みを、精神を蝕むものとみなし、私たちを害する毒蛇にたとえる。ユダヤ・キリスト教の伝統では、十戒の一つが隣人の家を「うらやむ」ことを禁じている。

大主教とダライ・ラマは、妬みにどう反応するかについて、異なる見解を持っていた。大主教は受容と自分を許すという立場をとる。「あなたは本当のところ、妬みを制御できないと言いたいんです。私たちは自分自身にあまりにつらく当たることが多いと思います。そのことの多くが、私たちのすべてに影響を及ぼしていることを私たちは忘れています。私は人々が罪の意識を振り払うのを助けたいのです。なぜなら、ほとんど誰もが、妬みを感じるとき、罪の意識も一緒に覚えるからです。私たちには自分で制御できないものがあることを、神の子供たちに訴えたいのです」

続いて大主教は妬みへの強力な対応策について語った。感謝することである。「妬みを迎え撃つ最善の方法の一つは、古臭いやり方ですが、自分の幸せな点を数え上げ、思い起こすことです。とてつもなく古臭いじいさんのやり方に聞こえるかもしれませんが、役に立ちます。あなたは誰もがうらやむような大邸宅を持っていないかもしれません。でも、だからなんだと言うのでしょう。あなたは小屋に住んでいるわけではありません。快適な住まいで暮らしています。ですから、自分が持っているものに感謝しなければなりません」

大主教が提示するもう一つの対処法は動機づけである。「たしかに妬みは動機づけにもなりえます。俺はあいつのような高級な車や家を持っていない。だから一生懸命働いて手に入れるんだ、というわけです」。大主教やダライ・ラマが先に述べたように、これらの外的な目標は喜びや持続する幸福をもたらすことはない。けれども、自分の状況を改善しようとする動機は、他の誰かを妬むよりましなのは言うまでもない。

大主教が勧める最後のもっとも効果的な対処法は枠組みを新しくすることだ。「最善策は自分自身に次のように語りかけることです。〝二、三人しか住む人間がいないのに、どうして七つもの部屋がある家を持ちたいんだろう？〟そのように自らに問いかければ、自分がいびつな願望を抱いていたことに気づきます。また、環境を破壊する消費の拡大ゆえに、気候変動が起こり、大きな混乱をきたしていることが見えてきます。そこで、あなたは小さな電気自動車を買い、ガソリンばかり食う贅沢な大型車など必要ないし、欲しくないと心に決めます。その結果、気候変動の先棒を担ぐことはなくなります」

ジンパは、ダライ・ラマのために、大主教が言ったことを通訳した。

「私が言ったこと、わかってもらえましたかな？」と大主教が笑いながら言った。

「幸いにも、あなたはチベット語がわかりません」とダライ・ラマがちらりと笑みを浮かべて切り返した。それから、対話の最中に意見が食い違う地点に達したとき、おのおのがする典型的な行動を取った。関係を再確認し、お互いを褒(ほ)めるのだ。私は人間関係の科学者ジョン・ゴットマンとジュリー・シュワルツ・ゴットマン夫妻の観察を思い出した。意見が食い違ってもうまくいく対話には、「冷静さ」や「繊細な気づかい」があるという観察である。

「私の観点からすると、私の霊的な兄弟の説明は素晴らしいと思います。実に素晴らしい。妬みや嫉妬が生まれる瞬間、人はもはや心の平和を保つことができません。嫉妬は現に心の平和を乱します。関係性を蝕むようにもなります。いくら親しい友人でも、なんらかの嫉妬を抱けば、二人の友情にひびが入ります。夫と妻との間でも同じです。いずれかが嫉妬を抱けば、結婚生活に多大な害を及ぼします。幸せな雰囲気で餌を食べている犬にさえそれを見ることができます。片方の犬がもう一方の犬が食べているものに嫉妬すると、争いが始まります。

喜びや心の平和をもたらす感情を培うことが重要です。幸福や心の平和を妨げる感情はすべて、はなから避ける方法を学ばなければなりません。

怒りや嫉妬のような否定的な感情のすべてを、私たちにはどうすることもできない心の正常な一部とみなすのは誤りだと思います。私たちの心の平和や健康を損ない、家族や友達との間に、またコミュニティの内部でトラブルを引き起こすネガティブな感情が多すぎます。

妬みは往々にして、私たちの内的価値ではなく、物質的な所有物にこだわりすぎることから生じます。経験や知識に注目すれば、妬むことははるかに少なくなります。けれども、もっとも重要なのは、他人の幸福に関心を持つ感覚を養うことです。偽りのない親切心や思いやりを持っていれば、誰かがなにかを手に入れたり、成功したりしても、一緒に喜んでやることができます。慈しみの実践や、他人の幸福を気遣う感覚を育む訓練をしている人間にとって、他人が願望を叶えるのを見るのは嬉しいことだからです」

ダライ・ラマは、仏教徒のムディター mudita（喜）の概念について話してくれた。ムディターはしばしば「共感の喜び」と訳され、嫉妬の解毒剤だと言われる。大層重要な概念なので、私たちが際限なく育むことができる四つの無量心（慈悲心）の一つとみなされている。他の三つは、メッター（慈）、カルナー（悲）、ウペッカー（捨）である。

ムディターがどのように働くかを説明してくれたのはジンパである。たとえば、あなたが欲しがっている大きな家を誰かが手に入れたら、自分自身にこう語りかけることによって、彼の幸運を喜ぶのだ。「彼にとって良いことだ。彼も私と同じように、幸せを望んでいるのだ。成功したがっているのだ。家族を支えたいと思っているのだ。どうか彼が幸せでありますように。私は彼を祝福し、彼がもっと成功することを願っています」。ムディターは、人生がゼロサムゲーム〔参加者の得点と失点の総和がゼロになるゲームのこと〕ではないことを認める。ケーキが一切れしかなく、誰かがたくさん食べれば食べるほど、自分が食べる分が少なくなるというのではないということだ。ムディターは喜びを限りないものとみなす。

前に述べたように、ムディターはまた、シャーデンフロイデ〔他人の不幸を聞いて喜ぶ気持ちを表わすドイツ語〕とは正反対の感情である。シャーデンフロイデは、私たちが絶えず反目し合っているとみなす。他の誰かが成功したり、なにかを成し遂げたりすると、どういうわけか私たちは成功から見放され、さほど愛されなくなると考えるのだ。シャーデンフロイデは妬みの自然な副産物である。それに対して、ムディターは慈しみの自然な副産物だ。

ムディターは私たちの相互依存性の認識をベースにしている。アフリカの村では、「How are you?」ではなく「How are we?」と挨拶する、と大主教に伺った。そこには、他人の達成や幸福を、真の意味で、私たち自身のものとみなす考えが含まれている。大主教は人間が持っている並外れた美しさや才能によく目を瞠(みは)る。「みなさんがいかに美しいか見てください」と彼は集まった聴衆に言う。ところが、不幸なことに、ほとんどの人は自分を他人から切り離し、小さな枠に閉じ込めたがる。そのため、私たちは自分自身を恐ろしいほどちっぽけでひ弱だと感じる。だが、万物の相互依存性を思い出せば、私たちが信じられないくらい大きくて強い存在であることがわかるだろう。

「仏陀の時代から伝えられている古い話があります」とダライ・ラマが言った。「ある日、王様が仏陀と僧たちを昼食に招待しました。宮殿に向かう途中、仏陀は一人の乞食のそばを通りすぎました。その乞食は、王様を賞賛し、宮殿の美しさについて笑いながら語りました。王様の召使たちが、仏陀と僧侶たちに、長いコース料理をふるまった後、献辞を述べるときがやってきました。食事の功徳に感謝するのが習わしになっているのです。ところが、仏陀が感謝の祈りを捧げたのは、食事をふるまってくれた王様にではありませんでした。外に立っている乞食に祈りを捧げたのです。驚いた年配の僧が、なぜ乞食に祈りを捧げたのか仏陀に尋ねました。仏陀はこう答えました。王様は王国の素晴らしさを見せびらかす優越感に満たされているが、なにも持っていない乞食は、王様の幸運を一緒に喜んでやることができるからだ、と。つまり、その乞食は王様よりももっと多くの功徳を積んだのです。今日でもタイでは、食事を提供することで功徳を積む伝統を維持しています。一九七〇年代の初頭にタイを訪れた際、私はそのようなランチに参加する名誉に恵まれました。感謝の祈りを捧げたのは年配の僧侶のひとりでした。他人の幸運を一緒に喜ぶのは、実にたくさんのポジティブな恩恵をもたらすのです」

「人々はどのようにしてムディターを養うのですか？」と私はダライ・ラマに尋ねた。

「まず第一に、同じ人間だということを認めなければなりません。他人は私たち人間の兄弟姉妹であり、幸せな人生を送る権利と願望を持っています。これはスピリチュアルなことではありません。単なる常識です。私たちは同じ社会の一員なのです。また同じ人類の一員です。人類が幸せなら、私たちも幸せです。人類が平和なとき、私たち自身の人生は平和です。家族が幸せなら、あなたも幸せだというのと同じです。

〝私と彼ら〟という感覚が強いと、ムディターを実践するのは困難です。私たちは、〝我々（we）〟という感覚を育まなければなりません。いったん、共通の人間性の感覚や、人類の一体性の感覚を養うことができれば、全員が苦しみから自由になり、幸福な人生を楽しんでほしいとおのずと願うようになります。幸せになりたいという願望は、誰もが持っている自然な本能です。それは他者の幸福に関心を寄せる感覚にすぎません」

「明らかに、妬みは美徳ではありません」と大主教は言って、自我の発達が自責の念に導くことを再度強調した。「けれども、ひとりでに沸き起こってくるものに関して、少なくとも最初のうちは、罪の意識を感じさせたくないと思うのです。そのような感情はどうすることもできませんが、たちうちすることはできます」

「身体の病のように」とダライ・ラマが言った。「予防措置を講じるのが最善の方法です。すでになんらかの病気にかかってしまっている場合、薬を飲む以外に方法はありません。同じように、妬みの感情が沸き上がってきた瞬間、それに逆らうのは非常に難しい。ですから、最善の方法は、そのような感情が沸き上がってくるのを防ぐ術を学ぶため、鍛錬（たんれん）を通して心を養うことです。たとえば、怒りの主要な原因は欲求不満や不満です。怒りのような感情が爆発する瞬間、自らの経験や知識によってそれを抑えようとしても、うまくいきません。それは洪水に似ています。雨季に入ってから洪水を止めようとしても遅すぎます。洪水による災害を防ぐためには、春の早いうちに、洪水を引き起こす原因を調査し、防御壁を構築する必要があるのです。

同様に、心の健康の場合にも、できるだけ早くから予防措置を講じたほうが、簡単ですし、効果的です。心の病にかかってしまったら、医師のアドバイスを思い出すのは困難です。医師は、怒ればスッキリするとは言わないでしょう。あなたの医師はそんなことを言いますか？」

「いいえ」。大主教が同意した。

「医師はいつも私たちにリラックスするよう言います。リラックスとは心を穏やかにすることです。興奮しすぎると、リラックスできなくなります。また、執着しすぎると、心の平和がかき乱されます」。ダライ・ラマはそう言って、妬みと嫉妬の話題に話を戻した。「素敵なベッドルームと浴室を備えた快適な家を持ち、癒しの音楽を聴くことができても、怒りや嫉妬心や執着心に満たされていると、決してくつろぐことはできません。その反対に、なにも持たずに岩の上に座っているだけでも、心が完璧に平和であれば、くつろぐことができます」

有名なチベットの経典の中に、初代パンチェン・ラマによって創作された注目すべき詩があるとジンパが教えてくれた。それはジンパがムディターを培うために用いる、美しい祈りである。

苦しみについては、私はこれっぽっちも望まない。
幸せについては、私は決して満たされない。
そのことに関し、他者と私との間に違いはない。
他人の幸福を喜べるよう私を祝福してください。

苦しみと逆境——困難を乗り切る

苦しみや逆境のときでも、喜びを経験できるようにするにはどうすればいいのかという私の質問に答えて、ダライ・ラマは、「〝逆境は好機になりうる〟というチベットの言い伝えがあります」と応じた。「悲劇的状況ですら好機になりうるのです。幸福のありがたさをクローズアップさせるのは、実は痛ましい経験であるという別の言い伝えもあります。喜びの素晴らしさを浮き彫りにするからです。大主教、あなたのように大きな困難を経験してきた世代全体にそれは言えることです」とダライ・ラマは話を大主教に振った。「自由を獲得したとき、あなたは実際に喜びを感じました。その後生まれた新しい世代は、自由の本当の喜びを知らずに、不平ばかり言います」

一九九四年に南アフリカで行なわれた最初の民主選挙で、投票するために何時間も待っていた人々の列を私は思い出した。列は何マイルも蛇行して続いた。アメリカの投票率が四〇パーセント以下にとどまっていた当時、投票権を持っていることに感謝し、喜ぶ感覚がどれだけ長く続くのか疑問に思ったのを覚えている。また、投票権を剝奪(はくだつ)されたことのないアメリカ国民の間で、投票率を回復させるなんらかの方法があるのだろうかとも思った。

「ヨーロッパでも」とダライ・ラマは続けた。「古い世代の人々は実際に大きな苦難を経験しました。それらのつらい経験によって彼らは鍛えられ、強くなったのです。これはチベットの言い伝えが正しいことを示しています。苦しみは、喜びのありがたさを思い出させるものなのです」

ダライ・ラマの話を聞いていて私は思った。私たちは、親の自然な本能で、子供たちを苦痛や苦しみから救うために一生懸命努力するが、そうすることで、逆境から学んで成長する子供たちの能力を奪っているのだ、と。アウシュヴィッツの生き残りで心理学者のエリス・エヴァ・イーガーが、甘やかされてスポイルされた子供がアウシュヴィッツでは最初に死ぬと語っていたのを思い出した。そういう子供たちは誰かが自分を救いにやってくるのを待ち続け、誰もやってこないと諦めてしまうという。彼らは、自分自身を救う方法を学んでいなかったのだ。

「多くの人々が苦しみを問題だと考えています」とダライ・ラマが言った。「苦しい経験は、実は、運命がその人に与えてくれたチャンスなのです。人は混乱や苦しみにもかかわらず、しっかりと冷静さを保っていることができます」

私はダライ・ラマが言っていることを理解したが、実際にどのようにして苦しみを受け入れ、苦しみの渦中でそれをチャンスとみなせばいいのだろう？　言うは易く行なうは難(かた)し、である。セブンポイント・マインド・トレーニング（心の訓練の七つの要点）として知られるチベットの霊的な教えの中では、特別な注目に値する人間が三種類いるとされている。当人の家族、先生、そして敵である。なぜ注目に値するかというと、一筋縄ではいかないからだ。「彼らは三つの対象、三つの毒、三つの美徳のルーツです」とジンパは謎めいたことを言った。「大半の苦しみの核にある執着、怒り、妄想という三毒を生み出すのは、以上の三種類の人間（三つの対象）との日々の相互作用です。私たちは霊的な鍛錬を通して、家族や教師や敵との相互作用を、美徳の三つのルーツである無執着、思いやり、知恵を発達させる力に変容させることができます」

「多くのチベット人は」とダライ・ラマがまた語り出した。「中国の強制労働収容所で何年間も過ごし、拷問され、つらい労働を課せられました。それは真の人間性とも言うべき自分の内的強さを試す絶好のチャンスだったと何人かが語ってくれました。希望を失った人もいましたし、生き続けた人もいました。誰が生き残るかに教育は関係がありませんでした。本当の違いを生み出したのは、最終的に、内的なスピリット、すなわち心の暖かさでした」

強制収容所で違いを生み出したのは、凄まじい決意と決断力だったと私は思っていたので、ダライ・ラマがスピリットの大切さを強調するのを聞いて、意外に思った。

ダライ・ラマの話を聞いて、大主教が質問で応じた。苦しみと逆境についての議論が始まったときに、私が尋ねた質問と重なるものだった。本書は喜びの抽象的理論や希望的観測についてではなく、避けられない人生の苦しみに直面しても、喜びに満ちて生きるにはどうしたらいいかについて書かれたものであることを、私たちは最初から明らかにしてきた。大主教の言葉を引用すれば、万事うまくいっているときではなく、人生のもっともつらい瞬間に喜びを維持する方法を読者に知ってもらいたかったのだ。

「問題は、心の底から喜びたいと思っている人々や、世界が今より良い場所になるのを見たいと思っている人々を、どうやったら助けられるかということです。今の世界には、恐ろしい問題が山積しています。人々はさまざまな逆境の中で生きています。問題を目の当たりにし、大きな試練に直面しているときに、どうしてあなたは喜んでいられるのでしょう？　この世界には、もっと良くなりたい、もっと楽しみたい、あなたのようになりたいと思っている人たちが真にたくさんいます。つまり、問題の渦中でどうやったら心の平静さを保つことができるかということです。あなたは大変な雄弁家です。けれども、読者は今、あなたがおっしゃったことを、自分たちが理解できる言語に翻訳してもらいたがっています」

待っていられないと言わんばかりに、大主教は話し出した。「私たちが言いたいのはこういうことです。利己的であるのをやめれば、すぐに人は喜びに満たされるようになり、驚かされるということです。もちろん多少は利己的である必要があります。なぜなら、私が従っている神は、〝**汝の隣人を愛しなさい**〟（聖書の一節）と言ったからです」

「汝自身を愛するように」とダライ・ラマが付け加え、聖書のフレーズを完成させた。

「いかにも」と大主教が言った。「自分自身を愛するように、他人を愛せと言っているのです」

「おっしゃるとおりです」とダライ・ラマが相槌を打った。

大主教は聖書の言葉を現代風にアレンジし、「あなたは自分にとって最善のことを欲するように、他者にとって最善のことを願わなければならない」と言い足した。

「いちいちごもっともです」とダライ・ラマが言った。

「人々はあなたを見て、素晴らしいグル、あるいは教師とみなします。ただの教師ではありません。教えの体現者として見ているのです。彼らはあなたと同じように何度挫折を繰り返しても、同じ冷静さと喜びを持ち続けたいと思っているのです」

「そのことに関しては議論する価値があると思います」とダライ・ラマが賛同した。「ご存じのように、私たちの身体は成長するのに時間がかかります。同じように、精神的な発達も、一分、一日、一月、一年、一〇年と時間がかかります。私自身の人生のストーリーをお話ししましょう。

私は一六歳のとき、二つの意味で自由を失いました。従来のダライ・ラマ（現在は一四世）は、一八歳になるまで、政治責任を持っていませんでした。私の場合、早い時期に政府の長になるよう人々に求められたのです。中国軍がすでにチベットの東部に侵入しており、事態が差し迫っていたからです。中国の権力がラサに達すると、状況はさらに込み入ったものになりました。中国が私の行動を極端に制限したため、そのことでも私は自由を失いました。

政治責任はまた、私の学業にも大きな影を落としました。私が中央チベットのラサの周辺にあるメジャーの僧院大学で「ゲシェ」（仏教学の最高学位）を取得するための試験を受けた際、チベット軍の兵士たちが近くの山腹で見張りに立っていなければなりませんでした。その後、最終試験がラサの中央寺院の中庭で行なわれることになりました。中国軍があまりに危険であると心配する声が上がり、一部のチベットの役人が、場所を変えるよう要求しました。けれども、必要がないと私は言いました。とはいえ、ディベートの間、私は大きな不安と心配に襲われました。自分の安全のためだけではありません。チベットの兵士たちの安全も気がかりだったのです。

一九五九年三月、二三歳でインドに逃れ、私は祖国を失いました。とても悲しみました。とくに、独特な文化遺産を持つチベットという国が実際に生き残れるかどうかという深刻な問題を考えると、いたたまれなかったのです。チベット文明は一万年存続してきました。チベット高原のある地域では、三万年もの間、人間が暮らしていました。今日のチベットは、国のこれまでの歴史の中で、もっとも深刻な危機に直面しています。文化革命の際、一部の中国の高官が、一五年以内にチベット語を根絶しなければならないと決めました。そこで彼らは、ヒンディー語から翻訳された三〇〇巻からなるチベットの経典集を含め、チベット人自身によって書かれた数千巻の書物を焼いてしまいました。本は一、二週間燃え続けるだろうと私は言われました。私たちの彫像や僧院も破壊されました。本当に、深刻な状況だったのです。

そして、一九五九年、難民としてインドにやってきたのですが、私たちはよそ者でした。チベットの諺にあるように、「私たちが見慣れている唯一のものは空と大地だけ」でした。けれども、私たちはインド政府やいくつかの国際的な組織から多大な援助をいただきました。その中には、私たちが自国の文化、言語、知識を生き生きと保つことができるようチベットのコミュニティを再構築した、いくつかのキリスト教の組織も含まれています。このようにたくさんの困難と問題がありました。問題を解決しようとすればするほど、より多くの困難に出合うものです。でも、一定の結果が見えると、喜びもひとしおなのではないでしょうか？」そこでダライ・ラマは大主教のほうを振り向いて、同意を求めた。

「同感です」と大主教が言った。まだ、ダライ・ラマが遭遇した苦しみに心を動かされている様子だった。

「もし、なんの苦労もなく、いつもリラックスしていたら、不平を言うことがどんどん増えていきます。皮肉なことに、一見、楽で平穏無事に思えるときよりも、大きな逆境に直面しているときのほうが、より大きな喜びを経験できるんです」とダライ・ラマは言って笑った。

大主教も笑っている。喜びは、精神の力の不思議な錬金術のようだった。喜びに至る道は、悲しみの場合と同様、苦しみや逆境から遠ざけてはくれない。だが、苦しみや逆境を乗り越える力を与えてくれる。大主教が先に述べたように、ある程度の苦しみがなければ美しいものはやってこない。ダライ・ラマが自分の亡命生活をどのようにして好機とみなしたかを、ジンパが代わって話してくれた。「難民になると真の人生に近づく、とダライ・ラマはよく言います」とジンパは言った。自分自身の経験からもそう言える、とジンパが思っているのは間違いなかった。「なぜなら、見栄を張る余裕がないからです。それゆえ、人は真実により近づきます」

「大主教」と私は言った。「ちょっとあなたにお伺いしたいんですが。抵抗にあってそれを乗り越えた後のほうが、実際により多くの喜びを感じる、とダライ・ラマは語っています」。大主教がびっくりした様子でダライ・ラマを見つめたので、私はそこで話を止めた。

「法王がおっしゃっていることを聞くと、私は実に謙虚な気持ちにさせられます」と大主教が言った。「というのも、あなたが冷静で落ち着き払い、喜びに満ち溢れているという事実を、私はしょっちゅう人々に語ってきたからです。たぶん、私たちは〝逆境にもかかわらず〟と言ったと思います。ところが、あなたは〝逆境ゆえに〟と語っているように思えます。一歩、前進したわけです」。大主教はダライ・ラマの手を取り、軽く叩くと、愛情込めて撫で回した。

「あなたに対する私自身の個人的な賞賛の気持ちが強くなりました。ひねくれていると思われるかもしれませんが、中国がチベットに侵攻したことに感謝したいぐらいです。なぜなら、あの出来事がなかったら、今のような接触の仕方はしていなかったと思うからです。今のような友情も育たなかったでしょう」

その後、歴史が招いた皮肉な結果に、大主教は笑い出した。「あなたはおそらくノーベル平和賞も、もらわなかったでしょう」。ダライ・ラマも今や、尊敬されている賞を茶化して笑っていた。まるで、私たちの苦しみや逆境から最終的になにが生まれるのか、なにが善でなにが悪なのか、私たちには決してわからないと言わんばかりに。

もちろん、ダライ・ラマは、中国の侵攻がもたらした何百万人もの苦しみを、平和賞や友情が正当化するとは言わなかった。けれども、大主教が述べたように、もし彼が回廊付きの王国から追放されなかったら、グローバルな霊的指導者には決してならなかっただろう。

私は、飼っている馬に逃げられた農夫についての中国の有名な逸話を思い出した。隣人たちはこぞって彼の不運に言及した。すると農夫は、なにが幸運でなにが不運なのかは誰にもわからないと答えた。逃げた馬が野生の種馬を連れて戻ってくると、隣人たちは、今度は農夫の幸運について語った。すると、農夫は再びなにが幸運でなにが不運なのかは誰にもわからないと答えた。農夫の息子が野生の種馬を飼い慣らそうとして足を折ると、隣人たちは農夫の悪運を確信した。再び農夫は、なにが幸運でなにが不運なのか誰にもわからないと言った。戦争が勃発すると、五体満足のすべての若者が徴兵されたが、農夫の息子は足を折っていたため赦免(しゃめん)された。

「でも、あなたの質問に関して言えば」と大主教が続けた。「私は、私的なことを考えていました。ネルソン・マンデラのことです。前に述べたように、ネルソン・マンデラは、刑務所に収監されたとき、怒れる若者でした。彼はアフリカ民族会議の軍隊の最高司令官でした。敵は殺すべきだと彼は固く信じていました。攻撃的で怒りに駆られていたのです。彼と彼の仲間たちは茶番劇の裁判で有罪を言い渡されました。彼はロベン島の強制収容所に収監され、他の者たちと同じように、虐待されます。今日、ロベン島にある彼の独房には、ベッドが一台置かれています。しかし実際には、ベッドはなかったのです。マットレスもなく、薄い布を床に敷いて寝ていました」。大主教は、マンデラが寝ている間も耐えていたに違いない不快感や痛みや苦しみを強調するために、自分の親指と人差し指をつねった。

「彼らは教育を受けた洗練された人々でした。彼らはなにをしていたでしょう？　なにをさせられていたのでしょう？　採石場で掘削作業をさせられていました。充分な衣服も与えられずに、です。

マンデラを含め全員が冬でも半ズボンをはかされていたのです。彼らは岩を砕く、郵便袋を縫う、といったほとんど頭を使わない仕事をさせられていました。資格を持った弁護士だったにもかかわらず、座って縫い物をしていたのです」

マンデラの同僚で囚人仲間の一人アーメッド・カトラダと一緒にロベン島を訪れた際、彼は人種によって異なる囚人に与えられるさまざまな食料の割り当て量を書き表わした貼り紙をカフェテリアで見せてくれた。それは彼らが闘っていた偏執的な人種差別を日々思い出させるものだった。

「有色人種やアジア人には六オンス〔約一七〇グラム〕の肉。黒人には五オンス〔約一四〇グラム〕の肉。有色人種やアジア人には一オンス〔約二八グラム〕のジャムまたはシロップ。黒人にはなし」

「マンデラはさぞやいらだち、怒ったに違いありません。神は親切にも言いました。あなたはここに二七年間とどまることになるだろう、と。二七年後、彼はとてつもなく寛大な人間として、生まれ変わって出てきました。というのも、彼の苦悩が驚くべき方法で彼の成長を助けたからです。マンデラを投獄した人たちは、彼がだめになるだろうと思っていたのですが、彼を助けることになったのです。監獄での生活が、他人の立場に立ってものを考えることを彼に教えたのです。二七年後、彼はかつての敵を信頼する心の準備をして、親切で思いやりのある人間として出てきました」

「どのような方法で生まれ変わったのですか？」と私は尋ねた。「どうして彼は、自分の苦しみを、恨みの感情をつのらせるものではなく、自分を気高くしてくれるものとみなすことができたんですか？」

「……みなしたのではありません。そうなったのです」

「なぜ彼の場合そうなったんですか？　他の人たちはそうならなかったんでしょ？」

「もちろんです。一部の人は恨みの感情をつのらせました」。大主教は、苦しみが私たちに敵意を抱かせるか、私たちを高尚な気持ちにさせるかのいずれかであることを、かつて私に教えてくれたことがある。その違いは、苦しみに意味を見出すことができるかどうかにかかっているというのだ。意味を見出せず、苦しみが無益に思えるとき、私たちは簡単に敵意を抱くようになる。しかし、苦しみの中に、少しでも意味や贖い(あがな)の気持ちを発見できれば、ネルソン・マンデラのように、寛大な人間として生まれ変わることができる。

「私たちが精神の寛大さの中で成長をするには、なんらかの方法で、挫折を経験しなければならないことを、多くの事例で人は学びます」と大主教は続けた。「あなたは必ずしもそうだとは思わないかもしれません。しかし、最初から最後まで滞り(とどこお)なく進展する人生など、ほんのわずかです。人は洗練されなければなりません」

「なにを洗練する必要があるんでしょう?」

「殴られたら殴り返す、それがほぼ自然な反応です。洗練されると、殴ることに相手を駆り立てたものがなにかを探りたくなります。それゆえ、あなたは自分のことを相手の立場に置きます。精神的に寛大になるには、恨みの感情を捨てなければなりません。そのために挫折を必要とするというのは、ほとんど常識と言っていいでしょう。

　ネガティブな感情を捨て、他者の立場に立って物事を見る術を学ぶのです。必ず障害に行き当たり、コースから逸ら(そ)されることもあります。その都度、また元の道に戻ってこなければなりません」。大主教はデリケートでひ弱な右手であるしぐさをした。それは子供のとき、ポリオで麻痺(まひ)した手であり、彼が幼い頃に経験した苦しみの実例だった。

「たぶん、それはあなたの筋肉のようなものです」と大主教はなおも続けた。「もし筋肉を鍛えたければ、負荷を与える必要があります。負荷を与えれば、成長します。のろのろ歩いているだけでは、筋肉は成長しません。山登りをしなければならないのです。ただ座っているだけでは、胸板は厚くならないでしょう。あなたは静かに座っているのが好きかもしれません。けれども、座りっぱなしでカウチポテト〔ソファーに座ってテレビばかり見ている人を指す〕になれば、筋肉などつきようがありません。身体に言えることは、ありがたいことに、精神にも言えるのです。私たちの優しさが試されるとき、私たちの心の奥底で優しさが成長します」

「まさしく、おっしゃるとおりです」とダライ・ラマは同意し、身体を前後左右にゆすって、考えぶかげに指先を見下ろした。

「私がチベットから脱出した際、中国の強制労働収容所に送られたことについて話してくれた友人のことを思い出します。ノルブリンカ宮殿から逃走した晩、私は二度と見ることができないかもしれないと思って、敬意を払うためにチャペルに行きました。ナムギャル僧院ですでに僧侶になっている私の友人がチャペルにいました。ロポン・ラ〔仲間の僧侶が彼を呼ぶ愛称〕は、尋ねてきたのが私だということがわからなかったようです。私の訪問は最高機密で、彼に告げていなかったからです。その後、私が宮殿を去るやいなや、中国軍による砲撃が始まりました。中国軍はたくさんの人々を捕まえました。スターリンの粛清時代、多くの人がシベリアに送られたように、およそ一三〇人のチベット人が遠隔地に送還されました。一八年間の重労働の末、ロポン・ラはインドにやってきました。そして、強制労働収容所にいる間、なにが起こったかを話してくれたのです。

彼らは、厳寒の日でさえ、靴を履いていませんでした。ときどき、あまりに寒くて、唾を吐くと、氷になって落下したそうです。彼らはいつも腹を空かしていました。ある日、空腹に耐えられなくなった彼は、亡くなった囚人の一人の肉を食べようとしましたが、死者の肉は凍っており、固すぎて嚙めませんでした。

囚人は、終始、拷問を受けていました。一口に拷問と言っても、ソビエト式、日本式、中国式などさまざまな拷問があります。その収容所では、それらすべての拷問を組み合わせ、とてつもなく残忍な拷問に仕立て上げていました。

彼が収容所を去るとき、生き残っていたのはたったの二〇人でした。その一八年の間に、本当の危機に直面したと彼は語ってくれました。もちろん私は、生命の危機について語っているのだと思いました。

ところが、中国人の見張りに対する慈しみの心を失ってしまうのではないかという危機だと彼は言ったのです」

この驚くべき発言を聞いて、息を呑む音が聞こえた。男性にとっての最大の危機とは、慈しみの心を失うリスク、人間性を失うリスクだったのだ。

「彼は今でも生きています。九七歳になりますが、精神的にも健在でしっかりしています。ですから、あなたがおっしゃったように、彼の霊性と経験が慈しむ能力や人間性を強化したのです。中国の強制労働収容所で、長年、重労働をして過ごしたチベット人が、霊的な修行をしたり、忍耐や憐れみの心を養ったりするための最良の時期だったと話してくれた例はたくさんあります。何年か後に、首尾よくインドにやってきた私の掛かりつけの医師の一人テンジン・チューダック医師は非常に賢い人でした。収容所の中で、彼は数珠を持つことを禁じられ、毛沢東の赤本を読むよう強要されました。そこで彼は言葉の音節を数珠として用い、仏教徒の祈りを暗唱しました。けれども、中国人の見張りの目には、毛沢東の本を熱心に勉強しているように映ったのです！

ネルソン・マンデラのケースのように、刑務所に収監されたとき、大きな困難を味わうのは普通のことです。けれども、それらの経験は、見方を変えれば、内的な強さを養うことがありうるのです。ですから、たいへん有益な経験だと思います。とくに、さまざまな困難をくぐり抜けている最中にはそうです」

私は、「さまざまな困難をくぐり抜ける」というダライ・ラマの言葉に強く惹かれた。私たちは、ともすれば苦しみに呑み込まれそうだとか苦しみは終わらないだろうと思いがちだ。けれども、苦しみもまた通り過ぎること、仏教徒が言うように、一過性のものであることに気づくことができれば、もっと楽に困難を乗り切ることができるだろう。また、困難から学ばなければならないことを評価し、困難に意味を見出すこともできよう。そうすれば、気高い気持ちを持って生まれ変わる道も開ける。苦しみの深さが喜びの高さを決めることもあるのだ。

仏教徒の僧侶兼学者であるシャンティ・デーヴァは、苦しみの功徳について語っている。苦悩が引き起こす精神的打撃ゆえに、私たちの傲慢さは消え失せる。苦しみはまた、苦しんでいる他のすべての人間に対する憐れみの気持ちを生じさせる。私たちは、苦しみを経験するゆえに、他者を苦しめる行動を控える。ロポン・ラやチューダック医師はシャンティ・デーヴァからこうした教えを受け、つらい時期や、一見終わりがないかのように思える苦しみの時期に、それらの教えにしがみつき、無意味な苦悩のように感じられたものから意味を見出したのかもしれない。

ダライ・ラマと大主教は、ある程度の忍耐や受容が欠かせないことを強調していた。悲しい出来事は、私たちだけではなく、誰にでも起こるからだ。私たちがなにか悪いことをするからではない。この対話があった前年、私の父親が階段で転倒し、外傷性の脳の損傷で苦しんだ。骨が折れた場合には、治るのにどのくらいかかるかを正確に知ることができるが、脳が損傷した場合、はたして治るかどうかもわからないし、完全に治るかどうかさえ定かではないと医師は説明した。一か月以上もの間、父親は集中治療室にいて、さまざまな譫妄（せんもう）状態の中で、神経のリハビリを行なった。父は健全な精神と心を持っていたが、以前の父に戻れるかどうか私たちは心配だった。入院している父から受け取った初めての電話を、私は決して忘れないだろう。父が再び意識的にコミュニケーションできるようになるかどうか不明だったからだ。私の兄弟が、「あんな恐ろしい経験をして大変だったね」と言うと、「いやとんでもない。すべては私のカリキュラムの一部なのだから」と父は答えたのだった。

病気と死の恐怖――地獄に行ったほうがいい

旅は二度の葬儀によって変更を余儀なくされた。大主教の親しい友人たちが亡くなったのだ。長生きした人たちの葬儀ではあったが、それは死や寿命を思い出させる機会となった。たしかに、病気と寿命は避けられない人生の真実であり、苦しみの元凶である。

「注意しなさい。友人がたくさん死んでいる」。空港に到着したとたん、大主教はそう言い、ダライ・ラマの顔の前で指を振った。それから、故人の一人である偉大な人物フィリップ・ポッターのことを語り出した。

「彼は世界教会協議会初の黒人の総幹事でした」と大主教は説明した。だが大主教は、生と死、尊厳と不謹慎を親しい仲間とみなしており、友人の栄誉を称えながらもジョークを言い始めた。

「彼はあなたや私よりずっと背が高く、とても恐ろしい男でした。昨日、彼の棺(ひつぎ)を見ましたが、ばかでかいものでした。私たち二人が、その中にすっぽり収まるくらいです。ところで、キリスト教徒である私は天国に行くでしょうが、あなたはどこに行くのでしょうね？」

「たぶん、地獄ですな」とダライ・ラマが答える。誰が天国や地獄に行くかとか死についての会話は、その週の間、彼らが好んだジョークの一つだった。自分たちの伝統や敬虔な行為を茶化したのだ。私は彼らに、病気と死の話題を、もっと個人的な視点から話し合ってほしいと頼んだ。「ご自身の死をどう思っているんですか？　お二人とも八〇代で、死は身近な現実です。少なくとも、可能性として差し迫っています。ずっと先のことであればいいんですが」

「お気遣いくださって」とダライ・ラマは言って笑った。

「死がすぐそこまで来ていると言っても、彼は気にしませんよ」と大主教が話に割って入り、ダライ・ラマを指さした。「なぜなら、彼には輪廻転生があるからです」

「輪廻転生では」とダライ・ラマは言った。「実のところ、私はどこに生まれるか確信できません。まったく不確かなのです。けれども、あなたは自分が天国に行くことを確信しておられる」

「中国人は、あなたがどこに転生するか自分たちが決めると言っているので、あなたは彼らに優しくしなければなりませんな」と大主教。

それから彼は、自分自身の死ぬべき運命をどう思っているかという問いの重大さを噛みしめるかのように視線を落とした。「私は長い間、死を考えると、大きな不安に襲われたと言うべきでしょう。自分は、何度も致命的な病気にかかりました。子供のとき、ポリオにかかりました。父親は私の棺を作るために木材を買いに行ったという話だし、母親は喪服を買いに行ったそうです。私が終末を迎えると思ったのです。一〇代には、肺結核にかかり、結核病院に行きました。そこで咳込んで大量の出血をし始めている患者のほぼ全員が、最終的に、手押し車で死体置き場に運ばれる運命にあることに気づきました。咳込んで出血し始めたのは、一五歳かそこいらだったと思います。私は容器を持って椅子に座り、咳込むたびに血を吐いていました。私は神様に向かって言いました。私は神様、もし私をお召しになりたいなら……これが私の一巻の終わりだというなら、それもオーケーです〟。驚くほど落ち着いた平和な気持ちに満たされました。私は手押し車で死体置き場に運ばれることはありませんでした。何年も後、私は大主教のトレバー・ハドルストンに出会いました。彼は私が入院している間、何か月も、毎週、訪ねてきてくれていたのです。ずっと後になって、私たちが二人とも大主教だったとき、彼は医師にこう告げられていたと教えてくれました。〝あなたの若い友達――つまり私のことです――は乗り越えられないだろう〟と。しかし、私は乗り越えられたのです」

人生の早い時期に、病気や死に直面することによって大主教が獲得した強さについて、私はたびたび考えた。病気は人々が直面する苦しみや逆境のもっともありふれた原因の一つである。にもかかわらず、私の父親のように、人間は病気に意味を見出し、霊的に成長できるのだ。恐らくそれは、人々が人生を再評価して変容させるもっともありがちな動機づけである。生命を脅（おびや）かす深刻な病気にかかった人々が、瞬間瞬間を味わい尽くし、より充実した人生を送り始めることは、ほとんど定説になっている。私は何年も前、重病や死にゆく患者の世話をしている医師と共に本をつくった。彼は癒しと治療とをはっきりと区別した。治療は病気がなくなることを含むが、必ずしも成功するとは限らない。一方、癒しは心を含む全体性にかかわっており、病気が治るか治らないかにかかわらず起こりうる。

大主教は、死んだらスペースを使わない火葬にしてもらう計画を立てていると言った。伝統的な高価な棺や儀礼を避けることを国民に勧めるために、簡素な葬儀を望んでいるのだ。死においてさえ、道徳的リーダーは自らの選択によって教えを垂れる。大主教は私を見て、ごくあたりまえのことを言った。「死は人生の事実です。そのうちにあなたは死ぬでしょう。人々が生前遺言と言っているものを書くのは本当に素晴らしいことです。終末を迎えたときにどうして欲しいかの指示をしておくのです。死は恐ろしいものではありません。人生の事実だと言っているのです。私は幾度となく葬儀を執り行なってきました。そして、〝ところで、これがあなたの行こうとしているところです。簡単に溶け込めるでしょう〟と言えるようになりました。もちろん、かつて持っていたものを懐かしむ郷愁のようなものはあります。私は家族を恋しく思うでしょう。六〇年もの間、私のパートナーだった人もそうです。私が恋しく思うものはたくさんあります。でも、私が属しているキリスト教の伝統では、死んだ後、人はより豊かな人生に入り込みます。

素晴らしいことです。私たちが死ななかったらどうなるか、想像してみてください。私たちの貧しい世界は、重荷を背負うことはできないでしょう。七〇億人という重荷を背負えないでしょう。つまり、私には始まりと中間と終わりがあるということです。それには素敵な調和(シンメトリー)があります。

調和(シンメトリー)です」。彼は笑って、調和(シンメトリー)という言葉を繰り返した。

「私が天国について信じていることが実際に本当であるのを願っています。私は、愛する人や両親、それに幼くして死んでしまった兄に会うでしょう。また、素晴らしい政治的信念を持っている多くの人に会うでしょう。アウグスティヌスにも会いたいものです。トマス・アクィナスや、祈りについて多くのことを教えてくれた人々にもお会いしたい。

神は神です。神は無限です。被造物である私たちの誰も、神である無限の深さを測ったことがありません。それゆえ、天国は永久に新大陸であり続けるでしょう」。大主教の目が遠方を見つめた。「おそらく私は、〝おお、神よ、あなたはとびきり美しい〟と言うでしょう。そして、〝会いにきてください〟と呼び掛けるでしょう。すると神は〝神がどれほど美しいか見たことがあるのかね?〟とおっしゃるでしょう」

そこで大主教は沈黙した。

おそらく、死と死の恐怖は、間違いなく喜びへの最大の挑戦である。死ぬことはさして問題ではない。私たちを脅かすのは、死が近づいてくる恐怖、しばしば死に先立って訪れる苦しみの恐怖、忘れ去られることや個体としての自分を失うことの恐怖である。多くの心理学者は、死の恐怖が他のすべての恐怖の背後に横たわっていると語る。多くの宗教学者は、宗教が死の謎を解決するために生まれたと主張する。現代生活はそのような恐怖を寄せ付けない。私たちはお年寄りや重病人と一緒に過ごさない。病気や命のはかなさや死は日常生活から排除され、制度的な壁の背後に閉じ込められている。

少したってから、ダライ・ラマが話し出した。

「私が思うに、何千年もの間、人間の心は、死に対して好奇心を抱いてきました。多くの伝統が、死後に起こることに関して、さまざまな観念や概念を持っています。あなたがおっしゃった天国は素晴らしいところです。日本の神道もまた、死後、すべての祖先が住んでいる天国に自動的に行くという観念を持っています。

多くの人は死について考えると、とても怖がりますよね。死は私たちの人生の一部だということを受け入れるべきだと私は説いています。あなたが述べたように、始まりがあり、終わりがあるのです。死が正常なものであり、遅かれ早かれやってくるものであることを受け入れると、私たちの態度が一変します。ある人々は、年齢を尋ねられると、当惑するか、まだ若いふりをしますが、それは愚(おろ)かなことです。自分を騙(だま)しているのですから。私たちは、現実的であるべきです」

「まったくもって同感です」。大主教が同意した。

「もし病気になったら」とダライ・ラマが続けた。「どこも悪いところはないと言って自分自身を騙すよりも、治療を受けていることを受け入れたほうがずっとましです」

大主教がダラムサラに滞在している間、ダライ・ラマの掛かりつけの医師のひとりであるイェシェー・ドンデン医師に会う手筈を整えた。統合医療の医師であるレイチェルは、この尊敬されているヒーラーが、前立腺癌が再発した大主教に有益なアドバイスをしてくれるのではないかと期待していた。

何年も前のことになるが、驚くべき偶然で、ドンデン医師とお会いしたことがある。私がまだハイスクールの学生だった頃で、ニューヨークを訪れた際に、彼が私の母親の血液癌を治すのを助けてくれたのだ。この一月、ダラムサラで大主教の訪問に備えて準備をしていたとき、私はドンデン医師が亡くなったと告げられた。けれども、九〇歳近い今でも生きていると聞いたばかりだった。私は彼に会って、母親の命を救う手伝いをしてくれたことに感謝できると思って心を躍らせていた。彼が大主教の病気を治せるかどうかも見極めたかった。

彼はホテルの大主教の寝室に入ってきた。禿げ頭と大きな耳が、『スター・ウォーズ』に出てくる少しだけ背の高いヨダを彷彿させる。顔は無表情で、大主教の脈拍をとっている間、手は繊細な動きをした。大主教はキングサイズのベッドに横たわっていた。窓越しに、オークと常緑樹に覆われた急斜面となって落ち込んでいるダラムサラの谷が見えた。谷底には、広大な平原が広がっている。

ドンデン医師は、通訳を通して、大主教が数十年前に経験し、現在の前立腺癌の引き金になった健康問題について語り始めた。多くの伝統的な医療システムに詳しいレイチェルが、ドンデン医師の語っていることを、一般の人にも容易に理解できるような言葉で解説するのを聞いて、大主教は驚いた様子だった。

一五分から二〇分の検査の後、ドンデン医師はベッドサイドのテーブルに置いてあったコカコーラゼロの缶を指さした。大主教はかつてたしなんでいたラム酒とコカコーラを断(た)っていたが、砂糖の消費量を減らすためにダイエットソーダを飲むことにし、コカコーラゼロをいまだに好んで飲んでいる。ドンデン医師によれば、コカコーラゼロも健康の助けにはならないので、飲むのをやめたほうがいいということだった。

それが通訳され、大主教に伝えられると、大主教は勢いよくベッドから出て、大げさに両手を振り、「そろそろお帰りになる時間だと思います」と言った。

レイチェルは、何年間も、コカコーラゼロを飲む習慣をやめさせようと努力してきた。だが、大主教は八四歳のとき、自分の好きなものを食べたり、飲んだりするのを許された。ドンデン医師はさらに二、三の忠告をした。その後、有名な医師と有名な患者は二人並んで写真を撮り、優秀な医師は去っていった。

「仏教の修行者として」とダライ・ラマが言った。「私は、苦しみが避けられないことと、私たちが一過性の存在であることについての仏陀の最初の教えの意図を、重く受け止めます。また、死ぬときの仏陀の最後の教えは、無常を悟ることです。それは、終わりを迎えるために誕生するのが万物の性質であることを思い出させます。何事も永遠には続かないと仏陀は言いました。

ですから、日々の瞑想でも、自分自身の死ぬべき運命について考え続けることが大切です。無常には二つのレベルがあります。大まかなレベルでは、人生は変わり続け、私たちを含めて物事は終わりを迎えます。より微妙なレベルでは、一瞬一瞬、万物が変化しています。原子レベルや素粒子レベルでも変化が起こっていることを、科学は明らかにしています。私たちの身体も絶えず変化しています。心もそうです。あらゆるものは絶え間ない変化の状態にあります。静止し続けるものも、永続するものもありません。事実、仏陀が述べているように、たとえば、私たちの生命のようなものを生み出した原因そのものが、物事を終わらせるためのメカニズムを創造しました。この真実を認識することが、無常を省察する重要な部分になります。

次に私はなぜ無常が起こるのか自問します。答えは、相互依存ゆえです。なにひとつ独立して存在しているものはありません。日々の瞑想行の一環として、私はこのような省察を行ないます。そうした訓練が、実際に、死や中陰（ちゅういん）〔人が死んで次の生を受けるまでの期間。死者の魂はこの間さまよっていると考えられている〕、そして再誕生の準備をするのを助けてくれます。効果的に訓練を行なうために、無常について黙考（もっこう）し、死の過程を心に思い描く必要があるのです。

最後に、私たち年寄りは死の準備をしなければならないと、あなたはおっしゃいました。そして、若い世代の将来のために〝空（あ）き〟を作ることが重要だと。遅かれ早かれ死が訪れるのを覚えておくことが大切です。私たちが生きている間、人生を有意義なものにするためです。寿命は延びても一〇〇歳ぐらいまでだと思います。人間の歴史と比較すれば、一〇〇年なんてあっという間です。だから、もしこの短い期間を、地球上でより多くの問題を生み出すために使うなら、私たちの人生は無意味になるでしょう。もし一〇〇万年も長生きできれば、ある程度の問題を作り出す価値があるかもしれません。しかし、私たちの人生は短いのです。ご存じのように、私たちは今、この地球上に客としています。短い滞在予定で訪れた訪問者なのです。だから、滞在期間を賢く使い、すべての人のためにこの世界を少しでも良くする必要があるのです」

古代チベット人の導師による深遠な教えをジンパが教えてくれた――霊的発達の真の尺度は、自らの死ぬべき運命にどう向き合うかによって決まる。最善の方法は、喜びを持って死に近づけるようになること。次に良い方法は恐れないこと。三番目に良い方法は、少なくともそれまでの人生に後悔しないことだ。

「以前、ノルブリンカ宮殿から逃走した晩のことを話しました」とダライ・ラマは言い、死の恐怖に直面した自身の経験に話の矛先(ほこさき)を向けた。「私にとって、それはこれまでの人生でもっとも恐ろしい晩でした。一九五九年三月一七日の夜です。あのとき、私の人生は本当に危機的でした。チベットの庶民の普段着を着て変装し、ノルブリンカ宮殿から出たときに感じたすさまじい緊張感を今でも覚えています。ラサの騒乱を収めようとする私の努力は失敗していました。チベット人の大群衆が、ノルブリンカ宮殿の外に集まり、私を連れ去ろうとする中国軍の試みを阻止しようとしていました。私は最善を尽くしましたが、中国人とチベット人の双方が自らの立場に固執し、譲りません。もちろん、チベット人の側は信心深く、私をなんとしても護ろうとしていたのです」

そこでダライ・ラマは一息つき、自分の安全のために身を挺してくれたチベット国民の献身と自己犠牲を思い出しているようだった。

ノルブリンカ宮殿の外に自発的に集まったチベットの民衆のこの集会は、一九五九年三月一〇日に始まったチベット人による反中国の反乱のクライマックスだった。このとき、中国軍がノルブリンカ宮殿からダライ・ラマを連行するのを阻止するため、民衆が集まってきたのだ。無事で済むわけはなかった。緊張は頂点に達し、結局、大虐殺が引き起こされるのは目に見えていた。

「一九五九年三月一七日のその夜、私の脱出計画が実行されました。私たちは夜、変装して出かけ、川沿いの道を進みました。川の反対側には、中国軍の兵舎があり、見張りが見えました。懐中電灯の使用は控え、馬の蹄の音を最小限に食い止めようとしました。それでも、危険がありました。彼らが私たちを見つけて発砲したら、一巻の終わりでした。

しかし、仏教の実践者として、私は寂天〔八世紀に生きていたインド仏教中観派の僧〕のやや厳しいアドバイスを思い起こしました――「もし状況を克服する方法があるなら、あまり悲しんだり、恐れたり、怒ったりせず、状況を変える努力をせよ。状況を克服するためになにもできないなら、恐れたり、悲しんだり、怒ったりする必要はない」。そこで、私は自分自身に言いました。なにかが私の身に起こっても、まだ大丈夫だ、と。

あの現実を前にしたとき、逃げるのが最善の対応策だと思ったのです。事実、恐れは人間の本質の一部です――危険に直面したときに生じる自然な反応なのです。けれども、勇気を持てば、本物の危険が差し迫っても、恐れることなくより現実的になれます。一方、想像力が膨らむままにまかせると、状況をさらに悪化させ、より大きな恐怖に襲われます。

この惑星に住む多くの人々は地獄に行くことを心配していますが、無駄なことです。恐れる必要などありません。地獄や死について、また、失敗する可能性があるすべてのことについて心配しながら地球上にとどまっている限り、私たちはさまざまな不安に包まれ、喜びや幸福を決して見出せないでしょう。あなたが本当に地獄を恐れているなら、確固とした目的を持って人生を生きる必要があります。とくに他人を助けるという目的を持つのはいいことです」

最後に、ダライ・ラマは大主教の手首を楽しそうに叩いて言った。「だから、私は天国より地獄に行くほうが好きなのです。地獄なら、より多くの問題を解決することができますから。より多くの人々を助けることもできます」

瞑想——さて、あなたに秘密を教えてあげよう

私たちは、太陽がまだ昇りきらない早朝にダライ・ラマの複合施設に到着した。厳重な警戒網を通過しながら私は思った。ダライ・ラマが民衆を愛しているほど、すべての民衆がダライ・ラマを愛しているとは限らないのだと。空港で受けるのと同じボディチェックを受けることになっていたが、私はそれを個人的なこととして捉えず、簡単なマッサージとみなすことに決めていた。見方を変えれば現実も変わることを私はすでに学んでいたのだ。

ダライ・ラマのプライベートな住居まで、それほど距離はなかった。ダライ・ラマと三〇年間一緒に働いていた人々の中には、一度も内部に入ったことがない人もいるとあとで聞かされた。そこは彼の隠れ家であり、彼のような公人が孤独を味わえる数少ない場所の一つだった。彼の内なる聖域に迎え入れられるのは大きな特権だった。

ダライ・ラマの家は、ダラムサラでよく見かける、緑の屋根と黄色い壁のコンクリートの建物である。二重ドアと壁には、光をたくさん取り入れるため多くの窓がもうけられている。屋根の上には、バルコニーがあり、軽い体操ができるようになっている。紫、ピンク、白のデルフィニウムと小さな太陽のように咲き誇るマリーゴールドで満たされた、彼が愛してやまない温室もある。遠方には緑豊かなインドの平原が見渡せる。その反対方向には、一年中、白雪に覆われた氷河のダウラダー山脈が聳(そび)えている。その住まいは、若い頃、ダライ・ラマが住んでいたポタラ宮殿の壮大さには比ぶべくもないが、幽霊が出そうな空き室が何千とある宮殿にはない優雅な温かみがある。

★
★
★

私たちはダライ・ラマと大主教に従って家の中に入った。窓ガラスを通して明るく輝く光が差し込んでいた。カーテンは引かれて紐で束ねられ、天井は黒と赤に塗られていた。廊下には、色鮮やかなタンカが掛けられ、大広間は、黄金の背表紙の経典が高々と積み上げられた本棚によって、かなりのスペースが取られていた。

「ここが、私の……なんと言ったらいいか……居間であり、祈りの部屋です」とダライ・ラマは説明した。居間が祈りの部屋だというのは好都合だと思った。彼の人生は、日々、多くの時間、祈りと瞑想に費やされているからだ。部屋に入っていくと、ほっそりとした仏像を収めた大きなガラス張りの祭壇が見えた。祭壇の脇には、伝統的なチベットの経典が積み上げられ、長方形のブロックのように見えた。その祭壇は、西洋の家でよく見かける、前面中央部が張り出した銀食器や陶器で満たされた食器棚に似ていた。張り出した部分には、一時間ごとに時を告げるタブレット型の時計が置かれている。

部屋の中には、ガラス張りのもっと大きな祭壇もある。「この彫像は」とダライ・ラマは中央に立っている仏像を指さした。「七世紀のものです。そうですね？」ダライ・ラマはジンパのほうに振り向いて念を押した。

「そうです。七世紀です」とジンパが答えた。

「彼は、かつてこの彫像があった僧院の一員でした」。ダライ・ラマはジンパのほうに手を差し延べて言った。「キーロンの仏陀」として知られるこの仏像は、チベットの人々のもっとも貴重な宗教的な宝の一つとして崇敬されている。伝統的なチベットの衣服をまとったこの仏像は、宝石が散りばめられた黄金の宝冠をいただき、仏陀やその他の聖人の、何十もの小さな彫像に取り囲まれていた。見事に彫られた白檀（びゃくだん）でできた仏像で、白と紫の欄（らん）で飾られ、顔は金色に塗られている。間隔が広く開いた目、薄い眉毛、結ばれた唇、そして、顔つきは穏やかである。右手が掌（てのひら）を上にして前に差し出され、歓迎と受容と寛大さを示す姿勢を取っていた。

「**素晴らしい**」と大主教が言った。

「もともと、同じ一本の白檀から彫り出された二体の似たような像があったんです。ダライ・ラマ五世の時代から、一体はポタラ宮殿に収められていました」とダライ・ラマが解説した。「偉大なる五世」とも呼ばれるダライ・ラマ五世は、一七世紀に生きていた人物で、中央チベットを統一し、多くの内戦を終わらせた。彼はチベットのカール大帝〔フランク王国の国王にして初代神聖ローマ皇帝〕である。

「二体の像はポタラ宮殿に安置されていましたが、この像は西部のチベットにありました」とダライ・ラマは説明を続けた。「二体の像は双子の兄弟のようなものでした。最終的に中国軍がポタラ宮殿を破壊したとき、一体は殺されました」。そんな言い方をするのは誤りかもしれないが、仏像を人格化し、死んだというと、強く心に訴えかけるように思えた。「その後、西部チベットの僧たちがこの彫像をチベットから持ち出し、インドに持ち込みました。そこで、僧たちの落ち着き先である南インドに彫像を持っていくべきか、それとも、私のところに置いておくべきかという議論が起こりました。私は占いで調査を行ないました。アフリカの文化にも占いはあるでしょう？　それで、この彫像は……どんなふうに言ったらいいのか……」

ダライ・ラマがチベット語でジンパに話すと、ジンパはそれを通訳した。「その彫像は、より有名な人のところにとどまりたがっていることを、占いが明らかにしたんです」

皆、どっと笑った。

「あなたに一つ秘密をお教えしましょう。非常にユニークなことです。毎朝、私はこの彫像に祈っています。すると、顔の表情が変わるのが見えるんです」。ダライ・ラマはいたずらっぽい表情をしていたので、大主教をからかっていたのかもしれない。

「**本当かい?**」と大主教は平静を装って言った。ダライ・ラマは「本当かもしれないし、本当でないかもしれません」と言わんばかりに頭を左右に振った。「微笑むの?」と大主教が尋ねた。「ええ、あなたのように微笑みます」とダライ・ラマは言い、前かがみになって、自分の額を大主教の額にくっつけた。それから、大主教の目の前で指を振り、素早く付け加えた。「でも、大きくて丸いあなたの目には似ていません」。ダライ・ラマは驚きとも恐怖とも怒りともとれる表情でかっと目を見開いた。「よろしい、では、対談を始めましょう」

しかし、自分の椅子に向かって歩き始めたダライ・ラマは、部屋の中央にある別の祭壇のところで立ち止まった。丸いテーブルの上に、非常にリアルなキリストの磔刑像(たっけいぞう)が置いてあった。白い大理石の像で、両手の掌から黒い釘が突き出ている。聖母マリアの像もあった。「これはメキシコの黒人の聖母マリアです」。黄金の衣服をまとい、王冠をかぶっていた。手には黄金の地球を持っている。そして、膝の上に、小さい赤ん坊のイエスを抱えていた。

「マリアは愛の象徴です」とダライ・ラマは述べ、白檀の仏陀と同じように開いた掌でマリア像に注意を促した。「素敵だ」

黄金の台に載せられた濃いブルーの地球儀もあった。これはおそらく別の種類の聖なる象徴であり、万物の相互依存性という仏教の基本的教義を具体的に思い出させるものだろう。ダライ・ラマの祈りの実践と関心は、大主教の祈りと同じように、全世界を包み込んでいた。

ダライ・ラマはクッションがふかふかにきいたハイウィングバックのベージュの椅子のほうに大主教を導いた。大主教は紺のチベットのシャツを着ている。肩のあたりにボタンがついているため、ぴったりとフィットした布袋のように見える。熟練した仕立て屋であるダライ・ラマの父親が、贈り物として彼のために特別に仕立てたものだった。大主教が椅子に座ると、彼の小柄な体がすっぽり収まってしまった。残りの者たちが床に座り始めると、ダライ・ラマは椅子が必要かどうか尋ねた。私たちは床の上で結構ですと言った。

「もともと私も床に座っていました」とダライ・ラマが言った。「けれども、膝に問題を抱えるようになったので、今は、これのほうを好んでいます」。そう言って、ダライ・ラマは赤いベルベットの布で覆われた幅広い椅子のほうを指さした。それから、服を少し持ち上げ、椅子に座った。背後には、赤、黄、緑のタンカが掛かっていた。彼の目の前には、水平に伸びたリテラリー・ブロック（文字が書き込んであるブロック）のような形をした仏典を積み上げた、背の低い木製の小さなテーブルがあった。二つの細長いランプがあったので、早朝、ダライ・ラマがテーブルの両脇に歩哨（ほしょう）を立たせて行（ぎょう）をするときに、それらがテーブルと長いチベットの聖典を照らすのだろう。ピンクのチューリップの鉢と儀式に使う米を入れた金色のお椀が、色彩を添えている。二つの細長いタブレットがごちゃごちゃしたテーブルの上に立てかけられていた。一つは天気を表示するもので、もう一つはBBCのニュースを聞くためのものである。

「昼間はあなたとの対談があるので、今日、私は午前二時三〇分に瞑想を始めました」

「ふうむ」と大主教はうなった。おそらく、ダライ・ラマの早起きに驚いているのだろう。

「それでは、いつものように、シャワーを浴びてから、私の瞑想行を続けましょう。大丈夫ですか？　寒くないですか？」ダライ・ラマは心配そうに両手を伸ばした。

大主教は微笑んで親指を立て、「ありがとう」と言った。ダライ・ラマは、「このパートは死のクリア・ライトの瞑想です」と説明した。あたかも、衰弱していく身体ではなく、呼吸に焦点を当てる瞑想に導こうとしているかのようだった。「私たちは死ぬときに経験することに備えて、非常に詳細なプロセスを通して心の訓練をしています」

「むむむ……」、大主教は目を大きく見開いて口ごもった。まるでスピリチュアルなオリンピックのマラソンのためにウォーミング・アップするよう求められたかのようだった。

「仏教の密教心理学によると、意識にはさまざまなレベルがあります」とダライ・ラマは述べ、修行者が究極の悟りを目指す秘教的な仏教の伝統に言及した。「粗いレベルの身心が終末を迎えると、解体が起こり、より微細なレベルが顕在化してきます。そして、もっとも内奥の微細なレベルにおいて、死んでいく瞬間、クリア・ライトの状態が生じます。死ではありません。死んでいく瞬間です。身体感覚が完全になくなり、呼吸が止まります。心臓も止まり、もはや脈を打っていません。脳もその機能を停止します。それでもまだ、きわめて微細なレベルの意識が残り、別の人生の目的地に向かう準備をするのです」

ダライ・ラマが述べている死の瞬間の意識は、二元性や内容から解き放たれ、純粋な光の形態にとどまっている（ハリウッドのコメディ『ボールズ・ボールズ』では、ビル・マーレイ扮するカールが、氷河上でダライ・ラマ一二世のためにゴルフクラブを運ぶという大ぼらを吹くシーンがある。カールは試合後、チップを求めるが、ダライ・ラマは、「実は、一銭もお金はないのだが、あなたは死ぬとき、死の床で、完全な意識を受け取るだろう」と答える。おそらく、脚本家たちは心当たりがあって、死のクリア・ライトの瞑想のことを知っていたのだろう）。

「仏教思想では、死と中陰と再誕生について語ります。私の場合、この種の瞑想を一日に五回行なうので、毎日、死と再生を経験しているようなものです。一日五回、この世を去っては戻ってくるのです。私が実際に死ぬとき、充分に準備が整っているはずです！」最初のうち、ダライ・ラマはキラキラ目を輝かせ、いたずらっぽい笑顔を浮かべていたが、話しているうちに、穏やかで思慮深い顔つきになった。「でも、わかりません。実際に死が訪れたとき、日々の修練を効果的に適用できればいいんですが。そのときになってみなければ、わかりません。だから、**あなた**の祈りが必要なのです」

「あなたの生まれ変わりが誰かは、あなたには決めさせない、と中国人が言っています」。大主教が、その週の間中、お笑い種にしていた話題に話を戻した。ほっと一息つくチャンスを逃したくなかったのだろう。たしかに、宗教を認めず、受け入れない中国政府がダライ・ラマの次の生まれ変わりを選ぶという宣言は、噴飯（ふんぱん）ものだ。

「私が死んだ後は」とダライ・ラマは笑いながら言った。「宗教を信じない無心論者の共産党政府ではなく、**あなたに**調査してもらいたい。そして、私の生まれ変わりを探してほしい」

「わかりました」。一瞬、間を置いてから大主教は答えた。おそらく、どのようにして次のダライ・ラマを見つけるための調査をしたらいいか考えたのだろう。

「私は冗談半分でよく言っているんです」とダライ・ラマは続ける。「初代の中国共産党は、輪廻転生の理論を受け入れ、毛沢東主席の生まれ変わりや、鄧小平の生まれ変わりを認めるべきだった、と。そうすれば、ダライ・ラマの生まれ変わりにかかわる権利があります」

「そうですね」と大主教は考え深げに言った。「でも、非常に興味深いです。彼らは無神論者だと主張しているにもかかわらず、あなたが生まれ変わるかどうかを決定すると言っている。大それたことですよ」。大主教は、次の人生でもダライ・ラマの動きを牽制（けんせい）しようとする中国政府のばかばかしさに、笑いながら頭を振った。

その後、言葉が途絶え、対話と冗談が鎮まって、瞑想状態に入った。

ダライ・ラマが眼鏡を外した。彼の美しい顔にはなじみがあったが、突然、まったく違う様相になった。楕円形の細長い顔、広く禿げ上がった頭皮、三角形の眉、やや開いた目、鼻筋の通った広々とした鼻、ヒマラヤの頂上の絶壁のように風雪に耐えてきた張り出した頬、固く結ばれた唇、そして柔らかそうな丸い顎。心に帳が降りたかのように彼は視線を落とした。今や彼が関心を持つのは内的な旅だけだった。

ダライ・ラマがこめかみをかいた。彼が痒みや痛みを否定する厳格な禁欲行者でなかったことにほっとした。彼は外套で肩のまわりをしっかり包み込み、静かにしている。手は膝の上に置かれている。

最初、私の心は空回りし始めた。集中力を保つことができず、自分が尋ねようとしている質問のこと、撮影中のビデオカメラのこと、部屋の中にいる他の人々のことなどを考えていた。すべてが予定どおり運んでいるか、なにか不足しているものがないかも気がかりだった。そのとき、ダライ・ラマの顔を見た。すると、私のミラーニューロンが目撃している心の状態に共鳴したようだった。ミラーニューロンは、他者を模倣し、その内的状態を経験することを可能にする。だから、共感において重要な役割を果たす。私は額にうずきを感じ、焦点が定まってくるのを覚えた。それにつれ、脳のさまざまな部分が静まり、穏やかになった。霊的な達人が第三の目と呼んでいるもの、あるいは神経科学者が中前前頭皮質と呼ぶものに、活動の焦点が定まり始めたかのようだった。

ダニエル・シーゲルは、脳のこの重要な領域によって生み出される神経統合が、多くの異なる領域を結びつけ、感情の制御から道徳まであらゆることの中枢になると私に説明してくれた。瞑想はそれらのプロセスを助けると彼や他の科学者は語る。識別力のある中前前頭皮質の統合線維が触手を伸ばし、反応しやすい脳の感情構造をなだめるらしいとシーゲルは言う。脳のこの部分、とくに敏感な扁桃体はきわめて感受性が強い。私たちは、用心深くすぐ戦うか逃げるかする祖先からその性質を受け継いだのだ。とはいえ、内面的な旅の多くは、進化によって培われた過敏な反応性から私たちを解放してくれる。そのため、高いストレスにさらされる状況に直面しても、カッとなることも、推論する力を失うこともなくなるのだ。

自由の真の秘訣は、刺激と反応との間にある短い間を拡張することにあるのかもしれない。瞑想はこの間を長くし、私たちがどう反応するかを選択する余地を広げるのに役立つようだ。たとえば、配偶者の腹立たしい言葉と、怒りや傷ついた反応との間にある瞬間的な間を広げることはできるだろうか？ 私たちは心のチャンネルを、独りよがりの憤り（そんなふうに私に言うなんて、なんとずうずうしいんだろう、という思い）から思いやりのある理解（彼または彼女は本当に疲れているに違いない、という思い）に変換することができるだろうか？ 私は、数年前、大主教にインタビューをしていた最中、大主教がまさに間を置いて返答を選ぶのを見たことを決して忘れない。

私たちは南アフリカの真実和解委員会との先駆的な仕事で、遺産となるプロジェクトを生み出すために、丸二日間、インタビューにかかりきりになり、へとへとに疲れていた。映画のクルーとの会話に多くの時間を費やしていたので、大主教は見るからに疲弊し、正直言うとやや怒りっぽくなっていた。大主教が自国を立て直すために、本能的とはいえ効果的に用いていた真実と許しと和解のプロセスを、体系的に描写するのは簡単な仕事ではなかった。

南アフリカで緊張が高まったとき、大主教は英国から南アフリカに戻る決心をした。その決断は反アパルトヘイト運動や南アフリカの解放に深い意味を持っていたが、彼の妻レアや子供たちにとっては、かなりつらい結果をもたらすことになった。彼らは自由で平等な市民でいられる国を去って、抑圧的で人種差別をする社会に戻っただけではなく、家族を解体する道を選んだ。アパルトヘイト政府は、白人やその他の有色人種のためにバンツー教育を創設した。生徒を、低賃金で働かせ、白人優位を自然に受け入れられるようにする特別な教育目標を持った教育制度である。それは大主教とレアにとって耐えがたいものだっただろう。しかも、彼らは、隣国スワジランドの寄宿学校に子供を送らなければならないことを知っていた。

それは彼らの結婚生活におけるもっとも困難な瞬間の一つであり、彼らの関係を壊してしまった。レアが大きな痛手をこうむったのは間違いない。私は、たとえ大主教が歴史に名を残すような運動をしていたとしても、夫婦間の不和を正当化する理由にはならないと彼に言った。その上で、彼の決定が引き起こした痛みについてレアに謝罪したかどうか尋ねた。彼は、いかんともしがたい事情があったことと、彼の世代の男性に特有の誇りから、自らの決定を弁護した。私は、たとえその決定が正しかったとしても、なぜレアに多大な苦しみを与えたことを謝罪しなかったのかと迫った。

私の言葉による攻撃が辛辣で厳しくなると、おそらく自己防衛からだろうが、頭を後ろにのけぞらせるのが見えた。大半の人なら、そのような状況では、もっと頑固に主張したり、言い返したりしていたかもしれない。ところが、大主教は一瞬、間を置いて考えをまとめ、どう答えるかを選んだように見えた。反発や拒絶という反応をするのではなく、考えた上で回答したのだ。それは祈りと瞑想の人生が私たちにもたらしうるものの、もっとも深遠な例の一つだった。そのような間こそ、反射的に反応する代わりに柔軟に対応する自由を与えてくれるのだ。数週間後、彼はレアと話し合いを持ち、謝罪したと書いて寄こした。彼女はずっと前にすでに彼を許していたと語った。どんな最高の結婚でも、口にするかしないかは別として、結婚はお互いに許し合うプロセスなのだ。

★　★　★

大主教は左手に右手を載せ、頭を垂れて集中した。目指しているのは瞑想だったが、瞑想がどこで終わり、祈りがどこで始まるのか、また、祈りがどこで終わり、瞑想がどこで始まるのかまったく定かではなかった。私は、祈りは神と話すときであり、瞑想は神が答えるときである、という言葉を聞いたことがある。

神が答えているのか、それとも、私たち自身のより賢い部分が答えているのかということは、私にとってさほど重要ではない。私はただ、内部の雑音を鎮め、包み込むような分厚い沈黙の中で、聞こえてくるものを聞こうとしていただけだった。

大主教が霊的実践を共にしてくれる番だった。大主教は、ケープタウンの自宅にあるクロゼットぐらいの大きさの二階のチャペルで、祈りと瞑想を行なうことから一日を始める。ケープタウンの大主教になる前、彼と彼の家族は、ヨハネスブルグの郊外にある元黒人居住区のソウェトに住んでいた。そこは、反アパルトヘイト闘争の中心であり、ソウェト蜂起（ほうき）が起こった場所である。大主教はそこに、ステンドグラスの窓と聖堂信者席を備えた、片側の壁を隣家と共有している少し大きめのチャペルを持っていた。それは回廊付きの素敵な空間で、私たちは一緒にそこで静かな美しい瞬間を過ごした。そこにいると、反アパルトヘイト闘争の精神的な拠点（きょてん）にいるような感じがした。方向性を見失って苦悩する大主教は、そこで何度も神と向き合い、方向性を見出した。

大主教とムポがパンとぶどう酒の用意をすると、ダライ・ラマが言った。「仏教の僧侶は原則的にワインもどんなアルコールも呑みません。でも、今日は、あなたと一緒だから、少しいただきます」。すかさずダライ・ラマは付け加えた。「心配しないでください。あなたは安心して休めます。

私は酔っぱらいませんから」

「でも、あなたにアルコールを呑ませて、運転させたくありません」と大主教は答えた。「私たちが一緒に祈るのはこれが最初です」とダライ・ラマは言った。

「一人は仏教徒で、一人はキリスト教徒、兄弟です。前に述べたように、一九七五年以来、私はさまざまな宗教的伝統の地を巡礼してきました。すべての宗教の信者が一堂に会して、同じ人間の兄弟姉妹であることを理解するには、ときに大きな災害が必要です。今日、私たちがやっていることは、同じ巡礼の一部であると考えます。このイエス・キリストの像を見ると、本当に心を動かされます。キリストという教師は何百万人もの人々に莫大な霊感をもたらしたと思います。さて、あなたの瞑想の時間です」

大主教とムポが小さな祈りの小冊子を配り、聖体拝領とも言われるユーカリストを行なった。この儀式は、ユダヤ人の過越(すぎこし)の祭りを祝う食事であった最後の晩餐(ばんさん)の再現とみなされている。イエスは、パンを食べ、ワインを飲んで自分を思い出すよう弟子たちに言ったと信じられている。多くのキリスト教徒にとって、パンはキリストの身体、ワインは血の代わりとなる。聖体拝領はイエスの自己犠牲を祝うものだ。私は通常、唯一のユダヤ人として、何度も大主教の聖体拝領に参加したことがある。大主教は、私がユダヤ人であることを指摘するのを好み、私が居合わせるのは、聖体が「清浄な食べ物」であることを確かめるためだと付け加えた。キリスト教徒ではない私は、実際には、聖餐(せいさん)にあずからなかった。だから、大主教とダライ・ラマが、それぞれの伝統の中で、慣習を破るのを見て驚いたのだった。

多くのキリスト教の宗派は、キリスト教徒ではない者や特定の宗派に属していない他のキリスト教徒の聖体拝領を禁じる。言い換えれば、多くの宗教的伝統と同じように、グループの一員とそうでない者をきっちりと分けるのだ。「私たち」とみなす人と「他者」とみなす人との間の障壁を取り払う、それは、人類が直面する最大の課題の一つである。最近の脳科学の研究では、人間は自己と他者を一対として理解することが示されている。他者を自分たちのグループの一員とみなさない限り、共感の回路は働かないのだ。多くの戦争がなされ、多くの不正が行なわれてきたのは、他者を自分のグループから、すなわち自分たちの関心の輪から追放したからにほかならない。大主教がイラク戦争の最中、この事実をはっきりと指摘したのを覚えている。アメリカとイラクの死傷者の数が米国のメディアによって別個に報告され、評価されたときである。大主教にしてみれば、全員が同等に評価されるべき、分けることができない神の子供たちだった。

大主教とダライ・ラマは世界でもっとも懐(ふところ)の深い二人の宗教人である。その週の間、彼らの教えの根底にあったテーマは、自己や他者の狭い定義を超越し、全人類に対する愛と思いやりを見出すことだった。その朝、私たちが携わっている伝統に加わるのは、自己と他者、我々と彼ら、キリスト教徒と仏教徒、ヒンドゥー教徒とユダヤ教徒、信仰者と無神論者を分ける私たち自身の狭い信念を捨て去ることを意味していた。インドはガンジーの国である。彼は自分がヒンドゥー教徒かどうか尋ねられたとき、こう答えた。「はい、そうです。でも、キリスト教徒でも、イスラム教徒でも、仏教徒でも、ユダヤ教徒でもあります」。私たちが探していたのは人間の真実である。知恵の盃をいただくのに、出どころがどこであろうとかまわない。

「英語ですか？」ダライ・ラマは小冊子を受け取って尋ねた。

「そう英語です。コサ語で読みたいですか？」大主教はアフリカの母国語に言及した。

「私の知らない言葉です」

「あなたのために英語を使うつもりです」

「ありがとう」とダライ・ラマは言った。

「でも、天国の言葉はコサ語です。もしあなたが天国で目覚めたら、彼らはあなたのために通訳を見つけなければならないでしょう」

「つながりがあります」とダライ・ラマが言った。「歴史家は、私たちの本当の先祖である最初の人間はアフリカで誕生したと言います。ですから、神の創造はアフリカで始まったのです」

「私の家からそう遠く離れているわけではありません」と大主教が答えた。「彼らが言っている場所は、人類のゆりかごです。ですから、あなたは、見かけはそんなふうですが、実はアフリカ人なのです！」

「ヨーロッパ人、アジア人、アラブ人、アメリカ人……」とダライ・ラマが言いかけると、「全部アフリカ人です」と大主教が締めくくった。「私たちはすべてアフリカ人です。一部の人たちは暑さから遠ざかったため、顔色が変わってしまった。そろそろ静かにしましょうか」

「まず、あなたが沈黙すべきです。そしたら、従いましょう」とダライ・ラマが言葉を返した。それは厳粛になる前の最後のからかい半分の言葉だった。けれども、この二人にとって、神聖さと軽々しさは不可分であるようにたびたび感じる。

　ダライ・ラマはきっちりと唇を結んでうやうやしく座っていた。お勤めが始まると、彼は慇懃にうなずいた。私たちは立ち上がった。それを見て、彼もまっすぐに立ち、真紅のマントで身を包んだ。両手をこすり合わせ、指を絡ませている。二人のリーダーは、それぞれが属する伝統全体の代表として仕えることに慣れているのを私は知っていた。ダライ・ラマは、すべてのチベット仏教徒（そして、おそらく仏教徒全体）のコミュニティのために敬意を示そうとしていた。

★　★　★

ムポ・ツツは明るい赤のドレスとお揃いの赤いスカーフを身に着け、黒いマントを羽織っていた。彼女は、不正がはびこっている場所や紛争がある場所すべてのために祈りを始め、必要としているすべての人々のために癒しの祈りを捧げ続けた。そして、私たちが一丸となってやっている仕事を祝福して祈りを終えた。

私たちは、「あなた方が平和でありますように。主の平和と共にいられますように」という言葉で聖餐の祈りと誓いを締めくくった。その後、みんなが歩き回ってキスをし、抱き合った。ダライ・ラマは瞑想用の祭壇の後ろにいた。ダライ・ラマと抱き合う人がいないようだったので、私は彼のところに挨拶をしに行った。ムポもダライ・ラマのところにやってきた。すると、大主教もやってきた。彼らは手を握り合い、挨拶をかわした。

聖体拝領のときだった。大主教がチベットの白パンの小さなかけらを持ち、ダライ・ラマの口に入れた。大主教の手首に、ビーズで飾られた「U-B-U-N-T-U」のブレスレットがはめられているのが見えた。私たちのつながりと相互依存性を確証するブレスレットである。それは、私たちがすべての人たちと一体になれることを思い出させるものだった。次に、ムポが赤ワインのグラスを持ってダライ・ラマに近づいた。ダライ・ラマは左の薬指の先をグラスに浸し、一滴のワインを口の中に落とし入れた。大主教は全員に聖体を与えた後、キリストの身体の象徴であるパンの屑を捨てなくてもすむように、指を使って残らずかき集め、ワインのグラスに入れて飲み干した。

それから、母国語の美しい音（おん）の詩を繰り返し、コサ語で祝福を終わらせた。次に、自分自身で十字を切った後、集まった人たちに向けて十字を切った。「私はあなた方を世界に送り出します。平和な気持ちで主を愛し、主に仕えてください。ハレルヤ。ハレルヤ。キリストの名において、アーメン。ハレルヤ。ハレルヤ」

★ ★ ★

出発する前、ダライ・ラマは立ち止まって錠剤を口に入れた。チベットの薬だという。錠剤を噛んだダライ・ラマは、その苦い味に顔をしかめた。

「これだから、あなたはとてもハンサムに見えるんだ」と大主教が揶揄した。

「神の恩寵のせいです」とダライ・ラマは応じた。

すると、レイチェルが付け加えた。「神の恩寵がチベット人の医師を送ってくれます」

「身体の強さに関して言えば、神は信仰者より無信仰者を愛します！」とダライ・ラマは言って笑った。

大主教も噴き出した。大主教は杖を持って歩み去ったが、また戻ってきて言った。

「自分の冗談を笑っちゃいかんよ」

「あなたがそうするよう教えてくれたんですよ」。ダライ・ラマは立ち上がって、マントで肩を包むと、大主教の腕を取った。「ありがとうございます」とダライ・ラマは述べ、「聖体拝領の儀式にとても感銘を受けました」と言い添えた。

「あなたのおもてなしに感謝します」と大主教は答えた。彼らはタンカがずらりと並ぶ暗い廊下を渡って出口に向かった。明るい光が、廊下のはずれにある窓を通して差し込んでくる。彼らは外に出て、コンクリートの階段を降りた。大主教は手すりにつかまってゆっくりと降りた。

車が待っていたが、大主教とダライ・ラマは、インタビューの撮影が行なわれる会議室まで一緒に歩いていこうとした。

ダライ・ラマは大主教の杖を持っているほうの手を取った。二人は足早に歩いた。

「ここでセキュリティ上の問題がなにかありましたか？」と大主教が尋ねた。

「いいえ」とダライ・ラマが答えた。

「私はすごく驚いています」と大主教は言った。

「大丈夫です」とダライ・ラマは言い、彼の安全を保証した。「私は普段、自分のことを、インド政府のもっとも長逗留のゲストとして説明しています。今や五六年です」

「五六年？　私が聞きたいのは、侵入者がいなかったかどうかです。ここに侵入してあなたを攻撃したがっている人です」。大主教は明らかに自分自身の死の脅威や実際の暗殺計画を念頭に置いていた。その計画は空港で彼を取り囲んでいた人々の群れによって頓挫した。暗殺者が近づくのを防いでくれたのだ。

「いいえ、一日二四時間、インド政府が保護してくれています」

「非常に驚くべきことですが、そうであっても、とびっきり頭が切れるヤツもいるかもしれません。セキュリティ網をかいくぐって侵入してきた者を、あなたが自分を守るためにきた人物だと思い込む。そういうことだってありうるでしょう」

「ホワイトハウスでさえ」とダライ・ラマは言った。「断りもなく入り込む人間がいます」。「あなたがここを安全にできたというのは素晴らしい」と大主教。ダライ・ラマが応じる。「唯一の危険は地震です」

4日目と5日目

喜びの八本柱

Day4&5 The Eight Pillars of Joy

1　物の見方――さまざまなアングルがある

「最初に述べたように、喜びは副産物です」と大主教は言った。「歯を食いしばって幸せになりたいと言っても、幸福のバスに乗り遅れるだけです」。喜びと幸福が副産物であるなら、なんの副産物だろう？　幸福のバスを捕まえるために培う必要がある心や精神の性質を深く探るべきときだった。

「私たちは真の喜びの性質と喜びを妨げるものについて論じてきました」と四日目の対話を始めるにあたって、私は切り出した。「今、より多くの喜びを味わうために必要なことについて論じる用意ができています」

私たちは、恐れや怒り、その他の喜びを妨げる障害を減らす心の免疫について話し合ってきた。心の免疫は、心を肯定的な思考や感情で満たすことにかかわっているとダライ・ラマは語った。対話が進むにつれ、私たちは喜びの八本柱という考えに行き着いた。そのうちの四本柱は心（精神）の性質――**物の見方**、**謙虚さ**、**ユーモア**、**受容**で、後の四本柱は心（臓）の性質――**許し**、**感謝**、**思いやり**、そして**寛大さ**である。

最初の日、大主教は、右手の指を心臓のあたりに置き、そこがハートの中心であることを強調した。最終的には、思いやりと寛大さを取り上げることになるだろう。実際に二人とも、これら二つの性質が永続的な幸福にとってもっとも重要であると主張していた。けれども、思いやりと寛大さを持って生きることを可能にする、もっと基本的な心の性質から始める必要があった。ダライ・ラマが対話の初めに述べたように、私たちは苦しみの大部分を生み出しているので、もっと喜びを生み出すこともできるはずだ。鍵は、私たちの物の見方と、その結果生じる思考、感情、行動にある。

科学的研究は、その週に展開した対話の多くを一貫して支持している。心理学者のソンジャ・ライウボマースキーが発見した、私たちの幸せにもっとも大きな影響を及ぼす要因の多くは、喜びの八本柱と重なる。第一の要因は人生の見方にかかわっている。ライウボマースキーの言い方を借りれば、状況を肯定的にとらえ直す能力である。その他の要因として、感謝する能力や、親切で寛大になる選択などが挙げられる。

健全な物の見方は喜びと幸福の真の基盤である。どのように世界を見るかが、どのように世界を経験するかを決めるからだ。私たちが世界の見方を変えれば、私たちの感じ方や行動の仕方が変わり、世界そのものを変えることにつながる。仏陀が法句経(ほっくきょう)の中で述べているように、「私たちは心で私たち自身の世界を造り出す」のだ。

★　★　★

「人生のあらゆる出来事には」とダライ・ラマが語り出した。「さまざまなアングルがあります。同じ出来事でも、より広い視野から見ると、心配や不安が減り、より大きな喜びを感じます」。ダライ・ラマは、母国を失う不運をどのようにしてチャンスとみなすことができたかについて語った際、より広い視野を持つことの大切さを強調した。亡命の最後の半世紀を「肯定的に捉え直した」と彼が言うのを聞いたとき、私は開いた口が塞がらないほど驚いた。彼は自分が失ったものだけでなく、得たものも見ることができた。交際範囲の広がり、新しい人間関係、形式主義からの脱却、未知の世界の発見、他者から学ぶ自由など。「ですから、ある角度から見たら、惨憺たる気分になり、悲しくなるような悲劇的な出来事も、別の角度から見ると、自分に新しい機会を与えてくれることがわかります」

エディス・エヴァ・イーガーは、同じ日にフォート・ブリスのウィリアム・ビューモント軍医療センターで二人の兵士を訪問したという話をしている。二人とも、戦闘で足が使えなくなった対麻痺者だった。彼らは同じ診断を受け、同じ経過を辿っていた。一方の退役軍人であるトムは、胎児の恰好を取らされ、ベッドに横たわっていた。人生に不満をぶちまけ、自分の運命を呪っていた。もう一人のチャックは、ベッドから降りて車椅子に乗り、セカンド・チャンスを与えられたようだと言った。彼は車椅子に乗って庭を回っている最中、花々を身近に感じられるようになったことや、子供の目をまっすぐ見ることができるようになったことに気づいたのだった。

エゲルは同僚のアウシュヴィッツの生存者、ヴィクトール・フランクルの言葉をよく引用する。人生をどう見るかは、最終的に私たちの選択の自由に任されている、という言葉だ。私たちの視点は、文字どおり、私たちを生かす力も殺す力も持っていると彼女は説明する。アウシュヴィッツに収容されていた仲間の一人は、ひどい病にかかり、弱っていた。同室にいた他の者が、どのようにして生き永らえているのか尋ねた。囚人はクリスマスまでに解放されると聞いたからだと言った。その女性は大きな困難にもかかわらず、生き永らえていたが、クリスマスの日、解放されなかったため亡くなった。ダライ・ラマが、一部の考えや感情を有害であるばかりか有毒ですらあると言ったのは、驚くにあたらないだろう。

感情を変えるのはきわめて難しいが、視点を変えるのは比較的容易である、とジンパは言う。それは私たちが影響を及ぼすことができる心の一部である。あなたが世界を見る見方、つまりあなたが目撃するものに与える意味は、あなたの感じ方を一変させる。視点の変更は、心理学者で作家のダニエル・ゴールマンが旅行前の電話で詩的に語ったように、「冷静で楽しい喜びの状態をあたりまえにするスピリチュアルな神経系の旅」の最初のステップになりうる。視点は私たちの幸せを幽閉するすべての錠を開ける頭蓋骨の鍵にほかならないとジンパは主張した。そのようなパワーを持つ視点の転換とはなんだろう？　ダライ・ラマと大主教が勧める、さまざまな悲しい出来事に遭っても大きな喜びを持って生きることを可能にする健全な視点とはどんなものだろう？

★　★　★

ダライ・ラマは、**より広い視点**、**より大きな視点**という言葉を使う。それらの言葉には、一歩下がって、自分自身の心の中で、より大きな構図を見、私たちの限られた自己認識や利己心を超えて進むという意味がこめられている。私たちが人生で直面するあらゆる状況は、多くの要因の束から生じる。「私たちはどのような状況や問題であれ、前と後ろから、両方の側面から、上と下から、少なくとも六つの異なるアングルから見なければなりません。そうすれば、より完全で包括的な現実の捉え方ができます。そして、私たちの反応はより建設的になります」。ダライ・ラマはそう説明した。

私たちは近視眼的な物の見方で苦しむ。その結果、目先のことに囚われて、自分の経験を大局的に見ることができない。試練に直面すると、しばしば私たちは、恐怖と怒りを持って状況に反応する。ストレスは、一歩下がって、他のアングルから見たり、他の解決策を探ったりするのを難しくする。それは自然なことだと大主教は強調した。だが、その気になれば、私たちは一つの結果にあまり拘泥せず、その状況を扱うより巧みな手段を駆使できるようになる。一見、制限された環境の中でも、私たちは選択肢や自由な選択権を持っている。たとえ、その自由が最終的に私たちが取る態度であっても、である。トラウマはどのようにして成長や変容へと導くことができるのだろう？ネガティブな出来事はどのようにすればポジティブなものになるだろう？　私たちは呪いの中に祝福を、悲しみの中に喜びを見出すよう求められていた。ジンパは私たちを凝り固まった視点から解放するために、ある思考実験を提案した。過去に起こったネガティブな出来事を取り上げ、それから生じた良いことのすべてを数えあげるという実験だ。

しかし、これは単に極端な楽天家であることを示しているだけではないだろうか？　バラ色のメガネを通して世界を見るとき、ありのままの世界を見ていないのではないだろうか？　ダライ・ラマや大主教ツツが、今日の世界の恐ろしさや紛争を、ゆるぎない鋭い視線で見なかったということで、彼らを責める人はいないだろう。彼らが私たちに思い出させようとしているのは、私たちが現実だと思っていることが、往々にして大きな構図の一部にすぎないということだ。大主教が示唆したように、自然の災害は避けられないにしても、やはり被害を受けた方々にとっては悲劇的である。さまざまなメディアを通してそれを見る私たちも胸を痛める。だが、その一方で、被害に遭われた方々を癒すお手伝いをしようとする人たちが現れる。それを見ると、私たちは胸を痛めながらも、心が和むのを覚える。災害という悲劇が人々の助け合いの精神を喚起し、団結させるのだ。このように一つの出来事をさまざまな角度から見ることを、ダライ・ラマや大主教は「広い視点」と呼び、人生を肯定的に見直すために必要な能力だと言っているのだ。

広い視点を持てば、より大きな背景の中で、中立的な立場から、自分たちの状況やかかわりのある人たちを見ることができる。今の状態に導いた多くの条件や状況を見ることで、私たちは限定的な見方が真実を捉えられないことを認識できる。また、ダライ・ラマが述べたように、自分が紛争に巻き込まれたり、誰かに誤解されているとしたら、自分もそれになんらかの貢献をしていることに気づくことができる。

私たちはまた、一歩しりぞくことで、広々とした展望を持ち、より大きな人生の枠組みの中で、自分の行動や問題を鮮明に理解することができる。狭い視野に囚われていると、今、目の前にある状況がすこぶる困難に思えるかもしれない。しかし、一か月、一年、一〇年という見晴らしのよい視点からそれを見れば、思いのほか扱いやすくなるかもしれない。大主教がロンドンでテンプルトン賞を授与された際、私はイギリスの王室天文官マーティン・リース卿に会う機会を得た。マーティン・リース卿は、私たちが単細胞生物から人類へと進化するまでにかかったのと同じ時間、人類が存続するだろうと説明してくれた。すなわち、私たちは地球上での進化の途上にあるということだ。この惑星の長い歴史の流れの中で、私たちの世界の問題を考えるというのは、実にスケールの大きい物の見方である。そのような見方は日々の懸念(けねん)をより広い視野の下で見ることを可能にする。

広々とした視点はまた、利己心への囚われから私たちを解放してくれる。自己中心主義は、もっともありふれた私たちの初期設定(デフォルト)の視点である。私たちが世界の中心にいるという事実から、それは生じる。しかし、ダライ・ラマと大主教が力をこめて強調するように、私たちは他人の立場に立つ能力も持っている。

大主教が、もし車線に割り込んでくる人物がいたとすれば、その人物は妻が出産しそうになっているか、愛する人が死にかけているゆえに病院に急いでいるのかもしれないと思う、と語ったのを思い出した。「私はときどき、人々にこんなふうに言ってきました」と大主教が言った。「交通渋滞で立ち往生したとき、人は二つの方法のいずれかでそれに対処することができる、と。いらいらが昂じるままに任せ、消耗してしまうのが一つ、もう一つは、他のドライバーたちを見回し、ひょっとしたらすい臓癌にかかっている妻がいるのかもしれないと思うことです。それが事実かどうかわからなくても構いません。彼らがみんな、人間であるゆえに、心配事や恐れを抱え、苦しんでいるのがわかれば、あなたは彼らを元気づけ、祝福することができます。〝どうか神様、彼らひとりひとりに必要としているものをお与えください〟と祈ることができるのです。

自分のいらだちや痛みについて考えないということ自体が、効果を発揮します。どうしてかわかりません。けれども、あなたの気分を良くします。あなた自身の心身の健康に治療効果を持っているのです。では、いらだちはどんな助けになるのでしょう？　イライラが昂じると、みぞおちあたりに怒りを感じるようになります。そしてしばらくすると、胃に潰瘍ができます。交通渋滞でイライラしたことが発端となって、潰瘍ができるんです」

大主教の言い方を借りれば、「神の目の視点」を持つことが、私たちの狭いアイデンティティや利己心の超越を可能にする。視点の転換を果たすために、神を信じる必要はない。有名な「概観効果」はおそらくもっとも深遠な例だ。多くの宇宙飛行士は、いったん宇宙空間から地球——人間が作った国境のない広大な空間の広がりの中に浮かぶ小さな青い球体——を一瞥すると、個人や国の関心事を以前と同じようには見られなくなると報告した。彼らは地球上の生命の一体性と、故郷である私たちの惑星の貴重さを見たのだ。

ダライ・ラマと大主教が基本的にやろうとしているのは、私（I）、私に（me）、私のもの（mine）

に焦点を当てる私たちの視点を、私たち（we）、私たちに（us）、私たちのもの（ours）に焦点を当てる視点に転換させることである。ダライ・ラマは週の初め、人称代名詞の絶え間ない使用が心臓発作のリスクを高めるという古典的な研究を引き合いに出した。冠状動脈性心臓病の多施設前向き研究では、心理学者で健康の研究者ラリー・シャーウィッツが、より頻繁にI, me, mineという単語を使う人が、心臓発作、それも致命的な心臓発作に襲われるリスクが高いことを発見した。シャーウィッツはまた、このいわゆる「自己への関与」が、喫煙、高コレステロール、高血圧などよりも確実に死を招き寄せる因子であることを発見した。研究者のヨハネス・ジマーマンによって行なわれた最近の研究では、より頻繁（ひんぱん）に一人称単数代名詞（I, me）を使う人が、一人称複数代名詞を頻繁に使う人よりも、うつになりやすいことが発見された。これは、自己愛が強すぎると不幸になることを示す興味深い証拠である。

より広い視野を持つと、自己愛的な思考に耽ることも少なくなる。ジンパは私たちを自己陶酔から抜け出させるために考案されたもう一つの思考実験を提供した。それは、大主教が入院して前立腺癌の治療を受けていたときに、また、ダライ・ラマが胆嚢（たんのう）感染症で体を二つ折りにして苦しんでいたときに用いたものである――「あなたが今どんなことに苦しんでいるか考えてください。次に、同様な状況をくぐり抜けようとしているすべての人々のことを考えてください」。これは、文字どおり、「共に苦しむ」ことを意味する憐れみの実践である。驚くべきは、他人と「共に苦しむ」ことが、私たちが孤独ではないことを思い起こさせ、実際に、私たち自身の痛みを減少させるとダライ・ラマと大主教が指摘している点だ。この相互依存の認識が、私たちを他者から分け隔てている境界、すなわち私たちの硬直した自己感覚を和らげる。週の初めのほうでダライ・ラマは次のように言った。「一方、自分自身を仏教徒やチベット人など特別な存在とみなす視点から他人とかかわるなら、他人から自分を切り離す壁を作ることになるでしょう」

私たちは週の初め、飛行機から降りて、空港のラウンジに座っていたときに始めた会話に戻った。ダライ・ラマは「大主教ツツの自己はどこにありますか？　私たちには見つけられませんが」と尋ね、ひねりを効(き)かした伝統的な仏教の論法で、「これは彼の身体ですが、彼自身ではありません。これは彼の心ですが、彼自身ではありません」と言った。仏教徒はこのような探求を通して、自己への執着を断ち切ろうとする。執着心が少なくなればなるほど、私たちは外部の刺激に反応しにくくなって防衛的ではなくなり、巧みに物事を処理することができるようになることを経験的に知っているのだ。

ダライ・ラマと大主教が述べているように、広い視点は穏やかさや心の平静に導く。私たちが問題に直面する力を持っていないということではない。問題が発生した場合、厳格さを持って素早く反応するのではなく、創造性と憐れみを持って問題と向き合うことができるということだ。他人の立場に立ってみれば、彼らに共感することもできる。そうすれば、相互依存性がすべての人を包み込んでいることがわかってくる。そして、私たちが他者をどのように扱うかが、最終的に、私たちが自分自身をどのように扱うかを決めることが明らかになる。また、あらゆる状況のすべての側面を自分が制御してはいないのだ、と認識することが可能となる。それが、謙虚さやユーモア、受容の感覚につながるのだ。

2　謙虚さ――私は控えめに見られるよう努めた

「あなたは葬儀に出席したことについてコメントしました。それにお答えしたい」とダライ・ラマは述べ、大主教がクリス・ハニの葬儀で行なった説教についての話題に戻った。「あなたは葬儀で話をした際、自分を特別な存在だと考えず、聴衆と同じ人間のひとりだと考えたと言いました。それはとても重要です。私も話をするとき、いつも同じように感じます。自分自身のことを、聴衆の中にいる人々と同じもう一人の人間と考えるのです。ですから、私は聴衆と同じ人間のひとりとして話をするのです。

同じように、みんなも私のことを、同じ人間と考えるべきです。建設的な感情だけではなく、破壊的な感情を持つこともある同じ人間として。私たちは誰かに会うとき、なによりもまず、相手も幸福な日々や人生を送りたいという自分と同じ願望を持っていることを思い出さなければなりません。そして、誰もがそれを達成する権利を持っています。

私の話はなんらかの有益な情報を聴衆にもたらすかもしれませんが、私が自分自身を特別な人間と見なしたり、聴衆が私を普通の人とは異なる特別な存在と見なしたりするなら、私の経験はさほど役に立たないでしょう。大主教、あなたの中に、同じ見解を共有する同志を発見できたのはこの上なく幸せです」

ダライ・ラマと大主教は地位や優位性には無関心だった。ダライ・ラマは、宗教界のすべての人が彼らと同じ見解を共有しているわけではないことを思い出させるストーリーを語り始めた。「あなたは私がいたずら好きだとおっしゃった」と彼は大主教を指さした。「ある日、デリーで開かれた大きな宗教間会議で、インド人の霊的指導者がこんなふうに私の隣に座っていました」。ダライ・ラマはきちんと姿勢を正して、しかめ面をした。「彼は、自分の座席を他の人の席より高くすべきだと言い張りました。あなたはこれをなんと呼びますか?」ダライ・ラマは椅子の脚を軽く叩きながら尋ねた。

「脚です」と大主教が答えた。

「そうです。脚の長さが足りなかったので、主催者はその霊的指導者の椅子を高くするために、余分な煉瓦を持ってこなければなりませんでした。私が隣に座っている間、彼は彫像のようにじっとしていました。私は思いました。もし煉瓦の一つが動いて、彼が倒れたら、どうなるんだろう……と」

「あなたは煉瓦を動かしたんですか？」すかさず大主教が尋ねた。

「もしもの話です」

「信じられません」

「ひょっとしたら、なんらかの神秘的な力が働いて、煉瓦が動くかもしれません。私が神に祈るからです。〝どうかあの椅子をぐらつかせてください〟なんてね。そうすれば、あの霊的指導者も本当の人間らしくふるまうでしょう」

　ダライ・ラマと大主教は甲高い声で笑った。

「前に触れたように、私はよく緊張していました」とダライ・ラマは続けた。「まだ若くて公式の説教をしなければならなかったとき、みんな同じ人間とは考えていなかったので、私は不安を感じていました。一人の人間として、仲間の人間に話しているだけだということを忘れてしまうのです。自分のことをよく特別だと思っていたものです。そのような考え方が私を孤独にしていました。私たちを他者から孤立させるのは、そのような分離感覚なのです。実際に、そのような傲慢な考え方が、孤独感を生み出し、人を不安にします。

　一九五四年、公式訪問で北京に到着した直後、インド大使が私に会いにきました。何人かの中国当局者も居合わせました。彼らもやはり彫像のようでした。無口で厳粛な顔をしていたのです。すると、どうしてかテーブルの上にある果物が入った鉢が転倒しました。なにが起こったのかはわかりません。転がった果物を見て、厳しい顔つきをした中国の当局者たちが、跪(ひざまず)いて果物を追いかけ、拾いました。おわかりですか？　物事が円滑に進んでいるときには、私たちは特別な存在であるふりをすることができます。けれども、なにか予期せぬことが起こると、私たちは普通の人間のようにふるまうことを強(し)いられます」

ダライ・ラマが間違った時刻を表示している時計をちらっと見て、お茶の時間かどうかを尋ねたとき、私は別の質問をしかけていた。私はまだ三〇分あると説明したが、大主教に休憩が必要かどうか尋ねた。彼のエネルギー・レベルを私たちは綿密にモニターしていた。

「いいえ」と大主教は言った。

「大丈夫ですか？」大主教が無理をしているのではないかと思って、私は再び尋ねた。

「彼はうまくやっています」と大主教はダライ・ラマのほうを指さして言った。「人間のようにふるまっている」

「だから、あなたは私をいたずら好きだとおっしゃっているのでしょう」とダライ・ラマは冗談を言って返した。「私は非常に神聖な会議や公式の会議に出席しているとき、なにか手違いが生じてくれないかと本気で考えます。

たとえば、大統領と同席したら、あたりを見回して、椅子の一つが壊れたらどうなるだろう、とあらぬことを想像するんです。こんなことを口走って、とんでもないことを人々に知られてしまいました。

私が初めてブッシュ大統領と会ったとき、公式レベルではなく人間レベルですぐに親しい友人になれたのはそのためです。何種類かのクッキーをふるまわれたんですが、〝どれが一番おいしいですか？〟と私は大統領に尋ねました。すると大統領は一つのクッキーを指さして、〝これがとてもおいしいですよ〟と教えてくれました。彼がごく普通の人間のようにふるまってくれたので、私たちは非常に親しくなったのです。他の何人かの指導者たちは、お会いすると、ある程度の距離感があります。二度目に会うときには、少し近づき、三度目にはもっと近づきます」

そう言いながら、ダライ・ラマは頭を少しずつ大主教に近づけていった。

「幼い頃、ラサで暮らしていた私は、『ライフ』というアメリカの雑誌を取り寄せていました。ある号に、大がかりな公式の行事に出席している未来のイギリス女王、エリザベス王女の写真が掲載されていました。王女はそばにいるフィリップ皇太子と共にあるメッセージを読んでいました。そのとき、風が吹いて王女のスカートがこんなふうにまくれ上がったんです」。ダライ・ラマは着ていた長い法衣を膨(ふく)らませた。「エリザベス王女とフィリップ皇太子は共になにも起こらなかったかのようなふりをしましたが、アメリカの写真家がその瞬間を写真に撮ったのです。その写真を見て、笑いました。とても滑稽(こっけい)だと思ったのです。特に公式の場などで、ときどき、人々は自分が他の人とは違う特別な人物であるかのようにふるまいます。しかし、私たちはみな、同じ人間であることを誰でも知っています」

「喜びを培う上で、謙虚さが果たす役割を説明していただけますか？」そう私が尋ねると、大主教が笑い出した。

「司祭職への志願者を決めようとしているある司教の話があります」と大主教は始めた。「志願者たちは謙遜の徳を含め、いろいろな徳について話していました。志願者のひとりが司教のところにやってきて言いました。〝司教、私は図書館で謙遜に関する本をずっと探していました〟〝そうですか、私はちょうどそのテーマについて最高の本を書いているところだよ〟と司教は言った、と」

大主教がよく話す三人の司教の冗談もある。——三人の宗教指導者たちが、祭壇の前に立ち、胸を叩きながら〔古来からある風習で、胸を叩くことは、後悔や懺悔の気持ちを表わす〕、神の前において自分がいかに何者でもないかを謙遜して語っていた。まもなくすると、身分の低い教会の侍者のひとりが近づいてきて、胸を叩きながら、自分もまたつまらない人間だと告白し始めた。侍者の言うことを聞いて、三人の司教たちのひとりがもうひとりを肘で突いて言った。「見てみろ、あれこそが何者でもないヤツだ」

偽りのつつましさに関するこれらのストーリーが滑稽なのは、謙虚さが、自ら謙虚だと主張できるようなものではないからだ。私が謙虚さの果たす役割について質問した際、大主教が笑ったのも、それと同じ理由からだと思う。自分が謙虚さの専門家であると名乗り出たくなかったのだ。にもかかわらず、彼やダライ・ラマは喜びの人生には謙虚さが欠かせないと言っていた。二人が非常に気さくで、人とのつながりを大切にし、大きな成果を上げているのはまさに謙虚さゆえなのだ。

「心の鍛錬の一部になっているチベットの祈りがあります」とダライ・ラマが言った。「チベットの導師は、〝誰かに会うときには、自分のほうが優れていると絶対に思いませんように。心の底から、目の前の人物の真価を認められますように〟と言います」それから、ダライ・ラマは大主教のほうを振り向いて、言った。「ときどき、あなたは私に言います……」

「聖人のようにふるまえと」、大主教がセリフを引き継いだ。

「そうです、聖人のように」とダライ・ラマは言い、自分が聖人だというのがおかしくてたまらないかのように笑った。

「いかにもそのとおりです」と大主教が言った。「あなたが威厳を持ち、適切にふるまうことを人々が期待していると言いたいのです。私の帽子を勝手にかぶったりしないでほしいんです。人々は聖人にそんなことを期待していません」

「けれども、もしあなたが自分をただの普通の人間――七〇億人のひとり――だと思うなら、人々に驚かれる理由も、特別な存在であるべきだと思われる理由もないはずです。ですから、私は女王や王、大統領や首相、それに乞食と一緒にいるときはいつも、私たちはみな同じだということを思い出すのです」

「人々があなたを自分たちとは異なる法王として扱うと、謙虚さを保つのが難しくなるんですか？」と私は尋ねた。

「いいえ、私は形式や因習など気にしません。それらは実に人工的なものです。大主教、あなたはみんなと同じ人間的な方法で生まれました。大主教が生まれる特別な方法などありません。終末が来たら、あなたも普通の人たちと同じように死んでいくと思います」

「おっしゃるとおりです」と大主教は言った。「でも、人々があなたを前にするときと、私を前にするときとは違います」

「私が神秘的な土地、チベットの出身だからでしょう。一部の人々はチベットをシャングリ＝ラ（理想郷）と呼びます。おそらく、ポタラ宮殿で長年過ごした人間は、どこか謎めいているのでしょう。それに、この頃では、中国の強硬派がしょっちゅう私を批判しています。それがまた、私の宣伝になっている。ですから……」、ダライ・ラマは、自分が神秘的な人物とみなされていることや、世界的な名声を博していることを笑い飛ばしていた。

「私たちが言いたいのはまさにそのことなんです」と大主教が口をはさんだ。「普通なら、苦痛の種となるようなことをあなたは笑います。人々は、人生で苦痛にさいなまれたら、ダライ・ラマが中国人の扱いに対応するようなやり方に倣（なら）いたいと言います。どのようにすればそうした対応の仕方を身につけられるんですか？　あなたは実際にどのようにして培ったのですか？　そのようには生まれついたわけではないはずです」

「そのとおりです。今の私を造り上げたのはトレーニングです。それに、母の愛を受けるという幸運に恵まれました。若い頃、私は母の怒った顔を見たことがありません。母はそれはもう優しい人でした。けれども、私の父ははなはだしく短気でした。何回か父の祝福を受けたことがあります」。そう言ってダライ・ラマは叩かれるしぐさをした。「若いとき」と彼は続けた。「私も父に似てかなり短気でした。けれども、少し年を取ると、母を見習い始めました。ですから、両親の資質を受け継いだと言えます！」

ダライ・ラマと大主教はどちらも、あらゆる喜びに謙虚さが欠かせないことをしつこいほど繰り返した。より広い視点を持てば、自分が過去から現在を経て未来に向かう歴史上のどんな地点にいるかが自然にわかってくる。それが私たちを謙虚にさせる。そして、人間である私たちには、なにもかも解決することなどできないことや、人生のあらゆる側面を制御することもできないことを、認識できるようになる。私たちには他人が必要なのだ。大主教は、私たちの傷つきやすさやもろさ、限界がお互いを必要としていることの証だと強調した――「私たちは独立したり、自給自足したりするようには造られていない。持ちつ持たれつ、相互に支え合うよう造られている」。私たちは誰でも同じように生まれ、同じように死んでいく。この瞬間、私たちは、全面的に他者に依存している。そのことはダライ・ラマであろうが乞食であろうが、大主教であろうが難民であろうが変わりはない。

心理学者のダニエル・ゴールマンは長年の友人や協力者の鋭い洞察力を借りて、ダライ・ラマの生きる姿勢を描いている――「ダライ・ラマは周囲で起こっているあらゆることを面白がり、なにが起こっても楽しんでいるようだ。だが、何事も個人的には受け止めず、心配することも、腹を立てることもない」。ダライ・ラマは、その週の間、役割に囚われてはいけないことを思い出させてくれた。傲慢(ごうまん)さとは、一時的な役割と基本的なアイデンティティの混同だというのだ。

　この取材の音響を担当したジュアンが遠隔マイクをつなぐときのこと。ダライ・ラマはドン・キホーテの顎ひげのようなジュアンの顎ひげを楽しそうに撫(な)でた。みんながクスクス笑ったが、もっとも笑ったのはダライ・ラマで、次のように言った――「今日、あなたは音響の担当で、私はダライ・ラマです。次回はひょっとしたら役割が逆転するかもしれません。次回は一年先かもしれませんし、別の人生かもしれません。輪廻転生の考えは私たちの役割のすべてが一時的なものであることを思い出させてくれます」

「謙虚さ（humility）」という言葉は、土や土壌を表わすラテン語「humus」からきている――シンプルだがおいしい中東のひよこ豆のディップ「hummus」と音的には似ているが、混同してはならない。謙虚さは、文字どおり私たちを土に連れ戻すのだ。大主教が反アパルトヘイト闘争の最中に、ダーバンからヨハネスブルグまで飛行したときのこと。乗客の一人が本にサインを求めていますと客室乗務員が言った。彼は、「謙虚で控えめに見えるよう努めたが、内心、喜んでいた」ことを思い出した。しかし、彼女はその本を手渡し、彼がペンを取り出すのを見ると、「あなたはムゾレア司教ですよね？」と念を押したのだった。

　プライドやエゴといったあまりにも人間的な性質から逃れられる者はいないが、真の傲慢さは不安から生じる。自分が他人よりも大きいと感じたいという欲求は、他人よりも小さいのではないかという、付きまとって離れない恐れから生まれる。ダライ・ラマはそのような不安を感じそうになると、いつも南京虫やその他の生き物を見て、それらの生き物が無垢で悪意を持たないゆえに私たちよりも優れていることを思い出す。「私たちがすべて神の子供であることを認識すれば」と大主教が言った。「そして、平等で固有の価値を持っていることに気づけば、他の人よりも優れているとか劣っていると感じる必要はありません」。大主教は、「神のしくじりである者はいません」と断固主張する。私たちは特別ではないかもしれないが、かけがえのない存在である。神の計画によって私たちに課せられた役割（カルマ）を果たせるのは、自分しかいない。

「ときどき、私たちは臆病と謙虚さを混同します」と大主教は言う。「これは私たちに天賦の才能を与えてくださった神にとって好ましいことではありません。謙虚さとは、あなたの天賦の才能が神から贈られたものであるという認識です。認識することで、あなたはそれらの贈りものを安心して享受できます。謙虚な人は、他人の才能を祝福することができますが、だからと言って、自分の才能を否定したり、使うのを控えたりする必要はありません。神は私たちひとりひとりを独自の方法で使います。たとえ、あなたがなにかに秀でていなくても、あなたという存在を必要としている人たちがいるのです」

私はインタビューが始まる前の晩、かなりの不安と緊張を感じながら寝返りを打っていたのを思い出した。二人の偉大な霊的教師へのインタビューで、自分がしようとしている質問が適切かどうかが心配だったのだ。インタビューを滞りなくやってのけるチャンスは一度だけだった。その一度のチャンスに、この歴史的な会合と一連の対話を、世界中の人々に正確に伝えなければならないのだ。私はニュース・キャスターでもジャーナリストでもない。きっともっとふさわしいインタビュアーが他にもたくさんいたに違いない。それまでにしたことがないことを私は試みようとしていた。新しいことに挑戦するときはいつも、恐れや疑念が避けられない。いつかそのような不安の声を退けられるようになれるのだろうか。不安の声は、不慣れな未知のものに挑戦しようとしていることを私たちに知らせる一方で、実際には私たちの安全を護ろうとしているのだ。そう思うことにした。とはいえ、疑いの声の辛辣さが和らぐわけではない。最終的に、まだ起こっていない先々のことをくよくよ考えてもしかたがないことに気づき、眠りに落ちた。私は大主教とダライ・ラマの知恵を共有したいと願うすべての人々の代わりに質問をする大使にすぎなかった。インタビューをしている最中も、本書を執筆している間も、私は決して一人にはならないだろう。自分がインタビュアーになったのは、たまたま大主教の近くにいたからだ。

「エモリーという名の少年からの質問があります」と私は言った。「あなた宛てです、法王。こんなことを書いています。〝自分に嫌気がさしているとき、あなたの言葉はいつも私を元気づけ、目的を与えてくれます。物事が思いどおりにいかないとき、肯定的な態度を保つ最善の方法はどんなものでしょう?〟誰にでもあることですが、自分に嫌気がさしている少年がここにいます。誰の中にもある自己批判的な声をどのように扱ったらいいのでしょう?」

「多くの人が」とダライ・ラマが始めた。「自分自身に寛大になることで葛藤しているようです。これは本当に悲しいことです。もしあなたが、自分自身に対して純粋な愛と寛大さを持っていなかったら、どのようにして他人に愛と寛大さを広げることができるでしょう? 大主教が言っているように、基本的な人間性が善良で、肯定的であることを人々は思い出さなければなりません。そうすれば、勇気と自信が湧いてきます。前に述べたように、自分自身にあまりこだわりすぎると、恐怖や不安や心配に襲われます。あなたが一人ではないことを忘れないでください。人類の未来であるすべての世代の人々の一部なのですから。そのことを心に銘記すれば、勇気が湧き、自ずと人生の目的がわかるでしょう。

自分の限界と弱みを知れば、ポジティブになれることにも気づくはずです。これは大切な知恵です。自分に足りないところがあることに気づくと、あなたは努力します。もし、すべてが順調で、今のままの自分で充分だと思えば、それ以上努力しようとしないでしょう。知恵は雨水のようなものであるというチベットの諺があります。どちらも低いところに集まります。春の花の季節はどこから始まるか、という別の諺があります。丘の上から始まるのでしょうか、それとも谷底から始まるのでしょうか？　成長はまず低い所で始まります。同様に、もしあなたが謙虚なままでいれば、いつまでも学習し続けられます。だから、私は八〇歳ですが、いまだに自分を学生だと思っている、そう人々に告げることがあります」

「本当ですか？」大主教が苦笑しながら言った。

「本当です。毎日が学習です」

「まったく、あなたは見上げたものだ」

「ははは」、ダライ・ラマは笑った。「あなたからその種のコメントを期待していたんです」

大主教も一緒になって笑った。謙虚になると、私たちは自分自身を笑うことができる。喜びを培う上で、大主教とダライ・ラマが的を射たユーモアのセンスの重要性、特に自分のささいな欠点を笑う能力の重要性を強調したことには驚かされた。

3　ユーモア――笑い、冗談はさらに良い

その週もっとも晴れ晴れとしたのは、思う存分笑って過ごしたことだった。ダライ・ラマと大主教はときに、尊敬すべき霊的な教師というよりも漫才コンビのようだった。彼らが冗談を言っては笑い、敬虔な行ないをからかう才能を持っていることなど誰が想像しよう。ダライ・ラマと大主教

がバーに入ってきたとしよう。あなたは彼らが冗談を飛ばすことを期待するだろうか。多くの霊的指導者と仕事をしてきた私は、笑いとユーモアのセンスを霊的発達の普遍的な指標とみなしたい誘惑にかられるほどだ。大主教とダライ・ラマは疑いなくその指標をクリアしている。彼らはユーモアの力で欺瞞(ぎまん)、地位、不正、悪を痛烈に批判した。彼らと周りの人々は、一週間の間、絶えずにこやかな顔をし、腹を抱えて大笑いしていた。軽佻浮薄(けいちょうふはく)の瞬間が深遠さや神聖さの瞬間とつなぎ合わされている。悲惨な話題を含め、どんなテーマで語り合う場合も、彼らの最初の反応は笑うことだった。

彼らの喜びに満ちた生き方の中心にあるのが、ユーモアなのは明白だった。それにしても、なぜ笑いが中心なのだろう?

「メキシコのシャーマンと仕事をしたときのことです」と私は言った。「彼は笑うことと泣くことが、カタルシスという点では同じだと言いました。笑うとただ気分がいいだけだ、と。笑いが、私たちの生活の中心にあるのは明らかです。大主教はたった今言いました。〝法王、あなたは普通なら苦悩の種になりそうなことを笑う〟と」

「ええ、笑います」

「喜びを育む上で、笑いとユーモアが果たす役割を教えていただけますか?」

「それほど深刻ではない場合は」、ダライ・ラマが答えた。「笑いや冗談がすごくいいものなのです。完全にリラックスできますからね。私が会った日本の科学者たちは、わざとらしい笑いではなく心のこもった笑いは、心臓にも全身の健康にもいいと説明してくれました」。「わざとらしい笑い」と言うとき、彼は芝居がかった笑みを浮かべた。彼は心からの笑いと暖かいハートを結びつけ、それが幸福の鍵だと言った。

笑いは二人の人間をつなぐもっとも直接的な回線であると言われる。ダライ・ラマと大主教は私たちを切り離す社会的障壁を打ち破るためにユーモアを使った。ユーモア（Humor）は、謙虚さ（humility）同様、人間性（humanity: humus）を表わす同じ語源からきている。私たちを支えている土台は三つの言葉すべての源である。自分自身のことを笑い飛ばすには謙虚さの感覚を持たなければならない。自分自身を笑うことが、私たちの共有する人間性を思い起こさせるとしても不思議はない。

「科学者たちの言い分は正しいと思います」とダライ・ラマはきっぱりと言った。「いつも笑っている人には、身をゆだねる感覚や気楽な感覚があります。彼らは、生真面目（きまじめ）で他人とつながるのが苦手の人たちよりも、心臓発作を起こす確率が低いことが明らかにされています。生真面目すぎる人は本当の危険にさらされているのです」

「警官に殺された人々の葬儀を行なっていたとき」と大主教は言って、その苦痛に満ちたときを思い出すかのように視線を落とした。「私たちはやすらぎを見出しました。葬儀には何百人もの人々が出席する予定でした。緊急時だったので、葬儀以外の集会は許されていませんでした。そのため、葬儀が政治集会に変わったのです。人々のエネルギーを肯定的な方向に向かわせる最善の方法の一つが笑いであることを私たちは発見しました。自分を犠牲にしてでも、冗談を言うことが、私たちの士気を上げるまたとない方法でした。もちろん、昨日、クリス・ハニについて述べましたが、とても恐ろしいことも起こりました。でも、ユーモアが極度に緊迫した状況を和らげてくれたのです。人々を笑わせるストーリー、特に自分自身を笑い飛ばすストーリーを語るのがもっとも効果的でした。

人々は本気で怒っていました。警官はさほど離れていないところに立っていました。今にも爆発しそうな状況だったので、とんでもないことが起こったとしても不思議はありません。私の武器は、ほとんどいつもユーモアを用いることでした。特に、自分自身のことを笑う自虐的なユーモアです。

　私たちはヨハネスブルグ郊外の町を訪れました。アパルトヘイト軍が、あるグループに兵器を提供していたところです。彼らはかなりの数の人々を殺害していました。私たちは近くで司教の集会を開きました。私はその大虐殺の犠牲者の葬儀を執り行なうメンバーの一人でした。人々が怒り心頭に達していたのは間違いありません。私は、創造の初めに、神が粘土からどのようにして私たちを造り、レンガを焼くように私たちを窯に入れたかについての話を思い出しました。神は大勢まとめて窯に入れ、他のことに忙しくしているうちに、窯に入れた人々のことを忘れてしまったというのです。そして、しばらくすると思い出し、窯に駆けつけましたが、全員燃え殻になっていたそうです。それが、私たち黒人が生まれた由来である、と。誰もがちょっとだけ笑いました。私は続けました。〝次に、神は二番目の人々のかたまりを入れたのですが、今度は心配をしすぎて、窯をあまりにも早く開けすぎたんです。その結果、二番目に窯に入れられた人間たちは完全には焼きあがらずに出てきました。それが、白人が生まれた由来なのです〟」。大主教は軽い笑みを浮かべてしゃべり終え、みんなの顔を見回した。

「私たちは自分自身を誇張し、増長させたがる傾向があります。貧しい自己イメージしか持っていない人が多いからです。差別が横行する南アフリカのような状況の中にいると、いとも簡単に自己感覚を失います。ユーモアは人々のためになることをしてくれるようです。一つ確かなことがあります——極度に緊張した状況のガス抜きをし、緩和してくれることです」

　大主教は大量殺戮の直後にルワンダを訪問し、フツ族とツチ族に話をしてもらいたいと頼まれた。人々の魂の中に生々しく残っている傷について話すのは簡単なことではない。大主教は、例によってユーモアを通して権力者に真実を話すという方法を取り、大きな鼻の人々と小さな鼻の人々の物語を話した。大きな鼻の人々がどのようにして小さな鼻の人々を排斥したかについての物語である。聴衆は笑って聞いていたが、そのうちに、突然、大主教がなにについて語っているのかに気づいた。偏見と憎しみのばかばかしさについて語っていたのである。大主教がつねづね言っていることだが、ユーモアはきわめて強力な武器になる。

ダライ・ラマは「厄介事（Troubles）」〔北アイルランド紛争を指す〕の後に、北アイルランドのベルファストを訪問した。暴力の加害者と犠牲者が居合わせる非公式の会合に招かれたのだ。会場はピリピリした緊張感に包まれ、苦しみが空中に漂っているような感じだった。会合が始まると、元プロテスタントの戦闘士（ミリタント）が、成長する過程で、カトリック教徒に逆らって彼らがしたことが正当化されるのは、イエス・キリストがカトリック教徒ではなくプロテスタントだったからだと他のロイヤリスト〔イギリスとの連合維持派を指す〕たちに告げられたことを真剣な面持ちで話した。ところが、イエスがユダヤ人であることを知っていたダライ・ラマが大声を上げて笑ったため、場の雰囲気が一変してしまった。私たちの偏見と憎しみのばからしさを笑うことができる人は、より正直に思いやりを持ってコミュニケーションすることができるのだ。

「自分自身をあまり深刻に受け止めない術を学べば」と大主教が続けた。「大きな助けになります。私たちは自分の中におかしさを見ることができます。私は、他人をからかうのを好み、少し気取っている人がいると、そのおかしさを指摘するのが大好きな家族に生まれたことを幸せに思います。私の家族は自信過剰の風船に穴を開ける術を持っていたのです。

もちろん、次の食事がどこから来るのかわからないというなら、笑いごとではありません。朝起きて、仕事がないというのも、笑いごとではありません。それでも、葬式の形を取った政治集会にちょくちょく来る群衆を構成していたのは、そういう人たちだったのです。彼らは自分自身を笑うことができる人々でした。他人のことも笑うのですが、さほど悪意は感じられません。彼らは神の庭のナンバー・ワンではありませんでしたが、残酷で不確実な人生を笑うことができたのです。ユーモアはまことに救いの恩寵(おんちょう)です。

私は妻のレアに助けられてきました。彼女は私を謙虚にさせておくのがとびきりうまいのです。ドライブ中のことです。妻が普段よりも少しひとりよがりになっていることに気づきました。目の前の車をよく見ると、バンパーにこんなステッカーが貼ってあったんです。「男性と同等でありたいと願うすべての女性は野心を持っていない」

「大主教」と私は言った。「ユーモアは冷酷なものになることもありえます。けれども、あなたのユーモアは、私は何年にもわたって見てきましたが、私たちを切り離して、誰であれこき下ろすものではなく、ほとんどの場合、私たちを結びつけるものです。ユーモアによって私たちを結びつけ、誰の中にもあるおかしさを暴(あば)く方法について、もう少しお二人に話していただきたいのですが?」

「そうですね。人々を結びつけたいときに、厳しくしようとは思わないでしょう? すべての人の中に滑稽さを見るのは、実にいいことです。共通の人間性が見えてくるからです。

最終的に、自分自身を笑えるようになるか、自分自身をあまり深刻に受け止めないようになることが重要です。自分を棚に上げて、他人をこき下ろす類の冗談について言っているのではありませんよ。人々を共通の基盤に連れ戻すユーモアについて語っているのです。

あなたが一段低いところに降りて、自分自身を笑うことができれば、そして、他人が罪の意識を感じることなくあなたを笑うのを許せるようになれば、みんな安心して笑ってくれるでしょう。品位を傷つけないユーモアは、みんなを笑いに加わるよう誘う招待状なのです。あなたを笑うことで、彼らはあなたの健全な笑いに加わっているのです」

「あなたとダライ・ラマがお互いにからかい合っても」と私は付け加えた。「まったく卑劣には感じられません」

「そうでしょう。ダライ・ラマと私はお互いにからかい合っていますが、それは信頼の印なのです。善意の蓄えが充分にあることを示しているのです。からかっているように見えて、実際には、〝私はあなたを信頼しています。あなたも私を信頼しています。あなたが私を傷つけないこと、あなたも私に傷つけられないことを知っています〟と言っているのです。

人はあまりに自分自身を過少評価しすぎます。自分に自信が持てず、自分を主張する最善の方法は、他人をこき下ろすことだと思っているからです。それに対して、この種のユーモアは、〝私の隣に立って一緒に私のことを笑いましょう。そうすれば、あなたのことを一緒に笑えるようになります〟と語りかけます。それは誰一人軽視せず、みんなを持ち上げます。そして、私たちが共有して持っている人間性や傷つきやすさ、もろさを認識し、笑うことを可能にします。ご存じのように、人生は過酷です。笑いは人が直面するすべての矛盾、残酷さ、不確実性を潔く受け入れる方法なのです」

ユーモアに関する科学的研究は限られているが、笑いとユーモアには、未知のものの不安やストレスを和らげる進化的役割があるようだ。冗談が面白いのは、私たちの期待を裏切り、予期せぬことを受け入れる助けになるからだ。他人は人生における不確実性の最大の源の一つである。それゆえ、人との出会いを巧みに操り、打ち解けるために多くのユーモアが使われるとしても驚くにあたらない。大主教やダライ・ラマは、他人に会うとき、絆を結んで打ち解けるためにユーモアを用いる達人である。

彼らが共に過ごす時間が笑いに満たされていた理由もそこにあるのだろう。二人がダラムサラで共に一週間、喜びを感じながら過ごすのは、前例のない未知の経験だった。それ以前、彼らが会ったのは六度だけだ。それも、大体が公式の場で短時間会ったにすぎない。世界的なリーダーである二人のスケジュールはぎっしり詰まっている。彼らが一緒にいる時間は、ほとんどの場合、綿密に計画され、台本化されている。それゆえ、ただ冗談を言い、自分自身でいられる機会はきわめてまれなことだった。

「自分は面白い人間ではないし、しゃれたユーモアのセンスも持っていないと言う人たちに、あなたならなんと言いますか？」と私は大主教に尋ねた。

「深刻にならなければならないと考えている人は、たくさんいると思います。というのも、深刻になれば、厳粛な気持ちになれるからです。深刻であれば、敬(うやま)われやすくなると思うのです。しかし、私は、人々の心に入り込む方法の一つは、彼らを笑わせる能力であると信じて疑いません。もし自分自身を笑うことができれば、その人が尊大な人物ではないことをみんなが知ります。それに、人は、自分自身を打ちのめしている人を打ちのめしたりしないでしょう。すでに自分で自分を殴っている人を、殴ろうとは思わないでしょう。

　生まれながらに面白い人間がいるとは思いません。それはその人自身が培うものです。他のすべてのことと同様、それは一つのスキルです。そう、もしそういう資質を持っているなら、特に自分自身を笑うことができるなら、助けになります。ですから、自分自身を笑うことを学んでください。実際、それがもっとも簡単な出発点です。ユーモアは謙虚さにかかわっています。自分自身を笑い、思い上がったり、深刻になったりしない。生活の中でユーモアを探し始めれば、そのうち見つかるでしょう。ユーモアを身につければ、不幸な出来事に見舞われても、「なぜ私なの？」と尋ねることをしなくなります。人生の出来事が私たちすべてに起こることを認識し始めるからです。そうなれば、他人を受け入れることも容易になり、あらゆることがよりスムーズにいくようになるでしょう」

4　受容——変化が始まる唯一の場所

一月にチベット子供村を訪問した際、私たちは、ダライ・ラマが対話で言及した言葉が壁に貼ってあることに気づいた。それは法王が述べた寂天の有名な問いの翻訳を、少しだけ手直ししたものだった——「修復できるのに、なぜ不満なのか？　修復できないのに、不満を抱いてなんの役に立つのだろうか？」この短い教えの中に、ダライ・ラマの人生へのアプローチの真髄（しんずい）がこめられている。それは、大主教の言い方を借りれば、ふさぎこまずに亡命の現実を受け入れた、彼の驚くべき能力の根底にあるものだった。

いったんより広い視野で人生を見ることができるようになれば、いったん人生のドラマにおける自分の役割をある程度の謙虚さをもって見ることができるようになれば、いったん自分自身を笑うことができるようになれば、私たちはハートの四番目の性質にたどりつく。人生をその痛み、不完全さ、美しさすべてを含めて受け入れる能力である。

受容が諦めや敗北の正反対であることを指摘しなければならない。大主教とダライ・ラマは、地球上のすべての住民のためにより良い世界を造ろうと獅子奮迅（ししふんじん）する疲れを知らない活動家であるが、彼らの実践主義は今あるものを心の底から受け入れることから生じている。大主教はアパルトヘイトがなくてはならないものであるとはしなかったが、その現実を受け入れた。

「私たちは喜びの中で生きるよう造られています」と大主教は言う。「それは、人生が楽だとか痛みを伴わないということではありません。顔を風のほうに向けて、やりすごさなければならない嵐であることを、受け入れられるようになるということです。存在するものを否定してもうまくいきません。現実を受け入れることが、変化を引き起こす唯一の出発点です」

大主教は、人が霊的な生活で成長すると、「自分の身になにが起こっても受け入れられるようになる」と語った。避けられない不満や苦難を、人生の基本的要素の一部として受け入れるのだ。問題は、「いかにすればそれから逃れられるか？」ではなく、「いかにすればそれを肯定的なものとして活用できるか？」である、と大主教は言う。

大主教の祈りの実践には、聖書からの引用だけではなく、歴史上の聖人や霊的な師の言葉の引用が含まれる。彼のお気に入りの一人は、キリスト教神秘主義者ノリッジのジュリアンである。一三七三年、命を脅かす病気から回復した直後に彼女が書いた『神の愛の啓示』は、女性によって英語で書かれた最初の本だとされている。その中で、彼女は次のように書いている。

われわれの目には悪と映る行いがなされ、その結果、ひどい害悪が生じ、良き結末にたどり着くことなどまったく不可能と思える場合があります。そして、われわれはこれを目の当たりにし、嘆き悲しんで、結局そのために、本来なすべき、神をありがたく見つめ、憩う、ということができなくなるのです。そしてその理由はこうです。理性の働きが曇り、とても程度が低く粗野になり、高貴で素晴らしき英知を、すなわち、至福にあふれる三一神の力と善とを、知ることができなくなるのです。よって主は、「なんじ自らあらゆることがしかるべくなるのを見るであろう」と述べることによって、「さあ忠実によく聞け、なんじは終末にそれはまさに全き喜びのうちに目にするであろう」と言わんとしておられるのです。

『神の愛の啓示―ノリッジのジュリアン』内桶真二訳、大学教育出版より

神を信じるか否かにかかわらず、受容は喜びに満ちた状態に入り込むことを可能にする。人生が私たちの望みどおりにならないという事実に反抗するのではなく、独自の条件で生きることを可能にするのだ。受容すればまた、時勢に逆らう必要もなくなる。ストレスや不安は、人生はこうあるべきだという私たちの期待から生じる、とダライ・ラマは語った。私たちが、こうあるべきだという人生ではなく、あるがままの人生を受け入れることができるようになると、人生を楽に過ごせるようになる。そうすれば、苦しみ、ストレス、不安、不満が渦巻く受苦（dukkha）の人生から、安らぎや気楽さ、幸福感に包まれるくつろぎ（sukha）の人生に移行する。

苦しみの原因の多くは、人々、場所、物事、状況を受け入れるのではなく、それらに反応することから生じる。反応すると、判断や批判を迫られ、不安や絶望に襲われる。さらには、否定するか、依存するかの岐路（きろ）に立たされる。そのような形で立ち往生しているとき、喜びを経験するのは不可能である。受容は、こうした抵抗のすべてを打破し、リラックスして鮮明に物事を見、適切に対応できるようにしてくれる剣だ。

伝統的な仏教の修行の多くは、私たちの日常生活を彩（いろど）っている期待や投影や歪曲（わいきょく）を超えて、正確に人生を見る能力を養うことを目指している。瞑想の行は、気を散らす思考や感情を鎮（しず）め、現実を的確に知覚し、より巧みに応答できるようにする。瞬間に生きる能力とは、日常生活の不安定さや不快感、不安を受け入れる能力にほかならない。

「現実をより深く理解することで」とダライ・ラマは説明した。「あなたは見かけに惑わされることなく、はるかに適切で効果的に、しかも現実的な方法で世界とかかわることができます。私はよ

く、隣人とどのように関係すべきかの例を挙げます。あなたの隣にやっかいな人が住んでいると想像してください。あなたは彼らを判定し、批判することができます。彼らとは良好な関係を持てないだろうという不安と絶望の中で暮らすこともできます。あるいは、問題があることを否定し、隣人との間に何事もないかのようなふりをすることもできます。いずれの方法もさほど役に立ちません。

代わりに、隣人との関係が難しいこと、なんとか関係を改善したいと思っていることを受け入れることもできます。成功するかもしれませんし、しないかもしれませんが、あなたにできるのは、試してみることだけです。あなたは隣人をコントロールすることはできません。ただし、自分の思考や気持ちはある程度コントロールできます。怒りや憎しみ、恐怖の代わりに、隣人に対する思いやりを養うことができます。親切心や暖かな心も培うことができます。関係を改善する唯一のチャンスは今です。やがて、隣人はそれほどやっかいではなくなるかもしれません。あるいは、そうはならないかもしれません。それをあなたがコントロールすることはできませんが、あなたは心の安らぎを得るでしょう。隣人がやっかいでなくなっても、そうはならなくても、あなたは喜びと幸せに満たされるでしょう」

私たちは議論の最初、つまり寂天の問いに戻った。ダライ・ラマと大主教が提唱しているような受容は、受動的なものではない。それは強力であり、人生を真剣に受け止め、変化する必要のあるものを変え、贖い(あがない)が必要なものを贖うために、懸命に努力することの大切さを否定しない。

「人に害を及ぼしている人たちを憎むべきではありません」とダライ・ラマは言った。「思いやりとは、彼らを止めるためにあなたにできることをすることです。というのも、彼らは他人を苦しめているだけではなく、自分自身のことも痛めつけているからです」

仏教における重要な逆説の一つは、インスピレーションを得て成長発展し、悟るために目標を必要とするが、同時に、それらの願望に過度に固執したり執着したりしてはならないということだ。目標が崇高なものなら、達成できるかどうかにかかわらず、専心すべきである。目標を追いかけるときには、どうやって目標を達成するかについての硬直した考えを、手放さなければならない。心の平和や平静さは、目標や手法への愛着を手放すことによって生まれる。それが受容の本質である。

結果に執着せずに目標を追いかけるという逆説を振り返って、ジンパは重要な洞察があると私に言った。私たちはめいめい、自分が探し求める目標を達成するためにできる限りのことをするべきであるが、成功するかしないかは、往々にして私たちの制御できない多くの要因に左右される、という洞察だ。したがって、私たちがしなければならないのは、献身的に目標を追いかけ、ベストを尽くすが、予想した結果に固執しないということである。ときには、私たちの努力が、もともと考えていたよりも予期せぬ好結果につながることもある。

私は、霊的能力を築くには時間がかかるという大主教のコメントについて考えた。「それは、筋肉の強化に運動が必要なのと同じようなものです。ときどき、私たちは最初から完璧であるべきだと考え、自分自身に腹を立てます。しかし、地球上に存在している間は、善良になること、もっと愛情深くなること、もっと思いやりをもつようになることを学ぶべきです。理論ではなく、実際に学ぶのです。試練に遭ったときが、絶好の学びのチャンスです」

人生は常に予測不能でコントロールが効かず、しばしば試練を課す。エディス・エヴァ・イーガーは、強制収容所での生活が、生死をかけた無限の選択の連続だったと説明する。生き続けるには、自分が置かれた現実を受け入れ、最善の対応を試みるしかなかった。死体の山に放置されても、次になにが起こるかについての好奇心が、息をする力を与えてくれた。今、起こっていることを受け入れれば、次になにが起こるか知りたくなる。

受容は最後の心の柱であり、私たちを精神の最初の柱「許し」に導く。現在を受け入れると、過去が違っていたらという願望を許し、手放すことができるのだ。

5 許し――過去から自分自身を解放する

「予想外の人々によって行なわれた顕著（けんちょ）な許しの例を見たことがあります」と大主教は口火を切った。「一つの例は真実和解委員会の最中に起こりました。アパルトヘイトに加担する人々が仕掛けた爆弾によって息子を殺された母親たちがいました。母親の一人は、テレビのスイッチを入れ、息子の身体が引きずられているのを見たと言いました。息子が死んだことによる苦悩とは別に、息子の遺体が動物の屍骸（しがい）のように扱われる様を見て、その母親は深い憤りを覚えたのです。

委員会にやってきた母親たちは、かなり驚いていました。息子たちを殺した人々――元アフリカ民族会議のメンバーで、後に政府軍に転向したアスカリと呼ばれる兵士たち――を許すべきだと誰も要求しなかったからです。息子たちを裏切った一人が、母親たちの前に進み出て、許しを乞いました。

息子が路上で引きずられるのを見た母親は、裏切り者を見ると、靴を脱いで彼に**投げつけ**ました」。大主教は笑いながら、左手で靴を投げるふりをした。「私たちは少し休憩を取らなければなりませんでした。休憩中、とびきり素晴らしい瞬間がやってきました。母親たちの代弁者が言ったのです……」。大主教は目を閉じて、彼女の言葉の信じられない重みを思い出していた。「〝私の子供よ〟――自分の子供たちの死にかかわっていた人物に向かって〝私の子供〟と言ったのです。〝私の子供よ、私たちはあなたを許すわ〟と代弁者は言いました。
特赦を与えたことについて彼女に尋ねると、〝彼が刑務所に行ったところで、私たちにとってなんの助けになるでしょう？　私たちの子供は戻ってきません〟と彼女は言いました。そこには信じられないほどの潔さと強さがあります。もちろん、難しいことですが、現実に起こったのです。私たちはネルソン・マンデラについて話しましたが、有名ではないこれらの母親やその他大勢の人が、信じられないほどの寛大さを持っていたのです。

母親グループの代弁者として語った女性は、立ち上がって部屋を横切ると、息子の殺害に加わった男性のところに行って抱きしめ、〝私の子供よ〟と言いました。

つい最近、私はベスという白人女性についてのメッセージを受け取りました。ベスは、解放運動の一つによって爆弾攻撃を受け、ひどい傷を負いました。彼女の体内にはまだ爆弾の破片が残っています。彼女の友人の多くが殺され、傷害を負っている者もたくさんいました。彼女は食事をするにも、入浴するにも、子供たちに助けてもらわなければなりませんでした。ベスはただ……」、大主教は一瞬言葉を詰まらせ、話すのを中断せざるをえなかった。「ベスは言いました――加害者のことを……許します。彼も私のことを許してほしいと」

それから、大主教は私の大学のクラスメイトであるエイミー・ビエルに関する有名な話をした。彼女は大学卒業後、手伝いをするために南アフリカに滞在していた。彼女は町なかで友人の一人を下車させている最中、残忍なやり方で殺された。「彼女の両親は、重い懲役刑を言い渡された加害者の特赦を支援するため、はるばるカリフォルニアから南アフリカまでやってきました。〝私たちは南アフリカを癒すプロセスに参加したいのです。殺人犯に特赦を与えることを娘が支持すると確信しています〟と彼らは言いました。それればかりか、彼らは娘の名前で財団を立ち上げ、その町の人々を助けるプロジェクトで、娘を殺した男たちを雇いました。

今さら、それが簡単だというふりはしませんが、私たちは高潔な魂を持っています。私たちはネルソン・マンデラを驚くべき許しの象徴として語りましたが、あなたも、あなたがたも、みな、信じられないほどの思いやりや許しを示せるかもしれません。まったく他人を許せない人がいるとは思えません。法王が指摘しているように、私たちはみな、殺人などによって自分の人間性を傷つけた人々を気の毒に思う能力を潜在的に持っています。実際、人を許すことができない人間も、許されない人間もいないのです」

「北アイルランド出身の私の友人の一人、リチャード・ムーアについて話したいんですが」とダライ・ラマが話に割って入った。「彼の話はとても感動的です。北アイルランド紛争の間、彼は九歳か一〇歳でした。彼は登校途中、英国人兵士にゴム弾で撃たれたのです」。ダライ・ラマはゴム弾があたった眉間を直接指さした。「彼は気絶し、回復したときには病院にいて、両眼を失っていました。もう母親の顔を見ることができないことに彼は気づきました。

彼は勉強を続け、最終的に結婚し、二人の女の子をもうけました。それから自分の頭を撃った英国の兵士を見つけ、彼を許すことを伝えました。彼らは非常に親しい友達になって、一度、私の個人的な招待で、ダラムサラにやってきました。私は、チベット人、とりわけチベット子供村の生徒たちに、彼の感動的な許しの物語を話してやってもらいたいとリチャードに頼みました。リチャードを生徒や教師に紹介する際、彼は私のヒーローですと述べました。

その後、リチャードは私を北アイルランドに招待してくれました。彼の家族に会ったとき、私は彼をからかいました。〝あなたの妻は飛びぬけて美しいですね。あなたの二人の娘もとても美しい。でも、あなたは見ることができない。私に彼女たちの美しさを満喫させてください〟。私は彼を本当のヒーローだと言っています。彼こそ、真の人間です」

「法王、ジャックという男の子からの質問が届いています。こんなふうに書いています。〝法王、心の底から幸せな八〇歳の誕生日をお祝い申しあげます。これからの一年が喜びや成功、そして多くの素晴らしいことに満たされるのを願っています。私はあなたとあなたの国民をとても尊敬しています。あなたの親切と許しの不滅のメッセージに敬意を表わしています。でも、中国があなたとあなたの国民に与えた傷と痛みを考えれば、あなたが中国を許せるかどうか疑問です。彼らは許しに値する(あたい)でしょうか？　ありがとう、法王、どうか素敵な誕生日をお過ごしください〟」

祈るかのようにダライ・ラマは両手を合わせていた。「先日、私は自然発生的な抗議行動がチベットで始まった二〇〇八年三月一〇日のことを話しました。私は意図的に中国の強硬派に対する思いやりと気遣いを保とうとしました。彼らの怒りや恐れを自分の中に取り込み、彼らに私の愛と許しを与えようとしたのです。それはトングレン（チベット語で〝与えて、受け取る〟という意味）の瞑想と呼ばれています。

心を穏やかにしておくことが、実際にとても役に立ちました。私たちの闘争では、怒りや憎しみが膨らむのを意図的に止めようとします。もちろん、中国人は素晴らしい人たちです。でも、強硬派の高官たちは私たちを弾圧しようとします。その彼らのためにさえ、私たちは意図的に、思いやりの感覚や彼らの健康を気遣う感覚を持ち続けようとしました」

そこでダライ・ラマがチベット語で話し、ジンパが通訳した。「普通、思いやりを育むのは、実際に激しい苦痛と痛みを経験している人のためです。けれども、現在、鋭い痛みや苦しみを経験していなくても、将来、苦しむ状態を作り出している人たちがいます。

そういう人たちは、ネガティブな行動に走っています。他の人に多大な苦痛を生み出す有害な行動をしているのです。キリスト教の伝統では、そういう人は地獄に堕ちると言うんじゃないですか？」

大主教はうなずいて、聞いている。

「私たちの見解でも、殺人などの残虐行為を犯している人々は、深刻な否定的結果をもたらすカルマを生み出しているとみなします。だからこそ、彼らの幸福を気遣う感覚を養う必要があるのです。そうした感覚を持てば、怒りや憎しみが増長する余地はありません。

許しとは、忘れることではありません。あなたは否定的な出来事を覚えておくべきです。けれども、憎しみが膨れ上がる可能性があるので、そちらの方向に引っ張られないようにしなければなりません。だから、許しを選ぶのです」

大主教もこの件に関して明白な意見を持っていた。「敵を許し、過去を水に流す」という教訓があるが、それに反して、許しは誰かにされたしうちを忘れることを意味するのではない。否定的な反応をしない、あるいは、否定的な感情に屈しないということは、相手の行動に反応しないということではないし、自分が再び傷つけられるのを許すということでもない。また、正義を求めないということでもないし、加害者を罰しないということでもない。

ダライ・ラマは怒りや憎しみによって反応しない道を選んだが、チベットの人々が威厳を持って自由に生きられるようになるまで、中国人による占領と彼らがチベット国内でしていることに声を大にして抗議し続けることをやめるつもりはないと語った。

「付け加えたいのですが」とダライ・ラマが言う。「許しと単に他人の不正行為を受け入れることの間には重要な違いがあります。ときどき、人々は誤解し、許しとは不正行為を受け入れる、または容認することだと考えます。決してそうではありません。私たちは重要な区別をしなければなりません」とダライ・ラマは語気を強めて言い、一方の手でもう一方の手を打った。

「俳優と演技、本人そのものと彼がした演技を区別する必要があります。間違った行動に関して言えば、それを止めるために適切な対抗措置を講じる必要があるかもしれません。けれども、演技者に対して、怒りや憎しみを膨らませない選択をすることはできます。そこに許しのパワーが横たわっています。躊躇（ちゅうちょ）することなく不正に断固として対応しながらも、相手の人間性を見失わないようにするということです。


　私たちは、傷つけられている人を守るだけではなく、他人に危害を与えている人も守るために、不正に断固とした姿勢を取ります。というのも、他人を傷つけている人たちも、最終的に苦しむことになるからです。私たちが彼らの不正を止めるのは、彼ら自身の長期の幸福を気遣ってのことです。それがまさに私たちがやっていることです。私たちは中国の強硬派に対して怒りやネガティブな感情を膨らませることはしませんが、彼らの行動には強く反発します」

「許しは」と大主教が付け加えた。「私たち自身を癒し、過去から自由になる唯一の方法です」。彼とムポが『許しの本』の中で説明しているように、「許しがなければ、私たちは、自分を傷つけた人との因縁を断ち切れません。苦しみの鎖につながれ、閉じ込められてしまいます。私たちに害を与えた人物を許すことができるようになるまで、その人物が私たちの幸福の鍵を握り、私たちの看守になるのです。許すことによって、私たちは自分自身の運命や感情をコントロールする力を取り戻します。自分自身を解放するのです」

「では、許すことは弱さの印であり、復讐することが強さの証であると主張する人たちに対して、あなたはなんとおっしゃいますか？」と私はダライ・ラマに尋ねた。

「動物の心で行動する人たちがいます。そういう人たちは誰かに殴られたら、殴り返します。報復するのです」。ダライ・ラマは拳を作り、自分自身を殴るふりをした。「人間の脳を持っている私たちは、考えることができます。殴り返したら、短期的に、あるいは長期的に、どんな役に立つだろうと考えるのです。

生まれつき残忍な人間などいません。また私たちを傷つけるために生まれた人間もいません。特定の環境のせいで、私を嫌いになり、殴っているのです。ひょっとしたら、私のふるまいや態度、あるいは私の表情が気に食わなくて、敵視しているのかもしれません。ですから、私にも少なからず原因があるのです。誰を責めるべきでしょう？　さまざまな原因や条件を座って考えれば、原因と条件――突き詰めれば、彼らの怒り、無知、近視眼、狭い心――に怒りをぶつけなければならないことがわかります。そうすれば関心が深まり、彼らを気の毒に思うことができます」

「ですから」とダライ・ラマは語気を強め、手で空を切った。「寛容や許しの実践が弱さの印だというのは、まったくナンセンスです。一〇〇パーセント間違っている。いや、一〇〇〇パーセント間違っています。許しは強さの証です。そうじゃありませんか？」ダライ・ラマは大主教のほうを振り向いて念を押した。

「おっしゃるとおりです」。大主教が笑いながら答えた。「許しが弱さの印だという人たちは、許したことがないのではないかと言おうとしていたところです。殴られた人々の自然な反応は、殴り返したいというものです。しかし、なぜ私たちは復讐を選ばない人々を賞賛するのでしょう？　たしかに、目には目を、が唯一満足のいく対応の仕方だと考える人たちがいるのは事実です。けれども、最終的に、目には目を、が世界全体を盲目にしてしまうことを発見するでしょう。私たちは復讐の本能だけではなく、許しの本能をも持っているのです」

実際に、人間は復讐と許しの本能や能力を両方持って進化したようだ。心理学者のマーチン・デイリーとマーゴ・ウィルソンは世界中の六〇の異なる文化を研究した結果、九五パーセントがなんらかの形の血なまぐさい復讐を行なっていることを発見した。一方、心理学者のマイケル・マッカローは同じ六〇の文化を研究し、そのうちの九三パーセントが、許しや和解の例を示していることを発見した。許しは実際にごくありふれているので、他の七パーセントの文化では、当然と考えられているのかもしれない。

霊長類学者のフランス・ドゥ・ヴァールは、和解行動は、動物界ではどこでも見られると信じている。チンパンジーはキスをして仲直りする。他の多くの種も同様である。私たちのような類人猿だけではなく、羊、山羊、ハイエナ、イルカもそうだ。これまで研究されてきた種のうち、飼い猫だけは争った後、関係を修復する行動を示さなかった（それを聞いても、猫を飼っている人は驚かないだろう）。

『許しの本』の中で、大主教とムポは、復讐のサイクルと許しのサイクル、二つのサイクルを描いている。傷つけられたり、危害を加えられたりしたとき、私たちは報復するか癒すかを選ぶことができる。報復や仕返しを選んだ場合、復讐のサイクルが無限に続くが、許すことを選べば、サイクルを壊し、関係を一新させるか、手放すかして、自分を癒すことができる。

頑なに許さなければ、恨み、怒り、敵意、憎しみの感情を抱き続けることになり、きわめて破壊的になる可能性がある。短時間、怒りを爆発させるだけでも、著しい影響を身体に及ぼすことがありうる。ある研究では、心理学者のシャーロット・ファン・オイエン・ウィトブリエトが、自分を傷つけたり、虐待したりした人物、あるいは腹立たしいことをした人物のことを考えるよう人々に頼んだ。そして、彼らの心拍数、顔面の筋肉、汗腺をモニターした。

人々は恨みを思い出すと、ストレス反応を起こした。血圧と心拍数が上がり、汗をかき始めたのだ。彼らは気分の起伏が激しくなって悲しみや怒りを感じ、自分をコントロールできなくなった。自分の気分を損ねた人物に共感し、彼らを許すところを想像するよう求められると、ストレス反応が正常に戻った。私たちを結びつける関係に亀裂が入ると、社会的動物である私たちだけではなく、グループ全体に大きなストレスがかかる。

許しと健康に関する研究を再吟味したエヴェレット・L・ワシントン・ジュニアとマイケル・シーラーは、頑なに許さないことが、重要なホルモンの生産を停止させることや、感染症のウィルスを撃退する免疫システムを傷つけるらしいことを発見した。

★　★　★

「大主教、お茶にする前に、私たちの最後の質問に戻りたいんですが」と私は言った。「私たちが許すのにもっとも困難を感じる人というのは、往々にしてもっとも身近な人たちだったりします」

「まさにそのとおり」

「あなたは父親が酔っ払って母親にひどいことをしたとおっしゃいました。そのことで父親を許すことが、あなたにとってとても難しく、心が痛んだ、と。もしあなたの父親がここにいたら、彼のしたことが自分にいかに影響したかをどのように伝えますか？　また、あなたが彼を許したことをどのように伝えますか？　あなたがなんとおっしゃるかを知りたいんです」

「おそらく、酔っ払ったときの母親の扱い方に深く傷つけられた、ときっと言うでしょうね」。大主教は目を閉じ、記憶の糸を手繰り寄せながら、静かにゆっくりと話した。「小さすぎて父親を叩きのめすことができず、私は自分自身に怒りを覚えました。父親はしらふでいるときには、素晴らしい人間でした。それにも増して、私が敬愛した母親は、信じられないほど優しい思いやりのある人物でした。その優しさがあだになったのです。母親が殴られているのに、息子は小さすぎてそれを止められなかったのです。

一つ、たいへん後悔していることをあなたに話さなければなりません。私たちは子供を片道三〇〇マイル〔約四八〇キロ〕ぐらいあるスワジランドの全寮制の学校に入れていたのですが、黒人が宿泊できるモーテルがなかったため、途中両親のところで一晩過ごしていました。

スワジランドまで行き来していたこの時期、私たちは、両親が住んでいる町とは違うところに、母親と一緒に暮らしているレアの家に泊めてもらうことになっていました。でも、その都度、両親のところに行って、お休みとお別れの挨拶をしなければなりませんでした。というのも、朝早くに、私が働いているケープに向かわなければならなかったからです。私がヘトヘトに疲れ切っていたとき、父親が私と話したいと言いました。私になにか告げたいことがあったのです。

あまりにも疲れて頭痛がしていたので、〝明日、話せませんか?〟と言い、レアの家に行きました。ときに、小説でしか起こらないようなことが起こるものです。私たちは早朝、姪(めい)によって起こされ、父が前の晩に死んだことを告げられました。ですから、父が私になにを話したかったのかわかりませんでした。私は深く後悔しています。涙が出ることもあります。おそらく、父は死を予感し、母親を手荒に扱ったことをすまなく思っていると言いたかったんじゃないかと思います。そうであってほしいと願います。

後悔しています。私に言えるのは、安らかに眠ってもらいたいということだけです。私はチャンスを逃したことを認めざるをえません。二度と来ないチャンスを。

なにか重要なことが起こるかもしれないとき、いつその瞬間が訪れるのか実際には誰にもわかりません。もちろん、私は自分の罪の意識を和らげる努力をしていますが、完全に消えることはないでしょう。

父親は自発的に先手を打ったのです。私がどんなに弁明しようと、父の申し出をにべもなく拒絶したという事実は消えません。それが私の心と精神の重荷になっています。私には、父が許してくれるのを望むことしかできません」

私たちは沈黙したまま数分間座っていた。悲しみと後悔に浸る大主教とただ一緒にいた。大主教は遠くを見つめ、父親を思い出していた。彼の瞳は濡れていた。大主教が目を閉じた。おそらく、祈っていたのだろう。私たちも一緒に祈り、彼の哀しみと喪失を受け止めていた。

最初に口を開いたのは、ダライ・ラマである。ジンパのほうを向き、チベット語でなにやら話した。「父親はしらふのとき、実に素晴らしい人間だった、とあなたはおっしゃいました」。ジンパがダライ・ラマの言ったことを訳した。「ひどいことをしたのは、酔っ払っているときだけです。ですから、実際に責められるべきはアルコールです。あなたの父親は大層優しい人間だと思います。酔っ払うと、まともな人間ではなくなるのです」

「ありがとう」と大主教が言った。

6 感謝——生きていて幸運だ

「毎日、目を覚ましたら、〝生きていて幸運だ。私は貴重な人生を送っている。それを無駄にするつもりはない〟と考えなさい」。ダライ・ラマはそう折に触れて言った。話題は感謝だった。大主教とダライ・ラマがたびたび話を中断し、お互いに対して、また、そこに居合わせたすべての人や彼らが目撃しているあらゆることに対して感謝するのを見るのは魅力的だった。私は、大主教がほとんどすべての新しい経験を「素晴らしい」という言葉を持って迎え入れることに気づいていた。喜びの核になっているのは、それぞれの経験や出会いの中に、驚異や可能性を見る、そうした能力なのだ。

「あなたは世界を異なる角度から見ることができます」と大主教は言った。「たとえば、半分空(から)のコップは、見方を変えれば、半分満たされたコップと見ることができる。今日の世界に、あなたがとっているような朝食を食べたことがない人々が実にたくさんいることを知ったら、おそらく、あなたは驚くでしょう。飢えている人が何百万人もいるのです。それはあなたのせいではありませんが、あなたは暖かいベッドで目覚め、シャワーを浴び、清潔な服を着て、冬には暖かい家の中で過ごします。多くの難民のことを考えてください。どしゃぶりの雨から身を護る術もなく、寒さをしのぐ服もベッドもなく、水以外食べる物もない難民のことを。それを考えれば、自分の恵みに感謝したくなるでしょう」

大主教もダライ・ラマも、楽しみについては多くを語らなかった。おそらく、彼らの慣習が感覚的な楽しみに耽ることを通して永続する幸福を見出すことに懐疑的だからだろう。とはいえ、チベットのライス・プディングやラムレーズンのアイスクリームなど、霊的な生活の中で許されている楽しみには、嬉しいことに二人とも反対しなかった。感謝は喜びを大きくし、気高くするものである。エクマンは喜びの定義の中で、鍵となる次元の一つとして感謝を挙げている。

感謝とは、私たちを人生の織物の中に織り込んでいるすべてのものを認識することである。また、今ある人生や今経験している瞬間をもたらしてくれたすべてのものを認識することでもある。感謝の気持ちを表わすのは、人生に対する自然な反応であり、人生を存分に味わう唯一の方法かもしれない。キリスト教も仏教も、そして、おそらくすべての霊的伝統が、感謝の重要性を認める。それは、ダライ・ラマや大主教が指摘するように、視点を、私たちが与えられたものや持っているもののすべてのほうに切り替えることを可能にする。それはかりか、失敗や欠如に焦点を当てる狭い心から、恩恵と豊かさを享受するより広い視点へと私たちを向かわせる。

カトリックのベネディクト会修道士で、キリスト教と仏教の対話に多大な時間を費やした学者でもあるデヴィッド・スタインドル＝ラストは、次のように説明している。「私たちを感謝させるのが幸せではない。私たちを幸せにするのが感謝である。一瞬一瞬が贈り物だ。あなたがあらゆる可能性を含む別の瞬間を迎えられるという確証はない。あらゆる贈り物の中の贈り物は、私たちに機会として与えられる。ほとんどの場合、楽しむ機会となるが、ときには、困難な贈り物を与えられることもある。そんなときは、困難にうまく対処する機会になる」

亡命中でさえ存在する好機に感謝するダライ・ラマの能力は、深遠な視点の転換であり、自分を取り巻く現実を受け入れるだけではなく、あらゆる経験に好機を見ることを可能にした。受容とは、現実と戦わないことを意味する。感謝は現実を受け入れることを意味する。大主教が勧めるように、自分の重荷を数えることから、恵みを数えることに視点を移すのだ。それは妬みの解毒剤であると共に、自分自身の人生を評価するための秘訣(ひけつ)でもある。

「私はあなたのような霊的指導者にたくさん会うことができました」とダライ・ラマが言った。大主教は、五〇年に及ぶ亡命生活の間でさえ、自分自身や自国の民に感謝する気持ちを持ち続けるダライ・ラマの力に畏敬の念を覚えていた。「あなたの懐の深さは格別です。苦しみでさえ、他人への共感や思いやりを養う機会にしてしまうのですから」

「亡命生活は本当に私を現実に近づけてくれました。困難な状況にいるときは、言いわけをする余裕はありません。逆境や悲惨な出来事においては、あるがままの現実に直面しなければなりません。祖国を失って難民になったら、自分の役割を果たすふりをしたり、自分の役割の背後に隠れたりすることはできません。苦しい現実に直面すると、人生のすべてがむき出しになります。王様でさえ、苦しんでいるときには、特別であるふりをすることはできません。王様もただの一人の人間であり、他のすべての人同様、苦しみます」

仏教では、敵をよく「もっとも貴重な霊的教師」と呼び、敵にさえ感謝することがある。私たちの霊的進化を助け、逆境に直面しても平静さを養う訓練をさせてくれるからだ。中国の強制労働収容所で、自分を拷問する人間への憐れみの心を失うことを恐れたダライ・ラマの友人についての話は突出（とっしゅつ）した例だった。

大主教は、ネルソン・マンデラが刑務所にいる間に、どのようにして変容したかについて、週の初めのほうで説明してくれた。マンデラと彼の仲間の政治犯たちは、いつの日か国を統治する準備をするために、心と性格に磨きをかけることに時間を使っていた。彼らは刑務所を非公式の大学とみなしていた。刑務所の話ということで、たまたま私が知り合った元受刑者のことが思い出される。

アンソニー・レイ・ヒントンは、自分が犯していない罪で、死刑囚として三〇年間過ごした。彼は告発された犯罪があった時間、鍵のかかった工場内で働いていた。彼が米国のアラバマ州で逮捕されたとき、黒人ゆえに刑務所に行くことになるだろうと警官に告げられた。独房は狭く、一日一時間しか外に出ることを許されなかった。死刑囚として過ごしている間に、ヒントンはカウンセラーになり、他の受刑者（五四人が処刑された）だけではなく、死刑囚の看守とも友達になった。看守の多くはヒントンの弁護士に、ヒントンを出獄させるよう懇願した。

最高裁が満場一致で彼の釈放を決定したことにより、彼は最終的に自由の身になった。「人は自由を奪われるまで、自由の価値がわかりません」と彼は私に語った。「人々は走って雨から逃れようとしますが、私は雨の中に走って突っ込みます。天から降ってくるものって貴重でしょう？　何年間も雨から遠ざかっていたので、一滴一滴にそれはもう感謝しています」

ヒントンはアメリカのテレビ番組『60ミニッツ』でインタビューを受けた際、自分を刑務所に送り込んだ人たちを怒っているかどうかインタビュアーに尋ねられた。関係者全員を許したと彼は答えた。インタビュアーは信じられない顔をして尋ね返した。「でも、彼らはあなたの人生を三〇年も奪ったのですよ。どうして怒らないでいられるんですか？」

「もし私が怒って、許さないでいたら、彼らは私の残りの人生を奪っていたでしょう」とヒントンは答えた。

許すことを頑なに拒むと、私たちは人生を楽しみ、感謝する能力を奪われる。なぜなら、怒りと恨みに満たされた過去に囚われるからだ。許しは過去を乗り越え、顔に降りかかる雨のしずくはもちろん、現在を楽しむことを可能にする。

「人生が与えてくれるすべてのものに」とスタインドル゠ラスト修道士は説明する。「あなたは喜びを持って応答することができます。喜びとは何事にも左右されない幸福です。今、この瞬間、人生があなたに与えてくれる素晴らしい機会に感謝することなのです」

ヒントンの生き様は、この上なく恐ろしい状況にもかかわらず、喜びをもって人生に対応できる能力を示す強力な例である。ニューヨークでタクシーに乗って移動している最中、彼は私にこう言った。「世界はあなたに喜びを与えてくれませんが、あなたから喜びを奪うこともできません。あなたは他人によって人生を踏みにじられることがあるかもしれませんが、私は誰にも喜びを奪わせませんでした。朝起きて笑うのに、誰も必要はありません。私は自分で笑います。新たな一日を迎える幸運に恵まれたからです。ひとりでに笑いが沸き起こってくるのです。

私は、〝ポケットに一文もない〟などと言いふらしたりしません。ポケットにお金があろうとなかろうと気にしません。私が気に掛けるのは、太陽が昇るのを見る幸運に恵まれたということです。どれだけ多くの人がお金を持っているのに、今朝、起きなかったか知っていますか？　一〇億ドルを持っていても目覚めないのと、無一文でも目覚めるのとではどちらがいいでしょう？　私はいつでも後者を選択します。六月にＣＮＮのインタビュアーにこう告げました。〝私のポケットには三ドル五〇セントしかありません。でも、わけあって、今日はこれまでで最高に幸せです〟〝三ドル五〇セントで、ですか？〟と女性のインタビュアーは言いました。〝私の母は、外に出て、できるだけ多くのお金を稼ぐよう私たちを育てませんでした。母は真の幸せについて話してくれました。もしあなたが幸せになれば、あなたのまわりにたむろする人たちもみんな幸せになるのよ、と〟そう私は答えました。

多くを持っているのに、幸せでない人たちをたくさん見てきました。たしかに私は、三〇年という長い年月、狭苦しい独房にいました。でも、刑務所で一日も、一時間も、一分も過ごしたことがないのに、幸せでない人たちがいます。〝なぜだろう？〟と私は自問します。なぜ彼らが幸せでないかの理由は言えませんが、私が幸せなのは、幸せであることを選んだからです」

★　★　★

「感謝しているとき、あなたは恐れていません」とスタインドル＝ラスト修道士は説明した。「恐れていなければ、あなたは暴力をふるいません。感謝すると、人は足りないという感覚ではなく、満ち足りているという感覚から行動するので、喜んで持っているものを分かち合います。また特定の人々に感謝することと、誰にでも敬意を払うことの違いを楽しみます。感謝する世界は楽しい人々の世界です。感謝する人々は楽しい人々です。感謝する世界は幸せな世界なのです」

感謝は私たちすべてをつなぐ。食事に感謝するとき、私たちは食べ物や、食事をできるようにしてくれたすべての人々——農民、食料雑貨店、料理人——に感謝することができる。大主教は感謝を述べる際、私たちを束ね、私たちの拠り所になっているつながりのすべてを数えあげる。大主教がダライ・ラマに与えた聖体は、文字どおり、「感謝の表明（サンクスギビング）」を表わすギリシア語から来ている。私たちが与えられたものに祈りを捧げたり、感謝を述べたりするのは、ユダヤ・キリスト教の伝統では重要な儀式なのだ。

★　★　★

喜びは、インドとチベットの仏教の伝統における日々の霊的実践の一部「七つの肢（あし）」の一つである。私たちは喜ぶことで、自分の幸運だけではなく、他人の幸運をも祝福する。自分と他人の善行を共に祝福するのだ。あなたは喜ぶことによって、今、送っている人生のありがたさを知り、自分が持っているものやなしてきたことのすべてを肯定し、感謝することができる。ジンパは、一四世紀のチベットの学僧で、その思想や著作がダライ・ラマの正式な教育の重要な一環となっているツォンカパの有名な一節を教えてくれた。「最小限の努力で良いカルマを生み出す最善の方法は、自分や他人の善行を喜ぶことだと教えられている」。喜びは、自分がなした善行を将来またやりやすくする。

科学者たちは、私たちの脳が否定的な先入観を持って進化してきたのをずっと以前から知っていた。生き残るために、間違ったことや危険なことに焦点を当てることが、疑いもなく有利だったのだ。感謝は心のこの定番モードを遮る。悪いことや間違ったことだけではなく、良いことや正しいことにも焦点を当てることを可能にするからだ。

たぶん、悪いことにばかり注目したがるせいで、人々はともすれば感謝や驚きに疑念を抱く。あまりに幼稚な見方ではないかとか、ひとりよがりや不正に導くのではないかと思ってしまうのだ。今、あるものに感謝していれば、貪欲になにかを求めなくなるだろう。もしダライ・ラマが亡命生活の中で、感謝するものを見つけることができれば、中国によるチベットの占領に強く抵抗しなくなるのではないだろうか？

カリフォルニア大学デービス校の教授、ロバート・エモンズは一〇年以上にわたり感謝に関する研究を重ねてきた。同僚のマイケル・マッカローとジョ・アン・ツァンと共同で行なった研究では、感謝する人々が人生の負の側面を無視または拒否しないように思われることを発見した。彼らは単に肯定的側面にも気を配っているだけなのだ。――「感謝の気持ちが強い人は、共感する力や、他者の立場に立つ能力を持っている。彼らは、ソーシャルネットワークの人々に、より寛大で助けになる人物と評価されている」。彼らはまた、個人的な問題を抱えている人を助けたり、他人を感情的に支えたりする傾向がある。

エモンズとマッカローはまた、感謝していることをリストアップし、注目している人々が、面倒なことやありきたりな人生の出来事の記録をつける人々に比べ、より頻繁に運動し、身体症状に悩まされることが少なく、自分の人生に好感を持ち、先々のことによりポジティブであることを発見した。同様に、感謝に焦点を当てる人々は、自分の個人的な目標に向かって進歩を遂げやすかった。したがって、感謝は意欲をそぐものではなく、動機付けになるものであるようだ。感謝する人々は、より肯定的な感情、生き生きとした生命力、楽観主義、大きな満足感を報告する。その一方で、ストレスを溜め込まず、うつになりにくい。

感謝の気持ちは、脳内のストレスの制御に関与している視床下部のみならず、脳内に快楽を生み出す報酬回路である腹側被蓋領域を刺激するのかもしれない。わずか二〇秒間笑っているだけで、肯定的な感情を引き起こし、喜びや幸福感を活性化しうることが研究で示されている。微笑みはストレスを撃退する神経ペプチドの放出を促し、セロトニン、ドーパミン、エンドルフィンといった気分が良くなる神経伝達物質のカクテルを放出させる。セロトニンは自然の抗うつ剤として機能し、ドーパミンは脳の報酬中枢を刺激し、エンドルフィンは自然の鎮痛剤の役割を果たす。微笑みはまた、私たちが微笑んでいるのを見ている人たちの脳にも影響し、彼らを気分良くさせるようだ。つまり、微笑みは伝染し、他人の中に無意識の微笑みを生み出し、肯定的な効果を伝播させるのだ。

ダライ・ラマと大主教がよく笑ったのは、幸せだったからだろうか、それとも、笑ったから幸せだったのだろうか？　少し、禅問答のように聞こえるが、どちらも当たっているようだ。不快でしかめ面をするにしても、感謝で微笑むにしても、私たちは感情や人生経験を操る莫大なパワーを持っている。

ダライ・ラマは、無常が生命の本質であることを思い出させてくれた。万物は流れ去っていく。そこに、貴重な人生を無駄にする真の危険がある。感謝は、経験したことが砂時計の砂のようにすり抜けていく前に、毎日、毎瞬間、目録を作り、祝福し、喜ぶ助けになってくれる。

ソニア・リュボミアスキーは、感謝が否定的な出来事を見直して肯定的なものに変える私たちの能力と相まって、幸福に影響を及ぼす一つの要因であるらしいことを発見したが、驚かなかった。彼女が発見した最後の要因は、他人への思いやりと寛大さだった。それらは、ダライ・ラマと大主教が二つの別々だが関連した柱――思いやりと寛大さ――とみなしたものだった。私たちが与えられてきたものすべてを認識するとき、他人を気遣い、手を差し延べたくなるのは自然な反応である。

7 思いやり――私たちがなりたいもの

「自己中心的な思考の行き過ぎが苦しみの源であり、憐れみの心をもって他人の幸福を気遣うのが幸せの源です」とダライ・ラマは今週の初めに述べた。今、ダライ・ラマは両手をこすり合わせながら、「思いやり」について語り出している。「この惑星では、過去三〇〇〇年以上かけて、さまざまな宗教的伝統が育ってきました。これらの伝統はすべて同じメッセージを伝えています。愛のメッセージです。さまざまな伝統の目的は、愛すなわち思いやりの価値を助長し、強化することです。薬にもさまざまな種類がありますが、目的は同じで、私たちの痛みを取り、病気を治すことです。前にも述べましたが、科学者たちでさえ、今では、基本的な人間性が思いやりであると言っています」

彼と大主教は二人とも、憐れみを持って他者を気遣うのは本能的なものであり、私たちがお互いにつながって、世話をし合うようプログラムされていることを強調していた。けれども、大主教が週の初めに述べたように、「それには時間がかかります。私たちは成長して、どうやって人を思いやり、世話をし、人間になるかを学んでいきます」。たぶん、仏陀はこう言ったのだろう。「あなたがそれを持てば、他のすべての徳を有することになる一つのものとはなんでしょう？　それは慈悲の心です」

「慈悲」という言葉はしばしば誤解されるので、本当はなにを意味するのか立ち止まって考えてみる価値がある。ジンパは同僚の助けを借りて、スタンフォード大学医学部コンパッション・アルトゥルーイズム・リサーチ＆エデュケーション・センターにおいて、コンパッション・カルティベーション・トレーニングを生み出した。彼の素晴らしい著書『恐れないハート——思いやりを持つ勇気がどのように私たちの人生を変えうるか？』の中で、こう説明している。「思いやりとは、他人の苦しみに直面し、それを取り除いてやりたいと思うときに生じる親身の感覚である。それは、共感の感情を、親切な行為や寛大な行為、その他の利他主義的な行動につなぐものだ」。思いやりを表わす聖書のヘブライ語「ラハミーム rachamim」は、子宮を意味する語根「レヘム rechem」からきている。私たちが思いやりを学ぶのは、私たちを育ててくれる母親からだとダライ・ラマはよく言う。彼はまた、最初の思いやりの先生は母親だったと言う。私たちが思いやりの本質を発見するのは、母親に育てられ、次に自分自身の子供を育てることを通してである。思いやりは、私たちの種の生存にとってきわめて重要な母性本能を、さまざまな方法で広げる。

ダライ・ラマは日本からサンフランシスコに飛んだある晩の話をした。彼の近くに二人の子供を持つ夫婦が座っていた。三歳ぐらいのたいへん活発な少年と赤ん坊である。当初、父親が子供たちの面倒をみているように見えた。廊下を走り回る少年と一緒にたびたび歩き回っていたからだ。真夜中になって見てみると、父親が早々と寝入ってしまい、母親が一人取り残されて、疲れて怒りっぽくなっている子供たちの面倒をみていた。少年にキャンディを手渡した拍子に、母親の目が腫れあがり、疲れ切っている様子が見て取れた。「冗談は抜きにして」と後にダライ・ラマは語った。「あのときのことを考えると、自分があの母親のような忍耐力を持っているとは思えません」。ダライ・ラマのコメントは、私が相当数の宗教的探求者や両親と議論し、たどりついた結果と重なっていた――病気の子供を一晩寝ずに看病することで達成される霊的成長は、おそらく、修道院での何年もの修行で達成される霊的成長に匹敵(ひってき)するだろう。

　私たちはみな、他人に育てられるという自身の経験から、ダライ・ラマが「思いやりの種(たね)」と呼ぶものを持つようになるが、思いやりは実際に養うことができるスキルである。そのスキルを身につければ、関心の輪を、肉親を超えた他者にまで広げることができる。また、私たちが共通して持っている人間性を認識するのにも役立つ。

「大主教、法王、一週間にわたって、あなた方は思いやりについて語ってきました。あなた方のコラボレーションである『よろこびの書』のタイトルを『思いやりの書』と改名する必要があるかもしれないと思ったほどです。

　この会談では、思いやりをもっと深く掘り下げられればと期待しています。思いやりを持つことは価値のある目標だということに誰も異論はないでしょうが、多くの人々にとってそれを理解し、実践するのは難しいことです。〝思いやり compassion〟という言葉は、前にも述べたように、文字どおり、「共に苦しむ」ことを意味します。そこでお聞きしたいのですが、〝私は自分の問題をたくさん抱えている。それなのに、どうして苦しんでいる他人のことを考え、同情しなければならないんだ？〟と言う人たちに、あなた方はなんとおっしゃいますか？」

「すでに論じたとおり」とダライ・ラマが口火を切った。「私たちは社会的動物です。王や女王や霊的な指導者にとっても、その生存は、コミュニティの残りの人たちに左右されます。ですから、問題があまりない幸せな生活を送りたければ、他人の幸福に真剣に関心を寄せなければなりません。そうすれば、誰かが困難な時期や状況をくぐり抜けようとしているとき、ひとりでに彼らの幸せに関心が向くようになります。もし助けられる可能性があれば、助ければいいし、助けられる術がなければ、ひたすら祈り、回復するのを願えばいいのです。

他の社会的動物でさえ、お互いに対して同様な関心を抱きます。二匹のマウスが一緒にいて、片方が怪我をすると、もう一方が傷口を舐めることを科学者が発見したことを先日話しました。怪我をして他のマウスに傷を舐めてもらうマウスは、一匹でいるマウスよりずっと早く治ることがわかっています。

こうした他人への気遣いは非常に貴重なものです。私たち人間は特別な脳を持っていますが、その脳が多大な苦しみを引き起こします。いつも私（ミー）、私、私、私と考えているからです。自分自身のことを考えて過ごす時間が多ければ多いほど、より多くの苦しみを味わうことになります。信じられないのは、他人の苦しみを和らげることを考えていると、自分自身の苦しみが和らぐことです。これは幸福に至る真の秘密です。ですから、間違いなく実用的なものです。実際、それは常識と言っていい」

「傷ついたマウスを舐めてやったマウスにもなんらかの恩恵があるのでしょうか？」と私は尋ねた。

ダライ・ラマがチベット語で話し、ジンパがそれを通訳した――「傷を舐めてやったマウスは良い気分になり、より心穏やかになると言えましょう」

議論を聞いていた大主教が笑った。思いやりは人間の核にあるもので、彼にしてみれば、科学的に正当化する必要などなかった。「私たちが思いやりのある人間になりたがっていることを示す方法の一つは、思いやりのある人々を私たちが賞賛するという事実そのものにあると言っていいでしょう。ご存じのように、復讐心に燃える人を賞賛する人はごくまれです。なぜ人々はダライ・ラマの話を聞きにくるのでしょう？

大方、人柄ゆえだと言っていいでしょう。彼が培ってきた霊的な才能ゆえに、人々は彼に惹かれるのです。その才能は、自分自身が亡命生活という苦しみの最中にあっても、他人を慮(おもんぱか)るという事実によって培われてきました」

「でも、大主教、多くの人々にとって問題なのは、自分の問題をたくさん抱えているということです。彼らはあなた方二人を賞賛して言います。〝感服する。彼らは信じられないほど信心深い聖者だ。だけど、私は自分の子供たちを食べさせなければならない。仕事もしなければならない。私は充分なお金を持っていない〟。あるいはこう言います。〝もし私が思いやりを持てば、他人は私を利用するでしょう。なぜなら、この世は食うか食われるかだからです〟。自分の利益にしか関心のない人が多いこの世の中で、なぜ思いやりを持たなければならないのでしょう？　思いやりを持つことが、人生の目標を達成するのにどんな役に立つのでしょう？」

「試してもらいたいですね。なぜなら、それについて理論的に説明するのはきわめて難しいからです。実生活の中で実践してみなければならないものなのです。通りを歩いているとき、人に親切にしてやってください。通りすがりに〝おはようございます〟と言ってもいいでしょう。その気にならなければ、微笑んでもいい。短時間のうちに、晴れ晴れとした気持ちになると確信します。それは普遍的なことです。なぜなら、他人を気遣うよう私たちの脳はプログラムされているからです。私たちの存在を司(つかさど)るそうした基本的な法則に逆らうと、好むと好まざるとにかかわらず、有害な結果がもたらされます。

〝私、私、私、私〟とばかり言っていると、法王が指摘したように、とんでもない失態を演じることになります。ところが、深い苦しみの中にいても、〝手を貸しましょうか？〟と言えば、錬金術であなたの痛みは変容されます。痛みを取り去ってはくれないかもしれません。けれども、自分のことだけ考え、自分を憐れんでいたときに比べ、痛みは耐えられるものになります。

私は自宅のドアの呼び鈴が鳴ると、ドアの向こうにいるのが誰であれ、十字を切ります。単に祝福あれ、と言っているだけなんです。彼らはなにも必要としていないかもしれません。でも、必要としているかもしれない。あまり利己的になると、自分の苦しみだけがクローズアップされ、他のことが目に入らなくなります。覚えているでしょうが、思いやりは絶対必要です。酸素のようなものなのです」

「いちいちごもっともです」とダライ・ラマが言った。「〝私〟のことばかり考えていると、ひとりでに恐怖や不安、不信感が湧いてきます。そのような人は決して幸せにはなれません。そして、亡くなっても、誰も冥福(めいふく)を祈ってくれません。違いますか?」

「まったくもってそのとおりです」と大主教が言った。

「他人の面倒を見ていれば、とくに助けを必要としている人たちの面倒を見ていれば、あなたが困難な状況に立たされたとき、助けを求めることができます。そしてあなたが亡くなった暁には、本当に素晴らしい人を亡くしたと多くの人々が悼(いた)んでくれるでしょう。それはあたりまえのことです」。ダライ・ラマは自分の額を指さし、そう締めくくった。

「まだ言いたいことがあります」とダライ・ラマが畳みかけた。疑り深い人たちを、情熱を持って納得させようとする気概が感じられる。「スターリンやヒトラーの写真を見てください。それをマハトマ・ガンジーの顔やこの人の顔と比較してみてください」。大主教のことを指さしてダライ・ラマが言った。「全権力を握っているけれども、思いやりに欠け、いかに他人をコントロールするかばかり考えている人は」とダライ・ラマは両手を合わせた。「決して幸せになれないことが見て取れます。彼らが健(すこ)やかな眠りにつけない晩のことを私は考えます。彼らは常に恐怖を抱いています。多くの独裁者は毎晩違う場所で寝ます。

恐怖を生み出しているのは、彼ら自身の思考方法です。彼ら自身の心が恐れを生み出しているのです。マハトマ・ガンジーの顔はいつも微笑んでいました。ネルソン・マンデラもそうだと思います。というのも彼は、非暴力の道を歩んでいたからです。マンデラは権力に執着していなかったので、何百万人もの人々が彼を覚えています。もし彼が独裁者になっていたら、誰も彼の死を嘆き悲しまなかったでしょう。それが私の見方です。きわめてシンプルです」

私がダライ・ラマと大主教にしつこく食らいついたのは、思いやりの話題を、聖人とラマ僧との高尚な会話で終わらせたくなかったからだ。思いやりが喜びの一本の柱だと彼らが考えていることはわかった。私は、なぜ現代文化が思いやりを受け入れるのがそんなに難しいのかを知りたかった。

「懐疑的な人はこんなふうに言うかもしれません。〝思いやりがごく自然のことであり、多くの点で、すべての宗教の道徳的な源であるなら、また何千年間も人々が思いやりの大切さを説き、教えてきたのなら、なぜ今の世の中に、思いやりがこんなにも不足しているのでしょう？〟と」

「私たちの人間性は歪(ゆが)められてしまいました」と大主教が答えた。「私たちは現に、きわめて目立つ生き物です。私たちの宗教では、人間は神のイメージに似せて造られます。人間は神の運搬者なのです。素晴らしいことです。私は他者を思いやる神のように成長しなければなりません。思いやりをもって行動するたびに、私は己の中に、喜びを見出してきました。

疑り深い人たちでさえ、私たちの脳が他人を思いやるようプログラムされていることを認めざるをえないでしょう。私たちは他人の幸せを気遣うよう造られています。もし他人が存在しなかったら、私たちはしぼんでしまうでしょう。滑稽だと思いませんか。あなたが、〝私は自分のことにしか関心がない〟と言うと、驚くべき方法で、その〝私〟がしぼみ、どんどん小さくなっていきます。

そして、あなたは満足や喜びからますます遠ざかっていくことに気づきます。すると、あなたはいろいろなものにしがみつき、満足を得ようとしますが、最終的に、満足感を見出すことができません」

★　★　★

現代世界が思いやりに疑いの目を向けるのは、自然は「残酷な適者生存の世界」であり、私たちは基本的に、ありとあらゆるものと競い合っている、という信念を受け入れてきたからだ。そのような観点に立てば、お金がものを言う私たちの生活の中で、思いやりは良くて贅沢品であり、悪くて負け犬の遠吠えである。にもかかわらず、進化の科学は協力とその核をなす共感、思いやり、寛大さといった感情を、人類の生存にとって基本的なものとみなすに至っている。思いやりは自分の利益にもなるとダライ・ラマは述べている。進化生物学者はそれを「互恵的利他主義」と呼んできた。持ちつ持たれつの関係ということである。

この互恵的利他主義は私たちの生存にとって基本的なものなので、生後六か月という幼い子供たちでさえ、邪魔するのではなく助けることを思い起こさせるおもちゃを好む傾向をはっきりと示してきた。他人を助けるとき、たびたび私たちは「ヘルパーズ・ハイ」と呼ばれる状態を経験する。脳内にエンドルフィンが放出され、幸福感に包まれるのだ。思いやりのあることをすると、チョコレートを思い浮かべるときと同じように脳の報酬中枢が活性化するようだ。他人を助けることによって得られるあたたかい気持ちは、オキシトシンの放出によって生じる。母親が授乳するときに放出されるのと同じホルモンである。このホルモンは、心臓血管系の炎症を鎮めることを含め、健康上の利点を持っているようだ。思いやりは、文字どおり、私たちの心臓（心）を健康にし、幸せを招き寄せる。

思いやりはまた、伝染するらしい。他人が思いやりを示しているのを見ると、「道徳的高揚」と呼ばれる感情が引き出され、私たちも人に親切にしたくなる。それはポール・エクマンが認める喜びの側面の一つである。社会科学者のニコラス・クリスタキスとジェームズ・ファウラーによる最近の研究では、この波及効果が、どんどん広がっていく可能性があることが示されている。言い換えれば、あなたが人に親切にし、思いやりを持って接すれば、あなたの友人ばかりか、友人の友人も、さらにはまたその友人も親切で思いやりを持つようになりやすいことが、大勢の人を使った実験で示されたのだ。

私たちが思いやりを恐れているのは、心を開くことによって生じるかもしれない苦しみ、傷つきやすさ、無力感などを味わうのを怖がっているからだ。心理学者のポール・ギルバートが見出したのは、思いやりを持てば、他人に利用されるのではないか、他人に頼られるのではないか、他人の苦痛を扱い切れないのではないかと危惧している人が多いということだった。

共感と思いやりの違いの一つは、共感が単に他人の感情を味わうだけなのに対し、思いやりはもっと積極的で、他人にとって最善のことを実現するために手を貸してやることを含んでいる。ダライ・ラマが述べているように、もし石の下敷きになっている人を見かけたら、私たちがやるべきなのは、石の下に潜り込んで、下敷きになっている人が味わっている気持ちを一緒に感じてやることではない。石をどけるのを手伝ってやることである。

多くの人たちはまた、他人から思いやりを受けるのを恐れている。見返りになにかを求められるのではないか、なにも求められなくても、少なくとも恩義を感じることになるだろう、と思い込んでいるのだ。最後に、多くの人たちは自分を思いやることにさえ用心している。弱い人間になるのではないか、一生懸命、働かなくなるのではないか、悲しみや深い苦悩に圧倒されてしまうのではないかと懸念しているからだ。ギルバートはこう言う。「私たちが自分の恐れやわだかまり、抵抗などを理解し、取り除く努力をし始めると、思いやりが自然に流れ出ることがある。思いやりはすべての私たちの動機の中で、実践するのがもっとも難しく、勇気がいるものだが、もっとも癒す力や精神を向上させる力を持っている」

★ ★ ★

自分を思いやることは以前の章で論じた自己受容と密接につながっているが、自分自身を受容することだけですむものではない。自分を思いやるには、私たち人間のもろさを優しく受け止め、私たちが傷つきやすく、さまざまな制限の中で生きていることを認めなければならない。つまり、それは他者への思いやりを育む礎なのだ。大主教とダライ・ラマが指摘するように、自分自身を愛さなければ、自分を愛するように他人を愛するのは難しい。

ダライ・ラマは、西洋の心理学者から、多くのクライアントが自己嫌悪の問題に取り組んでいると聞かされてショックを受けたと述べている。自己保存や自己愛やセルフケアは人間性にとって基本的なものだと彼は決めてかかっていた。それが仏教の実践の基礎だからだ。それゆえ、他人だけではなく、自分自身にも思いやりを示す方法を学ばなければならないと聞いて、衝撃を受けたのだ。

現代の文化は、自分自身に思いやりを持つことを難しくしている。私たちは実績のピラミッドを登ることに人生の多くを費やす。そこでは絶えず評価・判定され、不合格の烙印を押されることも少なくない。私たちは親や教師、そして社会全体の声を内面化する。その結果、自分自身につらくあたることがある。人々は疲れていると、充分な休息を取れず、睡眠、食事、運動を求める基本的欲求をおろそかにする。そして、自分自身を鞭打ち続ける。ダライ・ラマが言ったように、現代人は機械の一部であるかのように自分自身を扱う。現代人が不安やうつを感じやすいのは、より多くを持つことやより多くを達成することを自分自身に期待するからだ。たとえ成功して富や名声をつかんだとしても、折に触れ失敗したかのように、また裏切られたかのように感じ、メリー・ゴーランドから落ちるのを待っているだけという心境になる。ジンパの説明はこうである。「自分への思いやりの欠如は、無情で批判的な自分自身との関係の中に顕(あらわ)れる。多くの人は、批判的になって自分に厳しい要求を課さなければ、敗北者になり、人に認知される価値も愛される価値もなくなるだろうと信じている」

心理学者のクリスティン・ネフは自分への思いやりを表現する方法を突き止めた――思いやりを持って自分自身を扱うとき、私たちは人格の一部に満足していないところがあることを受け入れるが、そうした部分に対処することに努(つと)め、自分自身を激しく非難することはしない。困難な時期をくぐり抜けているときには、自分自身を思いやって寛大になり、自分と友達や親戚のようになる。ある意味で、自分が力不足だと感じたら、すべての人が同じような気持ちや限界を持っていることを思い出す。厳しい事態に直面したら、すべての人々が同様な試練を経験することを認める。そして、最後に、落ち込んだら、拒絶や自己批判によってではなく、好奇心や受容する心を持ってその気持ちを理解することに努める。

★
★
★

大主教とダライ・ラマは、幸福の核心的な逆説を明らかにした――私たちが最高の喜びに満たされるのは、自分自身ではなく、他人に焦点を当てるときだということである。要するに、他人に喜びをもたらすのが、自らが喜びを味わう最速の方法だということだ。ダライ・ラマが言っていたとおり、他人の幸福について一〇分間瞑想しただけでも、一日中、喜びを感じる助けになる――朝、コーヒーを飲む前であってもだ。心を閉ざすと喜びは感じられない。開かれた心で生きる勇気を持てば、自分の痛みや他人の痛みを感じやすくなるが、より多くの喜びを味わうこともできる。心が大きくて暖かければ暖かいほど、生き生きとした感覚や回復力が増す。

アンソニー・レイ・ヒントン〔一九八五年、米アラバマ州バーミンガムのファストフード・レストランのマネージャー二人が射殺された強盗殺人事件で死刑判決を受けて収監された〕が、茶番としか言いようのない裁判の後、死刑囚の監房に入れられ、アメリカの司法制度が自分を助けられなかったことに怒り、打ちひしがれたのは理解できる。「あなたの言う言葉を誰も信じなくなれば、しまいにあなたはなにも言わなくなります。私は〝おはよう〟も〝こんばんは〟も言いませんでした。誰にも〝やぁ元気かい〟と声をかけることはありませんでした。看守が私からなんらかの情報を聞き出す必要があるときには、一枚の紙にそれを書き出しました。私は怒っていたのです。けれども、四年目に入ったある日、私の隣の監房で男が泣いているのが聞こえてきました。私が母から受け取った愛と思いやりの心が蘇ってきて、どうしたのかと彼に尋ねました。母親が亡くなったことを知ったばかりだということでした。私は彼に言いました。〝こんなふうに考えたらどうだろう。今、あなたの母親は天国にいる。

彼女が神様の前であなたの弁護をしてくれるだろう〟。それから、私は冗談を言い、彼は笑いました。突然、私の声とユーモアの感覚が戻ったのです。その晩から二六年という長い年月、私は他の人々の問題に焦点を当てる努力をしてきました。毎日、それを励行（れいこう）しました。すると、一日の終わりを迎えるとき、自分へのこだわりから自由になっていることに気づくのです」。ヒントンは、愛のない場所へ愛と思いやりを持ちこむことに成功した。そうすることで、地球上でもっともわびしい場所の一つで喜びを持ち続けることができたのだ。

彼は刑務所にいる間、五四人の人々――五三人が男性で女性は一人――が彼の独房の前を通って、処刑室に向かうのを見た。仲間の受刑者が処刑の五分前、鉄格子を叩き始めるのを聞いた。「私は母から無条件の愛を受け取りましたが、他の受刑者たちはそのような愛を受けたことがないことを発見しました。私たちは一つの家族になりました。他の受刑者たちが家族や友人を持っていたかどうかは知りません。そこで、処刑されようとしている受刑者たちに、〝私たちはあなたと共にいる。私たちは最後の最後まであなたを愛している〟と告げるために、鉄格子を叩いたのです」

8　寛大さ――私たちは喜びで満たされている

他人を幸せにすることでいかに喜びが増すかを知ったら、ほとんどの人は驚くだろう。たとえば、あなたは町に行って買い物をする。そして、レイチェルのために花束を持って帰宅する。予期せぬプレゼントにレイチェルは大喜びする。他人を喜ばせることによって生まれる顔の輝きと喜びは、実際に計算することができないものだ。

「だから」と大主教は笑いながら言った。「私たちが受け取るのは与えることによってである、と私たちの本では主張しているのです。私たちが惨めになりやすいのは、自分自身に閉じ込もるときだということを認識してもらいたいのです。無私無欲になると、自分が喜びに満たされていることを、思いがけない方法で発見します。

私はときどき冗談で、神はあまり数学が得意ではないと言うんです。なぜなら、あなたが他人になにかを与えると、与えたものがあなたからなくなるわけですから、引き算をするべきです。ところが信じられないことに、人に与えると、実際には、あなたがより多くを与えられる余地が広がる。これは私が発見したことです。

非常に物理的な例があります。中東の死海には淡水が流れ込みますが、出口がないので、水は流れ出ていきません。川からきれいな水が流れ込みますが、水は停滞し、蒸発することによって塩分濃度が極端に高くなります。そのため、生き物が生息できず、死海と呼ばれるようになりました。受け取るけれども、与えない、私たちも大方そのように造られています。私たちは受け取り、与えなければなりません。最終的には、寛大さこそ、より楽しく喜びを持って生きるための最善の方法なのです」

こうして、私たちは八番目の最後の喜びの柱にたどりついた。

★　★　★

寛大さは、ときに思いやりから自然に生じるが、二つを線引きするのは難しい。ジンパが指摘したように、寛大であることを選択する前に、思いやりの気持ちが湧き出てくるのを待つ必要はない。寛大さとは、行動することで楽しむために学ぶものである。ほぼすべての宗教的伝統が慈善を命じているのは恐らくそのような理由からだろう。イスラム教では「ザカート zakat（制度喜捨）」と呼ばれる五行の一つにあたる。ユダヤ教では、文字どおり、「正義」を意味する「ツェダカ tzedakah」と呼ばれている。ヒンドゥー教と仏教では、「ダーナ dana（布施）」と呼ばれる。そして、キリスト教では、慈善（charity）である。

寛大さは、世界のすべての宗教において重視されている。なぜなら、私たちの相互依存性の根本的な側面や、私たちがお互いを必要としていることを間違いなく表わしているからだ。寛大さは私たちの生存にとって欠かせないものであり、脳の報酬中枢は、私たちが与えるとき、受け取るときと同じぐらい——ときにもっと——強く発光する。先に述べたように、リチャード・デイヴィッドソンと彼の同僚は、寛大さが長期の幸福を可能にする四つの基本的な脳回路の一つであることを確認した。二〇一五年の世界幸福度報告書の中で、デイヴィッドソンとブリアンナ・シュイラーは、幸福度を測るもっとも強力な目安の一つは、世界中どこでも人間関係の質である、と説明している。社会性のある寛大な行動は、文化の違いを越えて、人間関係を強化するようだ。寛大さは健康や長寿にも関連している。研究者のデイヴィッド・マクレランドとキャロル・カーシュニットによると、寛大さについて考えるだけで、「免疫系で使用されるたんぱく質である有意防御抗体唾液免疫グロブリンAが著しく増加する」らしい。

まるで、お金を他人のために使うなら、お金で幸福を買えるかのような話だ。実際、心理学者のエリザベス・ダンと彼女の同僚は、お金を自分自身のために費やすよりも、他人のために使うときのほうが、より大きな幸福を味わえることを発見した。ダンはまた高血圧の高齢者を対象にした研究も行ない、自分よりもむしろ他人にお金を使うよう命じられると、血圧が低下することを発見した。大主教が述べたように、私たちは与えることで、受け取るのである。

私は、大主教が言っていることを支持する驚くべき話を聞いた。スタンフォード大学の共感と利他精神研究教育センターの創設者兼所長であり、ダライ・ラマ基金の理事長であるジェームズ・ドウティにまつわる話である。ドウティはフルタイムの神経外科医としても働いていた。数年前、彼は医療技術の起業家として一財産を築き、慈善団体に三〇〇〇万ドル相当の株式を寄付する誓約をした。当時の彼の純資産は七五〇〇万ドルを超えていた。しかし、株式市場が暴落し、彼はすべてを失い、破産した。彼に残ったのは、慈善団体に寄付することを誓った株式だけだった。彼の弁護士は、慈善団体への寄付は取りやめたらどうか、状況が一変したことを誰もが理解するだろうと彼に進言した。「私たちの社会に根を下ろしている神話の一つは」とドウティは言った。「お金が人を幸せにするというものです。貧困家庭で育った私も、お金が自分の持っていないあらゆるもの、たとえば、人をコントロールする力や権力、愛などを与えてくれるだろうと考えていました。最終的に、夢にまで見た大金を手に入れたのですが、私を幸福にしてくれないことがわかったのです。そして、全財産を失ったとき、偽りの友人がすべて姿を消しました」。ドウティは寄付をする決心をした。「そのとき、お金が幸せを招き寄せる唯一の方法は、それを与えることだと私は気づいたのです」

★　★　★

寛大さは、私たちが与えるお金だけにかかわるものではない。自分の時間をどのように与えるかにも深くかかわっている。幸福を扱う文献では、目的意識を持つことの重要性に関する研究がたくさん行なわれている。目的は基本的に、他人にどのような貢献ができるか、どのようにしたら寛大さを示せるかに関係している。また、どのようにしたら他人に必要とされていると感じられるか、他人に価値のある人物だと思われるためになにをすべきかも大切な目標となる。シナイ山聖ルカ医療センターで行なわれた、心臓専門医ランディ・コーエンによる大掛かりなメタ分析では、高度な目的意識が、あらゆる原因による死亡率を二三パーセント減らすことに貢献していることが発見された。神経心理学者のパトリシア・ボイルとその同僚らによって行なわれ、『JAMA Psychiatry』で報告された別の研究では、目的意識を持つ人々が七年後にアルツハイマー病を発症する確率が半分であることが判明した。時間に寛大であることが、同じく健康に深くかかわっているとしても驚くことはない。モリス・オークンと彼の同僚によるメタ分析では、ボランティアが死亡のリスクを二四パーセント減少させることが発見された。

思いやりと寛大さは、ただの崇高な美徳ではなく、私たちの人間性の中心にあり、私たちの生活を楽しく意義深いものにする。「たしかに、この世にはうんざりするほどたくさん醜悪なものがあります」と大主教が言った。「しかし、私たちの世界には、信じられないほど美しいものもまた、あるのです。南アフリカの黒人の町は汚れており、絶望とＨＩＶを含む病気のために、子供たちは孤児になっています。ある町で、ストリートから捨てられた子供たちを保護する人の母親に会いました。彼女は資金面でそれほど財力がありませんでした。ところがしばらくすると、彼女の思いやりの行動を手伝う人が現れ始めたのです。

私たちは基本的に善良です。常軌を逸しているのは、善良な人間ではなく、悪者です。私たちは善良になるべく造られています。チャンスさえあれば、ほとんどの場合、寛大に振る舞います。その母親は、自身も持たざる者であったにもかかわらず、孤児への援助をやめませんでした。三部屋の家に、路上から連れてきた約一〇〇人もの子供たちを住まわせていたのですよ。ほどなくすると、そのことを知った人々が、〝私たちも支援すべきだ。子供たちのために小さな寮を建てよう〟と言い出しました。すると、他の者が〝俺たちは食べ物を提供するよ〟。そして、なんとまあ、彼女はホームを持ち、伝説の人物になったのです。とはいえ、彼女は名声や名誉が欲しくて駆り立てられたのではありません。ただこれらの子供たちを見て、内なる本能がつぶやいたのです。〝だめだわ、このままじゃいけない〟と。人々は無力感に圧倒されていますが、どうか、自分がいる場所で、自分にできることをしてください」

大主教の八〇歳の誕生日に、レイチェルと私は大主教と彼の家族と共に孤児院を訪問し、巨大なケーキで祝った。フロアが何十人もの子供たちでいっぱいだったので、何人かの子供が私たちの膝の上に座った。全員を養子にしたいと思わずにいられなかった。年長の子供たちが、幼い子供たちを腕に抱いていた。子供たちはみな、ホームに連れてきてくれた母親の思いやりのある寛大な庇護(ひご)の下で、一緒に暮らしていた。私は大主教が言ったことを思い出した。町に行くと、人々がまったくなにも持っていなくても、心を開いて他人に家を開放するというのだ。寛大さは人々の中に深く根を下ろしている。

「修道院での質素な生活を見たら驚きますよ」と大主教が続けた。「私たちが必死につかもうとしてもつかめない心の平和を彼女たちが持っている、その事実を受け入れざるをえないでしょう。もちろん、私たちも富や地位との関係を見直せば、寛大になることができます。というのも、実際に私たちはこれまでずっと持ち物や地位の管財人をさせられてきたからです。人生を大切にするなら、それらにしがみついてはなりません。

ですから、問題は富や地位ではありません。それらはニュートラルです。私たちの態度が問題なのです。重要なのは、富や地位を使ってなにをするかです。最初の日にそれを言いました——あなたは内向的になって、自己愛に溺(おぼ)れれば、最終的にしぼんだ人間になるでしょう」

★　★　★

時間やお金以外にも与える方法はある。仏教の教えでは、三種類の寛大さがあるとジンパが説明してくれた――物を与える、恐れからの自由（保護、カウンセリング、慰めを含む）を与える、それからもう一つ、知恵や道徳的な教えを授けたり、人々がより充実し、幸福になるのを手伝ったりする霊的な贈与である。これは言うまでもなく、ダライ・ラマと大主教が一週間ずっと人々に与えていたものだ。

「霊的贈与の例は私たちの目の前にあります」と大主教は言った。「私たちはこれまでも見てきました。私たちが賞賛するのは、他人を敬ってきた人たちです。そういう人たちは重労働の最中でも、あなたが彼らと話したがっていると、まさにその瞬間、もっとも大切な人物だと感じさせる力を持っています。

宗教を持ち込む必要はありません。それは世俗的なことなのですから。従業員を気遣う会社は、成功する度合いが高いと言われています。経営者はこう言うかもしれません。〝そうですね、従業員にたくさんのお金を支払っています。それが彼らを気遣う私たちのやり方です〟と。まあ、いいでしょう。どうか続けてください。あなたの会社の従業員はこう言うでしょう。〝私はある時間からある時間まで交代勤務で働いています。それだけです〟と。しかし、あなたが彼らを人間として気遣っていることを彼らが知ったら、たとえば、体調の善し悪しを尋ねるとか家族の安否を尋ねるといったことで、あるいは、会社内の誰かを従業員の福利厚生の面倒をみる仕事につかせるといったことで気遣いを示せば、生産性が上がるでしょう。従業員を気遣う企業、他人を気遣う人間こそが、ほとんどつねに業績を上げているのです。事実、そうなんです。それとは正反対のことも言えます」

「おっしゃっていること、よくわかります」とダライ・ラマが応じた。「それは明白です。多くの日本企業が大きな成功を収めているのは、従業員と経営者との関係のためです。従業員は〝これは私の会社だ〟という感覚を持っています。だから、彼らは熱心に働くのです。経営者が利益のことしか気にかけない会社では、従業員はいつもランチタイムやティータイムのことばかり考えていて、会社の業績のことなど考えないでしょう。一緒に働き、利益を共に分かち合うという本当のコンセプトを構築すれば、真の調和が生まれます。それが、今、私たちの本当に必要としているものです。七〇億の人間の調和です」

ダライ・ラマは、両手を組んで調和という言葉を強調した。

「大主教、あなたがおっしゃったことに話を戻したいと思います。どうして私たちの人間性が歪められてしまったかということです。私たちの生得的な思いやりと寛大さの感覚を歪めているのは、現代生活のなんなのでしょう？」

「私たちは、食うか、食われるかというジャングルの法則に従わなければならないと考えるよう育てられました。私たちは競争意識において無慈悲です。それゆえ、今は、胃潰瘍がステータスシンボルになっています。胃潰瘍はいかに私たちが過酷に働いているかを示しているというわけです。私たちは、必需品を得たり、家族の欲求を満たすためだけではなく、他人を打ち負かすために一生懸命働いている。私たちの本性はお互いに支え合うことだという事実を、私たちは見くびってきたのです。そのため、人間性を失い、品格を落としてしまいました。マーティン・ルーサー・キング・ジュニアは言いました。〝私たちは兄弟姉妹として共に生きることを学ばなければならない。さもなければ、愚か者として共に滅びるだろう〟と。

本書のような本が、人間性の感覚を取り戻させるきっかけになればと思います。そうすれば、防衛費なんぞに数十億ドルも費やすことが、いかに馬鹿げたことかに気づくでしょう。これらの予算のほんのごく一部でもあれば……いや、ダイレクトに言うなら、きれいな水がないために子供たちが毎日死んでいると言いたいのです。人類の絆を考えるなら、そんなことを放置していていいわけがありません。自国だけが繁栄することなどありえません。そんなことは不可能なのです。私たちはそのように造られていない。私たちは一致団結して相互に助け合い、家族になるようプログラムされています。それはあまりに感傷的だと思う人がいるかもしれませんが、決してそうではありません。これこそが現実なのです。

私たちはたくさん生産しすぎても、空腹の人に分け与えようとせず、余った分を廃棄してしまいます。それでもいいと思う人がいるかもしれませんが、当然それでいいわけがない。なぜなら、宇宙の基本的な法則を破ることになるからです。事態は恐ろしく間違った方向に向かうでしょう。

霊的な教えや宗教的な教えを持つ必要はありません。これはただの真実です——あなたは自分だけで生き残ることはできません。完全に利己的な人間はすぐに行き詰まります。人間であるためには他者が必要なのです。人を罰するとき、独房に閉じ込める理由もここにあります。つまり、他の人間がいなくては、人は繁栄できないからです。あなたがどれほどお金を持っていても、他人は、あなたが自分に与えることのできないものを与えてくれます。だから、私たちは共同体感覚の話をするのです。人は他者を通して人となるのです。〝なんとまあ、原始的な考え方だろう〟と言う人もいるかもしれません。けれどもそれが、私たち人間という存在の基本原則なのです。なのに、私たちはそれを馬鹿にして従いません。危険を覚悟で馬鹿にするのです」

大主教の目は一点をじっと見つめていた。彼は、廃墟から人々を救おうとした旧約聖書の預言者のような情熱とパワーを持って語った。大主教がいつもやっていることだが、権力者に真実を話すのは、たいへんな消耗をともなう。だが、彼はさして消耗しなかったようだ。おそらく、道徳的な声を代弁する地球村の長老としての役割に、意気込みを感じていたのだろう。それでも私は、彼がエネルギーの限界を超えないよう注意をうながした。「大主教、私はあなたの体力が心配です。この件に関して最後にもう一つ質問があるんですが。ご気分はいかがですか?」

「いや、大丈夫ですよ。もう一つの質問ですか。お好きなだけ聞いてください」

「この質問は、南アフリカのミカから寄せられたものです。彼女はこう尋ねています。〝あなたは精神的な危機に陥らずに、どうして人々や自然や社会正義に仕えることができるのですか? どうすれば私たちは世界を癒すのを助け、しかも、生活の中で喜びを見出すことができるのでしょう?〟」

「私の弟よ、まずあなたの答えを聞かせてください」と大主教が言った。

「あなたのほうがよく知っていると思いますが」

大主教は笑った。「こんなことを言われたのは初めてですね。私のほうがよく知っているという彼の発言をちゃんと記録しておいてください」

「質問はアフリカについてですか?」とダライ・ラマが尋ねた。

「いいえ、世界についてです」

「わかりました」とダライ・ラマは言って、一息ついた。「今日、私たちが直面している問題は、容易に解決することはできません。その点、みんなの意見は一致しています。すべての世代は特定の精神構造やライフスタイルによって育てられます。ですから、未来について考える場合、とくに健全な人間性を築く方法について考える場合、これまでとは違った考え方をする新しい市民世代をいかにして創造すればいいか考えなければなりません。そこで、教育が重要な鍵になります。キリスト教も仏教も素晴らしい教えを持っていますが、それらの教えとアプローチだけでは充分ではありません。

今や世俗的な教育は普遍的なものです。ですから、若者の正式な教育に、宗教的信念に基づくのではなく、科学的知見や私たちの常識、それに私たちの普遍的な経験に基づく、思いやりと基本倫理の教えを含める必要があります。現在の状況に不満を述べるだけでは、さして役に立ちません。利己的な考え方で、現在の世界の危機に対処するのは困難です。大主教の父上は普段はとても良い人でしたが、酔っ払うと素行が悪くなりました。今日では、多くの人々が酔っ払っている状態にあると私は思います。心を支配する貪欲、恐怖、怒りといった否定的な感情をあまりにも多く持ちすぎています。だから、酔っ払いのように振る舞うのです。

この酩酊(めいてい)状態から抜け出す唯一の方法は、思いやりの価値や心血をそそぐことの価値について、子供たちを教育することです。私たちは、明確なビジョンの下にグローバルな課題に取り組む長期的なアプローチを必要としています。これには人間の意識の根本的な転換を必要とし、それを実現できるのは教育だけです。時間は決して待ってくれません。ですから、今、始めるのがきわめて重要だと思います。そうすれば、新世代が、生きている間に、現在の地球規模の問題を解決する糸口を見つけるでしょう。私たち高齢の世代は、二〇世紀に多くの問題を生み出しました。二一世紀の世代は、それらの解決策を見出さなければなりません」

「私が言いたいのは、人々が基本的に憐れみ深いということです」と大主教はこれまで主張してきたことを繰り返した。

すぐさまダライ・ラマが口を挟んだ。「ええ。それが私たちの希望の礎です」

「今は私が話す番ですよ」。大主教が面白そうに言って返した。

　ダライ・ラマは笑った。

「もっとも利己的な人たちでさえ」と大主教は続けた。「自分の家族のためにある程度の思いやりを持たなければなりません。というわけで、私たちは異質なことを語っているのではありません。私たちが相互に依存し合っているのは明白なのです」

「実は、大主教」、私は話を本来の軌道に戻そうとして言った。「この質問は、相互依存性を深く感じ、思いやりがあって世をはかなんでいる人たちのためのものです。この人物は、苦しんでいる人がたくさんいるのに、どうやったら人生において喜びを見出すことができるかを知りたがっているのです」

「なるほど、真に良い質問です」と大主教は言い、少し間を置いた。「老人として、これだけは言えます――今いるところから始めなさい。そして、自分一人でこれらの巨大な問題の解決はできないことを悟りなさい、と。あなたにできることをしてもらいたいのです。それは明らかなはずです。その結果どうなるかに、きっとあなたは驚くでしょう。

　世の中の問題を気にかけている人たちは、本当にたくさん存在しています。その数を知れば、きっと私のハートは喜びで飛び上がります。環境問題をなんとかしたいと思ってニューヨーク市内を行進している人がどれだけいるでしょう？　信じられないほどです。誰も彼らになにも支払っていないのです。でも、彼らは列をなしている。気にかけている人がたくさんいるのです。たとえば、あなたが高齢者にかかわることをなにかしたいと言い出すとします。手伝いたいと名乗りを上げる人の多さに、あなたは驚くでしょう。なぜこんなに多くの非政府組織（ＮＧＯ）があるのでしょう？

世界をより良くしたいと思っている人たちのことです。私たちはネガティブにならなくてもいいのです。

あなたは一人ではないこと、仕事を仕上げる必要がないことを覚えておいてください。時間がかかりますが、私たちは学び、成長し、なりたい人間になっていきます。他人が苦しんでいるからといって、自分の喜びを犠牲にしては、誰の助けにもなりません。他人を思いやる人は、魅力的で喜びに満たされていなければなりません。そうすれば、優しく世話を焼いても、相手は負担に感じることなく、喜びとして受けとめます。愛と奉仕精神を持って世界に貢献し、世界を癒してください。あなたの喜びを与えることも大切です。それは大きな贈り物なのですから」

★　★　★

大主教とダライ・ラマは特別な寛大さについて語っていた。精神の寛大さである。まさに精神の寛大さこそ、二人が持っている資質だった。彼らは度量の大きい豊かな心を持ち、寛大で忍耐強く思いやりがある。たぶん、この精神の寛大さは、大主教が身につけるのには時間がかかると言った、霊的発達の真の証(あかし)なのだろう。

大主教は、そのような寛大さを、「平和のオアシスとなり、まわりのすべての人たちに波及していく安らぎの池になる」という美しいフレーズで表現した。寛大な精神を持つ人は、一緒にいるのが楽で、楽しくなる。それればかりか、幸福のオーラを放つようになるので、そばにいるだけで、喜びに包まれるようになる。それは自分へのこだわりを捨てて無私無欲になる能力と密接にかかわっているとと大主教は再三指摘した。自分へのこだわりを捨てると、自分を証明することにさほど駆り立てられなくなる。証明すべきものがなにもなくなるからだ。他人から良く見られたいという欲求も薄れるので、ありのままの自分でいられるようになる。それがひとりでに周囲の人たちにも安らぎをもたらす。私たちが自分自身を受け入れ、自分の傷つきやすさや人間性を受け入れれば、他人の人間性を受け入れることも容易になる。自分の欠点を憐れに思うことができれば、他人の欠点も憐れみをもって捉えることができる。つまり、私たちは寛大になり、他人に喜びを与えることができるようになるのだ。多くの点で、それは、ダライ・ラマがチベットでの暴動や残忍な弾圧について知った日に行なったトングレン瞑想に似ている。他人の苦しみを受け入れて、彼らに喜びを与える瞑想である。

精神の寛大さを実践すれば、さまざまな意味で、喜びの他のすべての柱を実践することになる。寛大さには、他者とのつながりを見る広角な視点がある。世界の中での自分の立ち位置を認識し、いつか自分が物質的に、あるいは感情的、精神的に困窮する立場に立たされることもありうることを認める謙虚さがある。また、ユーモアのセンスや、自分自身をあまり深刻に受け止めないよう、自分自身を笑い飛ばす能力もある。人生をあるがままに受け入れる受容性や、起こったことをくよくよ考えずに他人を許す潔さもある。そして、私たちが与えられてきたすべてのものに感謝する気持ちもある。

最終的に、私たちは、深い思いやりと、困っている人たちを助けたいという憐れみの気持ちを持って他者を見る。そこから「賢い利己性」につながる寛大さが生まれる。他人を助けることを、自分自身を助けることと認める寛大さである。ダライ・ラマが述べているように、「実際には、他人の世話をし、助けることが、最終的に自分自身の喜びを発見し、幸せな人生を送る方法」なのだ。

チベット子供村での「ささやかな」サプライズ・パーティのときがやってきた。一七五〇人の子供たち、三〇〇人の教師とスタッフ、そしてチベットのコミュニティからやってきた七〇〇人の大人のゲストが、ダライ・ラマの八〇歳の誕生日を祝うために、今か今かと待っている。このまたとないイベントは、世界中に生中継でストリーミング配信されることになっていた。

祝福――チベットのストリートでの踊り(ダンシング・イン・ザ・ストリート)

チベット子供村に近づくと、子供たちの顔を見る前から、彼らの興奮が伝わってきた。ダライ・ラマが学校を訪問する機会を持つのは珍しいことだった。彼が尊敬するゲストを連れてくるという事実が、そのイベントを学校史上類を見ない画期的なものにしていた。

旅行のプランを練るため、一月に子供村を訪れた際、私たちはダライ・ラマのためにささやかな誕生パーティを催すことができないかどうか打診した。私たちがお会いしたのは、チベット子供村の二人の指導者ツェワン・イェシとゴダップ・ワングドゥだ。二人とも管理者で、すべての教師と同じように、子供たちの代理の親になっていた。彼らは子供たちにこの機会を逃(のが)してほしくないと願った。そのため、すぐに小さな集まりは二〇〇〇人以上のパーティに膨れ上がった。彼らは親切にもバースデイケーキを焼くことを申し出てくれた。私たちはアメリカからフェイク・キャンドル〔いったん、消えてもすぐに再点灯するキャンドル〕を持参することにした。

子供たちは、逆境に直面したとき、喜びや幸福をどのようにして見つければいいかを数か月にわたって勉強し、自分の生活の中でそれを探求していた。彼らはチベットの家族から離れてインドにやってきた過酷な旅について文章をしたためた。その中には五歳という幼い子供も多く含まれている。多くの子供たちは、家族や見知らぬ人と一緒に、数週間かけて、雪に覆われた山を越えてきたのだ。それはダライ・ラマが半世紀前に行なったのと同じ、危険な旅だった。チベット各地でチベットの言語と文化に基づく教育が廃止されたり、著しく規制されたりしたため、文盲の貧しい農民が多い親たちが、ダライ・ラマによる教育を受けさせるため子供たちをインドに送ったのだ。家族やガイドは安全に子供たちを送り届けた後、チベットに戻らなければならなかった。残された子供たちはほとんどの場合、大人になるまで家族と再会ができない。

私たちの車列が子供村に近づくと、子供たちの甲高(かんだか)い声や、物悲しいけれども不屈の喜びを感じさせる歓迎の歌が聞こえた。それはダライ・ラマの八〇歳の誕生日のために彼らが作曲した曲だった。合唱団と学校のスタッフが道路沿いに並んでいた。彼らのまわりには、制服を着た生徒たちが座っていた。女子生徒は緑色のVネックのセーターと緑色のスカートに、白いブラウスを着ている。男子生徒は、青いズボンをはき、チベットのシャツの上に、大主教のために作ったものに似た伝統的な灰色のローブを着ていた。

大主教とダライ・ラマを乗せたベージュのSUVは、集まった群集の間を通り抜け、子供たちを真昼の太陽から守るために建てられた巨大な円形の白いテントの下を通り、最後に、図書館に到着した。子供たちは依然として大声で歌っている。大主教とダライ・ラマが助けられて車から降りると、長いカタ〔儀礼用の白いスカーフ〕が大主教の首に巻かれた。その後、彼らは儀礼用の赤い箱のところへ案内された。片側が砂糖とバターを混ぜ合わせた大麦の粉で満たされ、もう一方の側が大麦の穀粒で満たされている箱だ。高地でも育つ大麦は、チベットでもっとも貴重な作物である。焼いた大麦から作られる粉(ツァンパ)は、チベットの主食だ。カラフルな大麦の茎が箱から突き出していた。伝統的なチベットの服装をした若い男女が、箱の隣に立っている。いずれも、長い黒髪を頭上の冠に編み込み、大きな黄色のネックレスを胸元に垂らしている。若い女性は、ミルクがいっぱい入った金属製のお椀を持っている。伝統的なヤクのミルクというより、牛か羊のミルクである可能性が高かった。

ダライ・ラマは奉納の儀式の一環として、大麦の粉を空中に投げ上げ、薬指をミルクに浸す方法を大主教に示して見せた。黄色、緑色、赤色の細長いお香が近くで焚(た)かれている。記者、写真家、警備員、僧侶、そして黄色の傘を運ぶ係を含む職員があたりに群がっている。儀式が終わると、私たちは図書館に導かれた。図書館員たちがさらに大主教の首にスカーフを巻きつけたため、大主教の顔が何層もの白い布の中に埋没し始めた。私は、図書館員の一人が訪問に備えて、三時間かけて床を掃除したと告げられていた。

大主教とダライ・ラマは、自分の経験を語るために選ばれた子供たちの前を歩いて通りすぎた。子どもたちは、優美にぶら下がったスカーフを手に持ち、うやうやしくお辞儀をした。ダライ・ラマは鼻から頬にかけて走る傷を持った一人の少年の前で立ち止まった。優しく傷に触り、どうしたのか少年に尋ねた。それから、彼自身の頭皮にある傷を少年に見せた。

大主教とダライ・ラマが席につくと、少女が前に進み出た。ピンクの金属製のメガネをかけたその少女は、とても聡明そうで現代的に見えた。「暖かい素敵な午後ですね、法王、デズモンド・ツツ大主教。私の名前はテンジン・ドルマです。クラス一二から来ました。本日は、チベットからインドへの私の旅の経験をお話しするつもりです。私はチベットのカム地方にあるカーゼ（Karze）という小さな村で生まれました。家族の末っ子です。二人の姉と私は、農婦である母親によって育てられました。私のもっとも古い記憶は、私たちの家に隠れていた叔父の記憶です。中国人が彼を探していたのです。二〇〇二年、私が五歳のとき、母は私に祖母と一緒にインドに行くよう言いました。

私は祖母と一緒にいるのが大好きだったので、とても嬉しかったです。インドへの旅は長旅で、多くの困難に出会いました。中国人の警官に見つからないよう、身を隠さなければならなかったり。そこで、祖母と私は……」少女は崩れ落ち、それ以上続けられなくなって泣き始めた。ムポ・ツツが進み出て、少女の肩を抱き、慰めた。

ダライ・ラマは言った。「ほぼすべてのチベットの家族が、親や兄弟を殺されたり、逮捕されたり、拷問されたりしたのです」

数分後、その少女は気を取り直し、話を続けた。「祖母と私は、荷物の下やバスの座席の下に隠れました。ネパールの国境では、中国人の警官が祖母を押しとどめたため、ネパールの国境に一週間立ち往生することになりました。ある晩、祖母がネパール人の男性と一緒にネパールに行くよう私に言いました。非常に怖かったのですが、私は見知らぬ人と一緒に向かいました。翌日、祖母と再会しました。インドに着いて最初に向かったのは、カーラチャクラ灌頂が行なわれるブッダガヤです」

「カーラチャクラ灌頂は大規模な仏教の儀式です」とダライ・ラマが説明した。

「その後、私たちはダラムサラに来ました」と彼女は続けた。「祖母は法王を見て、泣き出しました。法王が私たち二人を祝福し、祖母が、法王がどんな方なのかを教えてくれたんです。私はチベット子供村に入り、祖母はチベットに戻っていきました。以来、私はチベットに戻っていません。最後に家族を見てから一三年が経ちました」。テンジンは再び泣いていたが、まだ話そうとしていた。彼女が泣くのを見て、ジンパもまた涙を流していることに私は気づいた。少女の涙に心を動かされたのだろうが、家族から離れてチベットの寄宿学校で学んだ自分自身の昔の経験を思い出してもいるのだろう。ダライ・ラマは掌を心臓のところで合わせた。

「家族を離れて悲しくはあったけれど、喜びをもたらしてくれる多くのものを見つけました。多くの友人がいますし、素晴らしい先生方もいます。父親のようなマスター・ロブサンも」。テンジンは涙にくれながらもまだ話していた。彼女の痛みが溢れ出ていた。校長のワングドゥが灰色の服の袖で目を拭っていることに私は気づいた。

「学校での最終学年、一緒に仕事をし、今日の私にしてくれたすべての人たちに感謝します。ダライ・ラマ法王の支えがなければ、チベット子供村は存在しません。ですので、法王、心の底からあなたに感謝いたします。ありがとう」。テンジンは涙を流しながらも一生懸命話した。そして、次の生徒が前に進み出る。テンジンよりも年下の少女だった。

「こんにちは、法王、タシー・デレー、デズモンド・ツツ」と彼女は伝統的なチベットの挨拶から始めた。「最初に、私の名前はヨングジン・ラモです。クラス八にいます。私は二〇〇七年にインドに来ました。今日、私の旅をお話しするためにここにいます。インドへの私の旅は、チベットのカム地方にあるタオから始まりました。私はたったの五歳で、家族を後にしなければなりませんでした。家族と離れ離れになったことの痛みは……」。ヨングジン・ラモはそこで話を中断し、泣き崩れた。家族を離れなければならなかったという事実は、耐えがたいものだっただろう。ムポが前に出てきて、少女の肩に腕を回し、慰めた。

数分間、心配そうな顔をして少女の涙を見ていた後、ダライ・ラマは少女に話しかけ始めた。少女が悲しみに圧倒され、話し続けることができないのは明らかだった。ダライ・ラマは学校の名誉校長や保護者としての役割を果たすべく、語り出した。「あなたはこう考えるべきです。今、あなたは完璧な自由を手に入れ、現代教育だけではなく、チベットに古代からある三〇〇〇年の歴史を持つ文化を学ぶ機会を授けられています。今のあなたの状況をそのように考えれば、なにも悲観することはありません。

チベット人の人口はきわめて少なく、六〇〇万人ぐらいしかいませんが、私たちは長い歴史と私たち自身の言語、そして膨大な文字文化の伝統を持っています。その伝統を誇りに思うべきです。誇りを持てば、幸せを感じることができます。そして、悲しい困難な経験の先を見ることができます。今、あなたは一生懸命勉強すべきです。あなたの世代は、チベットを再建する責任を負っているからです。そう考えれば、希望が湧き、幸せな気分になるはずです」。ダライ・ラマは彼女の痛みを、チベットの人々の大きな運命に結び付ける手伝いをしようとしていた。そうした広い視点を持てば、少女はトラウマを乗り越え、人生に意味と安らぎを見出せるようになるからだ。

「ありがとう」と少女は言い、先生たちのところに戻った。そして、抱擁された。

青色のズボンに小さな灰色のローブを着た少年が前に進み出た。「僕の名前はテンジン・ツェリンです。クラス七から来ました。これから、僕が父と一緒にチベットからどうやって逃れたかを話そうと思います。その朝、月がまだ空にありました。母が送りに来て、一生懸命勉強し、勇敢な少年になってちょうだいと言いました。母は私に背を向けたとたん、大量の涙を流しました。父が私のそばに来て、私の背中を叩き、別れを告げる時間であることを知らせました。私は目が腫れるほど泣きじゃくりました。そこから離れたくなかったのです。でも、母は涙にくれながら、私に出発をうながしました。

家の外で待っていると、すぐにバスが来ました。私は重い心で家を出ました。バスの窓を通して、美しい土地と人々を心に焼き付けました。故郷が恋しくなったとき、いつでも思い出すことができるようにと思って。

山道を登っていくと、雪が道路を覆い始めました。それでも、僕と友人はあきらめませんでした。僕たちはヤクの背中に乗り、年配の方たちは深い雪の中を徒歩で進みました。全員、目を保護するためにサングラスをかけていました。前方に橋が見えてくると、中国の兵士に見つかりはしまいかと緊張したものです。

僕たちは日中ずっと眠り、夜間、中国の兵士たちの脇をすり抜けました。歩いている最中、妹がひどい痛みに襲われました。歩くことと隠れることで一日が過ぎていきました。

インドに来るときに経験した痛みは、家族を後に残すことの痛みに比べれば、なんでもありません。家族のもとを去って以来、なにをしても喜びを見出せませんでした。バスで歌うことも、きれいに咲いた花の光景も、虹も楽しめませんでした。内的な自由が奪われてしまったのです。生きる希望がまったくない深い悲しみの中に埋もれてしまったような感じでした。僕は内面で死にかけていました。インドへの旅は、これまでに経験した中でもっとも恐ろしく過酷なものだったのです。

父と僕はダラムサラにやってきました。父は僕のことを買い物に連れて行った後、学校に預け、明日また来るといって立ち去りました。僕に嘘をついたのです。僕は心配して父を待ち、泣き続けました。でもすぐに、たくさん友達ができ、学校が好きになりました。先生たちも優しく、法王の祝福も受けました。喜びの感覚が蘇ってきて、ここでの亡命生活を楽しみ始めました。今では、愛すべき仲間たち、授業への出席、あらゆることに喜びを見出しています。どうしたわけか、自分自身を取り戻した感じです。でも、母親に会いたい、故郷の土地で母親と一緒に暮らしたいと思う気持ちに変わりはありません。それが私の人生の最大の喜びなのです。ありがとうございました」

少年はお辞儀をして後ずさり、他の生徒たちの列に戻った。私たちはしばらく沈黙したまま、子供たちが経験した過酷な体験とその痛みを、心に沁み入らせた。最初に沈黙を破ったのはダライ・ラマだった。大主教のほうを向いて言った。「あなたが子供たちに祝福を述べる番です。彼らの英語は私よりも上手ですか?」

「軽々しくは言えませんが」と大主教は答えた。「イエスです。彼らはとてもとても、非常に上手に話せるんですね。美しい、ビューティフルです。子供たちはみんな、幼い女の子でさえ、痛みを乗り越えたのです」。大主教は英語とチベット語で「ありがとう」と言った。それからダライ・ラマは、貼り紙がしてあるところに大主教を導いた。子供たちが喜びについて描いた絵や物語を飾っている場所である。最初の絵には「家族の喜び」というタイトルがつけられていた。他に、「音楽の喜び」や「自然の中での喜び」というタイトルもある。「〝私は両親を抱きしめたい〟」とダライ・ラマはある絵から読み上げた。「〝抱擁には深い喜びと愛がある〟。本当に素晴らしいですね。〝私は両親が年を取ったら、面倒を見ます。両親を見捨てたりしません〟。素敵だ」。自分に喜びをもたらしたものの絵を描くにあたって、大半の子供たちは家族の他に、第二の家族とも言うべき学校での友人や先生をモチーフにしていた。子供たちの最大の喜びの源は、言うまでもなく、彼らが愛する人たちだった。

ある絵の下端には次のような文章があった――「真の幸福は親切な行ないの喜び、新しいものを創造する熱意から生じる」。『星の王子さま』の作者アントワーヌ・ド・サン゠テグジュペリからの引用文だ。

私たちが図書館を去ると、少女合唱団が再び誕生日の歌を歌い始めた。今回はチベットのリュート〔ギターに似た弦楽器〕による伴奏を伴っている。

大主教とダライ・ラマは、頭上にエンドレス・ノット〔広大無辺の慈悲の教えを表わすシンボル〕やその他のチベットのシンボルがほどこされた巨大なテントの中央にある二つの椅子に案内された。テントのまわりには、赤、緑、黄色の房飾りが吊り下げられ、テントの縁(ふち)に沿って、赤、緑、黄、白、青の祈りの旗が張り巡らされていた。

長い間待っていたおよそ二〇〇〇人の子供たちが、チベット版の『幸せなら手をたたこう』を立って歌う番だった。子供たちは歌に合わせて、頭を振り、手を叩き、お尻を揺らし、足を踏み鳴らした。

者もいる。

ダライ・ラマと大主教のまわりには、あぐらをかいた子供たちが陣取っている。五歳から一八歳まで、幼稚園児からグレード一二までの子供たちだ。子供たちの背後には、どのようにしてかそのイベントの開催を知った大人の一団もいる。一人、愛国心に駆られ、南アフリカの旗を振っている者もいる。

ダライ・ラマはヘッドセットを取り、生徒に演説しようとしかけたが、友人のほうを振り向いて言った。「私の英語が下手くそだとあなたがしょっちゅう言うものだから、今日はチベット語で話すつもりです」。ダライ・ラマは楽しそうに大主教の腕をぴしゃりと叩いた。大主教は痛くてたまらなかったかのように腕をさするふりをした。二人の大人が和解してお互いの手を取るのを見て、子供たちはクスクス笑った。

「大主教デズモンド・ツツは地球上でもっとも親しい友人の一人です」とダライ・ラマは始めた。「大主教はまた、果敢にチベットの大義を支援してきました。君たちは親が苦しんだ世代です。君たちも、ここに来るために苦労しました。インド政府は、亡命してきた私たちを最初から助けてくれました。世界中の他の組織も、私たちを助けてくれました。彼らの優しさと思いやりがあったからこそ、君たちはここで勉強する機会を持てているのです。だから、一生懸命勉強しなければなりません。私たちは歴史上、この上なく困難な時期にさしかかっていますが、豊かな文化や言語を持っています。それゆえ、僧侶であろうと俗人であろうと、君たちは教育を通してこの文化を護り、発展させることに関心を抱くべきです。私たちの文化は博物館に飾られるべきものではありません。世界中で多くの人々が苦境にあえいでいます。私たちの文化は世界を手助けできるのです。今日のメインゲストは私ではなく、大主教ツツです」

大主教がヘッドセットのマイクを装着した。頬に沿って細い線が垂れているが、耳にピッタリとフィットしている。「ボノ〔ロックバンドU2のボーカル〕に似てるだろう?」マイクを調節して、大主教が笑いながら言った。

「法王、そしてあなたのとびっきり美しい子供たち。実際には子供ではない方も何人かいますが。ここにいるのはとてつもなく名誉なことです。私たち全員、ここダラムサラにいることを大層誇らしく、名誉なことだと思います」。大主教はダライ・ラマのほうを向いて「あなたは世界中で愛されています」と言った後、熱心に見ている子供たちのほうに向き直った。

「私たちはあなたたち、とくに若者たちに言いたい。自由になったチベットに戻るのは不可能なことに、思えているかもしれません。南アフリカに住む私たちは、何年もの間、不正と弾圧の制度の下で暮らしていました。そして、私たちの指導者や国民、若者の多くが亡命しました。弾圧の鎖は切れることはないだろう、監獄のあるロベン島に送られた指導者たちは生きて帰ってくることはないだろう、そう思っていたこともありました。ところが――やったあ!」

大主教が勝利の歓呼を上げたため、聴衆がどっとどよめいた。「ところが、起こったんです。待ち望んでいたことが。一九九〇年、最愛のネルソン・マンデラと他の政治犯が釈放されました。そして、亡命者たちが帰ってきました」。大主教は歓迎の抱擁をするかのように腕を広げた。「それから正義の力を持って語る、本来の姿である預言者に変貌した。「いつの日か、あなたたちも一人残らず最愛のチベットを見ることになるでしょう。あなたたちをここに追い込んだ圧制から自由になるでしょう。中国政府は実際に弾圧より自由のほうが安くつくことを発見するはずです」。子供たちが一斉に拍手した。

「私はダライ・ラマの友人であることを光栄に思います。行く先々で、私はそのことを自慢しています。でも、私は控えめに見られたいので、実際に彼が親友であることをあまり多くの人々には語りません。ただ、彼がいたずら好きであることは言いふらしてるんです。彼は困った人なのです。私が帽子をかぶっていると、私の頭からそれをひったくり、自分の頭にかぶるんですから。

おわかりですか？　世界はあなたたちを支援しています。世界はダライ・ラマを愛しています。私はまた、インド政府にもありがとうと言いたい。彼らは腕を広げてあなたたちを歓迎してくれました。そして、私たちのために素晴らしい宝物を保存してくれました。彼らがいなければ、その宝物は失われていたでしょう。だから、私はあなたたちすべてに言いたい。あなたたちがいかに美しいか見てごらんなさい。オー、ヨーヨーヨーヨー、オー、オー！　いつの日か、あなたたちは祖国チベットの路上で踊り、歌うでしょう。神のご加護を」

子供たちは今や以前にも増して大声で歓呼していた。彼らは礼儀正しくうやうやしく振る舞おうとしていたが、希望に顔を輝かせているのが見て取れた。私は子供たちの顔を見回した。次世代のチベットの指導者になる、ほとんど若者と言ってもいい年長の少年少女から、家族と別れた記憶がいまだに鮮明で心の傷が癒え切っていないごく幼い子供たちまで、さまざまな顔が見える。心臓が喉まで飛び出してきそうな感じがした。涙が頬を伝って流れ落ちた。図書館で目撃したばかりの子供たちの苦悩を思い出し、失意の親たちの気持ちを想像したのだ。チベットの路上でのダンス――家族との再会――が彼らにとってどんな意味を持つかを想像するに難(かた)くなかった。それが、すべてなのだ。

年長の生徒から二、三質問があった後、フェイク・キャンドルをかざした巨大な何層からもなるケーキがステージ上に運び込まれた。同時に、教師たちがすべての生徒に四角い小さなケーキを配り始めた。ケーキを配るのは賢明なアイディアだった。もし一人一人の子供にケーキをカットしていたら、丸一日かかっただろう。

年長の子供たちのグループがステージに上がった。今回は、少年のバンドがギターとドラムを演奏し、少女の合唱隊が『ウィー・アー・ザ・ワールド』を歌い出した。すぐに全生徒が一緒に合唱し始めた。「**僕らは世界。僕らは子供。僕らこそ、輝ける日を創る作り手。だから、与えることから始めよう**」

子供たちは頭上で腕を振っていた。大主教はこらえきれなくなって立ち上がり、腰を振るダンスをし始めた。そして、ダライ・ラマに立ち上がって踊るようけしかけた。チベット仏教の僧侶として、ダライ・ラマはダンスを禁じる誓いを立てていたが、そのときは特別だった。立ち上がって人生初めてのダンスを踊ったのだ。最初はダンスフロアにいる中学生の少年と同じようにきまりが悪そうだったが、大主教に励まされると、ニコニコと微笑み、笑い始めた。二人はお互いの手を取って、音楽に合わせて動き、友情の真の喜び、壊れることのないお互いのつながりの真の喜び、世界が一体となる真の喜びを祝った。

彼らの背後にあるテントには、全生命のはかなさと相互依存性、知恵と慈悲の結合を象徴する二つのチベットのエンドレス・ノットが縫い込まれていた。結び目と結び目の間には、大きな目をした二匹の金魚のイメージがあしらわれている。それは明瞭な知恵の視力と苦しみの海に溺れることのない恐れを知らない勇気を持って存在の大海を横断する生き物の象徴だ。

生徒たちが歌い終わると、大主教が普段のテノールを押し殺した深い響きのある低音で歌い始めた。「ハッピー・バースデイ・トゥ・ユー、ハッピー・バースデイ・トゥ・ユー、ハッピー・バースデイ・ディアー・法王、ハッピー・バースデイ・トゥ・ユー」

続いて、チベット語による「ハッピー・バースデイ」が合唱され、ダライ・ラマが今にもケーキに届きそうになっているキャンドルの火を手で消そうとした。

「お待ちなさい」と大主教は止めに入り、ケーキのトップを焼き始めている火を、手ではなく、正式に吹き消すよう勧めた。「子供たちの中で一人か二人、キャンドルの火を消すのを手伝ってもらえませんか？　さあ、どうぞ」。制服を着た少女と、その少女より小さい髪をおさげにした緑の服を着た二人の少女がステージに上がり、大主教とダライ・ラマの間に立った。

「ワン、ツゥ、スリー」。彼らはキャンドルを吹き消したが、フェイク・キャンドルは再点灯した。再び吹き消すと、またついたので、大主教がクックッと笑った。だが、大主教の笑いをよそに、ダライ・ラマと少女たちは、完全に消えるまでキャンドルを吹き消し続けた。

子供たちは、「与える祈り」に導かれ、両手でケーキを高々と掲げると、先生たちに、先生たちの教えに、コミュニティに、そして、いつの日か訪れるであろう家族との再会に感謝を捧げた。

出発——最後のさようなら

翌朝、簡単な最後のセッションが行なわれた。大主教が親しい友人の別の葬儀に出ることになったため、私たちは早々に空港に向かわなければならなかった。そのため、大切な人たちの多くが私たちを残して去ろうとしていた。

私たちは、その週の間、私たちを包み込んでいた暖かな日だまりの中に座り、マイクをセッティングした。私は、八〇代の大主教の人生がどのようなものだったかに思いを巡らせた。そして、八〇代に仲間入りしたばかりのダライ・ラマが今後どのような人生を送るのかを想像した。私たちは、前日、学校で行なわれた誕生パーティにおいて、二人の長老が試練の末に勝ち取った知恵を、生徒たちとどのように共有し、次世代に希望を託したかを脳裏に焼き付けた。役割モデルや助言者から伝言を受け取り、後から来る人に伝えていくのは私たちの務めであり、今回の私たちのプロジェクトの目標だった。

私は大主教の向かい側に座り、過去一〇年のコラボレーションと親交ですっかり馴染みになった美しい愛すべき顔を見つめていた。彼は今や私の第二の父親であり、愛すべき助言者だった。前立腺癌と闘っている彼が、あとどのくらい生き永らえることができるか心配でならなかった。彼を愛する人たちだけではなく、世界が、彼や彼の道徳的な声をまだ必要としている。

大主教の旅行は医師によって厳しく制限されていた。かつて、彼は南アフリカの外に再び旅行するつもりはないと言ったこともある。つまり、今回の旅行の決断は特別なものであって、今後、大主教が再びダラムサラを訪れる可能性はないと言っていい。南アフリカ政府はダライ・ラマにビザを発給しないだろう。そのことを二人はよく知っていた。それゆえ、今回の旅行が二人で過ごす最後の機会になることは確実だった。

大主教が述べたように、死は避けられない。それが命の宿命だ。命にははじめと中間と終わりがある。人生を貴重で美しくするのはそのサイクルである。けれども、死は、愛する人を失った者の悲しみを和らげることはない。

「なぜそんなにいかめしい顔をしているんですか?」と大主教が私に尋ねた。「ご一緒する時間が終わりに近づいていることが残念でなりません」と私は言った。「あらゆることに終わりがあります」

★　★　★

慣例の大主教のお祈りの後、最後の対話が始まった。

「大主教、法王、『よろこびの書』の準備をするために、この対話に参加できたことは、信じられないほどの喜びと名誉なことでした。本日は、ほんの二、三、最後の質問をしたいと思います。私たちが受け取った質問の一つは、〝今、『よろこびの書』を書くことが、なぜ重要だと思うのですか?　その本が世界中の読者のためにどんな貢献を果たすことを期待しますか?〟というものです」

大主教がそれに答えた。「神の子供たちが遺産を引き継ぎ、より大きな物事を成し遂げ、自分の力を存分に発揮できるよう手助けする代理人になるのが望みです。そして、寛大で思いやりを持ち、人に親切にしていれば、大きな満足が得られることに気づいてもらいたいのです。

あなた方が最終的に喜びを感じるのは、ごく自然に、恵まれない人を助けたり、他人に親切にしたり、他人のためになることをしたりするときです」

前日、チベット子供村で、大主教は子供たちの質問の一つにこう答えていた。「自分自身のために喜びを得ようとすると、それが長続きせず、すぐ消えてしまうことに気づかされます。喜びとは、他人に喜びを与える努力への報酬なのです。憐れみや思いやりを持って人と接する、他人を心から愛する、他人のためになることを率先してやる、そういう生き方をしていれば、他の方法では得ることができない深い喜びを感じます。お金で喜びを買うことはできません。地上でもっとも裕福なお金持ちであっても、自分自身のことばかり気にかけていれば、幸せになれないし、喜びも感じられないと確信します。しかし、他人を親切に思いやり、自分自身の幸福より他人の幸福に気を配っていれば、素晴らしいことに、突然、胸のあたりが暖かくなるのを感じます。他人の目から涙を拭き取ってあげるのです。

現在、心が痛むことがたくさんあります。新聞やテレビで、子供が虐待されているというニュースを目にします。たくさんの難民がいて、母親たちが暴力から逃れるために、子供を引きずって逃げまどう光景が映し出される。そんなむごい状態では、新聞を読む気もなくなりますし、テレビを見る気も失せます。たとえ、快適に暮らしていたとしても、心痛を覚えずにはいられません。それはとても……悲惨なことです。私たちもアパルトヘイトと闘っていたとき、この上なく惨めな思いをしました。難民となって、国外に追放され、南アフリカよりもずっと恵まれていないアフリカ諸国に迎え入れられたのですから。そのような過酷な状況で悲しまずにいるには、相当、無頓着(むとんちゃく)にならなければなりません。私たちは、誰がもっとも残酷になれるかを競い合っているかのようにすら見えます。神は、私たちにいつも喜んでいてもらいたいと望んでおられると思いますが、今は、泣いていることでしょう。というわけで、今こそ、『よろこびの書』が必要なのです」。そこで大主教はダライ・ラマに身振りで合図した。「さて、あなたの番です」
「これは私たちの最後のセッションなので、ここで述べておきたいことがあります。私は一九三五年、北東チベットのアムド地方にある小さな村で生まれた一人の人間です。当時、日中戦争が始まろうとしていました。その後、ほどなくして第二次世界大戦が始まります。それから、朝鮮戦争、次にベトナム戦争が起こりました。これらの戦争のため、果てしない暴力がふるわれました。その当時、少なくとも戦争に責任を負う人たちは、力を使うことが意見の不一致を解決する最善の方法であると信じていました。

第二次世界大戦中、たとえば、ある国が別の国に宣戦布告すると、それらの国の市民はなんの疑問も抱かず、誇らしげに戦場に赴きました。しかし、ベトナム戦争以来、私たちの考え方は変わりました。今や、ますます多くの人々が戦争に公然と反対しています。イラク、あるいはコソボでの戦争で、私たちはそれを目の当たりにしました。オーストラリアからアメリカまで、多くの人々が公然とその戦争に反対し、抗議しました。これは実に有望な兆候です。

私たち人間が地上にとどまっている限り、すべての動物と同じように、常に限られた暴力はあることでしょう。けれども、適切なビジョンと方法を持っていれば、深刻な暴力、大量虐殺、戦争といったものは廃絶することができます。悲しみのない世界を実現することは可能だと私は確信しているのです」

チベット子供村では、喜びが究極の世界平和の源泉になるかどうかという問いに対して、ダライ・ラマはこう答えていた。「私はそう思います。それにはまず人々が喜びを明確に理解する必要があります。敵を殺したり、誰かをいじめたりすることで、一時的な喜びを得られるかもしれません。ある種の一時的な満足感はあるでしょう。しかし、本当の喜びは他者を助けることから生まれます。他者を助ければ、もっと大きな満足が得られます。だとするなら、幸福な社会や平和な社会を築く上で必要なのは、喜びについて考え方を変えることです。平和な家族を作るためには、まず個々人が内なる平和、すなわち喜びを創り出すべきです。その後、他の家族と喜びを分かち合うのです。そのようにして、一つの家族から一〇の家族、一〇〇の家族へと広げていってください。そうすれば、私たちはより幸せなコミュニティ、より幸せな社会、そしてより幸せな人類を実現できるでしょう」

ダライ・ラマは、次に、なぜ『よろこびの書』を書きたかったのか、なぜ「今なのか」の話題に戻った。「私たちは学んでいます。一九九六年、私は聴衆の一人として、高齢のクイーンマザー（エリザベス女王の母）をお迎えしました。そのとき、彼女は九六歳でした。私は子供の頃から彼女の丸顔を写真で見ていたので、親近感を抱いていました。それで、お会いするのを楽しみにしていました。私は彼女に尋ねました。〝あなたは二〇世紀をほぼ丸ごと目撃してきたのでお尋ねしますが、世界はより良くなりつつあると思いますか。それとも、悪くなりつつあると思いますか、それとも、同じところにとどまっていると思いますか？〟

良くなりつつある、躊躇せずに彼女はそう答えました。彼女が若い頃には、人権の概念も、自己決定権の概念も一切なかった。今では、それらのことが普遍のものとなっています。彼女は、世界がより良くなっていることを示す二つの例として、人権や自己決定権のことを話してくれたのです。

世界中の大半の人々が、殺戮は良くないことだと信じ、平和を願っています。クイーンマザーとお会いする二年ほど前、当時の西ドイツの大統領の兄弟である有名な量子物理学者カール・フリードリヒ・フォン・ヴァイツゼッカーとも対談しました。フォン・ヴァイツゼッカーも、世界は良くなっていると主張しました。たとえば、過去には、すべてのドイツ人がフランス人は敵だと感じていましたし、すべてのフランス人がドイツ人を敵だと思っていました。今や、これらの敵同士が互いに結合して、独仏合同軍を形作っています。彼らはまた、欧州連合（ＥＵ）の形成の立役者でもありました。それは完璧ではありませんが、進歩しています。

そして、ついにベルリンの壁が消え去りました。力によってではなく、民衆のムーブメントによってです。そんなわけで、変化が見られます。現在、中国も変わりつつあります。キューバも変化している。変わっていないのはおそらく北朝鮮だけです——まだね。これらは肯定的な兆候なのです。交際範囲の広がりと教育の普及を通して、人間は成熟しつつあるのです。時間がかかるので、長期的な展望を持たなければなりません。私たちの世界を、より長い時間枠で見てみると、たとえば、一〇〇年という長い時間枠で見ると、まったく異なる世界を想像することができます。より親切で公平な多くの喜びに満たされた世界です。けれども、理想的なときが来るまで待っていないで、今、その変化のプロセスを始める必要があります」

ダライ・ラマは、長期の展望に立って語った。私は、人類が地球上での種としての進化をまだ半分しか遂げていないとするマーティン・リース卿のコメントを考えずにはいられなかった。人類の長い旅の行進を考えれば、たかだか一世紀や一〇〇〇年で私たちがなせるものを考えるのは、あまりにも近視眼的なのだ。

「思想家や科学者、教育者、医療従事者、社会福祉士、活動家など多くの人たちと会って、本当に世界を変える唯一の方法は、思いやりを教えることを通してであることが明らかになりました」とダライ・ラマは続けた。「私たちの社会は、充分な思いやりの感覚、優しさの感覚、他人の幸福を気遣う純粋な気持ちを欠いています。今、真剣に人類の行く末を考えている多くの人々が同じ考えを持っています」。その結論を強調するために、ダライ・ラマは両手の人差し指でこめかみを指さした。「私たちは、人間としての私たちの中核に横たわっている内的価値の重要性を訴えなければなりません。宗教は充分ではありません。宗教は人類史上とても重要であり、おそらく、あと一〇〇〇年の間、人類に恩恵をもたらし続けるはずです」。ダライ・ラマは宗教の長期的価値を疑問視することで物議を醸(かも)すことを知っていた。彼は大主教に気を遣って、彼の手を取り、すぐに宗教が廃(すた)れるようなことはないことを保証した。

「ですから、今こそ、真剣に考えなければなりません。ただ祈りや信仰に頼るだけでは不充分です。それはインスピレーションの源泉であり続けるでしょうが、七〇億の人間にとっては充分ではありません。どんなに優れていても、普遍的な宗教などありえません。それゆえ、内的価値の重要性を知らしめる別の方法を見つけなければならないのです。

すでに述べたように、信頼できる唯一の方法は教育です。教育は普遍的です。私たちは人々に、とくに青少年に、幸福と満足の源泉を教えなければなりません。幸福の究極の源泉は自分自身の中にあることを教える必要があります。機械やテクノロジー、お金や権力ではないのです。天国や地獄、仏性や救済について語っているわけではありませんよ——そういったものはあまりにも現実離れしています」。そう言って、ダライ・ラマは笑った。「私たちの本は、愛と優しさと思いやりが喜びと幸福の源泉であるというメッセージを広めるための、重要なプロセスの一環です。

すでに明らかにしたように、私たちの基本的な人間性は善良であり、ポジティブです。そのことが私たちに、勇気と自信の根拠を与えてくれます。ということで、私たちは多くの時間を費やしてこうしたことすべてについて議論し合っているのです。なんらかの具体的な目的や結果があるに違いありません。そうでなければ、眠っていたほうがましでしょう」。ダライ・ラマは、大主教に寄りかかって眠るふりをし、笑った。

私はツツ大主教に向かって言った。「大主教、直接、あなたの読者に呼びかけて、祝福していただきたいのですが」。大主教はカメラに向かって語り出した。

「親愛なる神の子供たちよ、あなた方は何事にも揺るがされない愛に包まれています。それはあなた方が生まれるずっと以前からあり、万物が消え去った後もずっとあり続ける愛です。あなた方は想像を絶するほど貴重な存在です。あなた方が活力と善、笑いと喜びに満たされ、神のようになることを、神は望んでおられます。

永遠に愛を注ぎだし続ける神は、あなたが繁栄することを望んでおられます。あなた方が喜びと興奮に満たされ、神の創造の中で、真に美しい思いやりや気遣いや喜びを共にする心を見出すことができるよう望んでおられます。そして、神はおっしゃいます。私の子供たちよ、愛と笑い、喜びと思いやりを広げるのを手伝ってください、と。手伝えばどうなるかあなた方は知っています。そうです、意外や意外、あなた方は喜びを見出します。あなた方が追い求めていなかった喜びが、贈り物として、また、無欲で他人を気遣う報酬としてもたらされるのです。

ありがとう、法王。読者に、もっと多くの喜びを味わい、この世を喜びで満たしてもらうために、最後にどんな言葉を読者に残したいですか？」

「本書が、読者の心に晴れ晴れとした希望の火を灯すことを願っています。そして、読者が他者の幸せを本気で気遣うことに根ざした責任感を培って(つちか)くれることを。幸せな人間になるためには、私たちの本性である思いやりのある部分をなによりも大切にし、他人や私たちが住んでいる世界に対する責任感を持つ必要があります。今世紀に、鮮明なビジョンを持って現実的な努力をすれば、おそらく、世紀の後半には、今よりはるかに幸せな世界が実現するかもしれません。もっと平和で、思いやりのある寛大な世界です。私の希望は、この本が、人類をより幸せにすることに貢献することです。

本書だけで世界が変わることなど期待していません。そんなことは不可能です。けれども、人類の明るい未来をしかと見据えて、地道な努力を重ねれば、人類みな兄弟という一体性の感覚を持って、融合と調和を達成することができるでしょう。そうすれば、あちこちで起こっているささいな問題のすべてが最終的に解決されると思います。もちろん、大きな問題にも対処する必要がありま す。大きな問題に体系的に取り組めば、小さな問題を解決するのも容易になるでしょう。ということですから、霊的な兄弟姉妹である私たちは、特別な責任を負い、有意義な人生の究極の源が、自分自身の中にあることを明確にする特別な役割を担っています。その役割をまっとうして生きていれば、最後の息を引き取るまで、幸せな人間でいられるでしょう。それが人生の目標です。喜びと目的を持って生きることが」

★　★　★

インタビューは終わったが、対話が終了する前に、大主教が関係者全員、とくに友人に感謝の意を述べた。「ダライ・ラマの寛大さとおもてなしに感謝します。あなたの家を開放してくれてありがとう。おかげさまで、気配りされた環境の中で、この貴重なプロジェクトを遂行(すいこう)できました。お世話になった家事の担当者やスタッフにもお礼をお伝えください」。それから彼は私に向かって言った。「さて、あなたがおっしゃりたいことは」

「実のところ、私が言いたいことをあなたが全部言ってくれました。この対話を実現するという、信じられない仕事に手を貸してくれた関係者全員に感謝したいということです。とはいえ、この仕事から恩恵をこうむる人々の代表として、人生を支え、変える貴重な言葉の数々を提供してくれたお二人に、心の底から感謝いたします。本書が、すべての神の子供たちや、生きとし生けるものに恵みをたれますように」

★　★　★

出発する準備が整うと、ダライ・ラマが言った。「あなたの誕生日に出席できなかったことは、私にとって深い悲しみでした。ですから、あなたがここに来るということを知って、本当に驚きました。あなたの健康がすぐれないことやお年を召していること、ここにたどり着くのは容易ではないことを知っていましたから」

「ええ、おっしゃるとおり大変でした」と大主教が応じた。

「でも」とダライ・ラマが続けた。「すべてが確定したと聞き、日時が近づいてくると、ワクワクし、幸せな気分になりました。あなたの友情と、人類をより幸せにするためにできる限りのことをしようとするあなたの責任感の強さに深く感謝いたします」

週の初めの頃、大主教とダライ・ラマは、持ち前のユーモアで、自分たちの友情のどこが特別なのかを振り返っていた。

「法王はいつも私をからかうんです」と大主教が笑いながら言った。「初めて会ったとき――覚えていますか？　たぶん、初めてだったと思いますが、あなたは少し遠慮がちでした。ところが二度目に会ったときには、もう、私がかぶっていた帽子をひったくったんです。人は朝起きて、ダライ・ラマと友達になるつもりだと決意するものでしょうか。友情は、ただ芽生えるものなのです。

科学者は後からやってきて、それを分析するのでしょう。でも、彼（ダライ・ラマ）が早朝三時に目を覚まして、アフリカからきたあの鼻のでかい黒人と友達になるつもりだなんて言ったわけがないのです。私たちの間にあったのは、ただハートのコミュニケーションでした。言葉を交わさなくとも、同類の魂を持っていることをハートが感じ取ったのです。

私は彼を大いに賞賛します。もしかしたら、彼はそれを誇りに思うかもしれない。しかし、私はいつも人々に言っています。〝五〇年以上も亡命した後、どれだけの人が彼と同じような落ち着きや喜びを表わせるでしょうか。どれだけの人が彼と同じように、世界に善と思いやりを広めようとする熱意を示せるでしょう？〟

私はとても不機嫌な人間で、いつも悲しんでいる部分があります。しかも、それが顔に出てしまう。だけど、彼の顔にはそれがないでしょう。彼は、どんなに恐ろしい状況でも、それを無事乗り越える道があることを私たちに知らせてくれる灯台なのです。彼は世界にとってまたとない大きな贈り物なのです。おそらく、中国人はそれと意識することなく、世界に素晴らしい贈り物をしたのです」

「ありがとう」。ダライ・ラマは謙遜して静かな口調で言った。

「お返しになにをもらおうかな？」と大主教は言って、手を伸ばし、指先をこすり合わせた。

「では、お返ししましょう、いい言葉をいくつか。初めてこの方にお会いしたとき、いつものことなのですが、身分や地位とは関係なく、普通の人間のレベルで見ました。そして、気持ちがよく謙虚、それに、ものすごく喜びに満ちた人だと思ったんです」

彼は大主教の腕をつかんだ。「いったん、人間のレベルでつながると、すぐに親しい友人になるんです。その友情は決して変わることがありません。ねえ。しかし、別のレベルでは、この人物はとてもひょうきんなのです」とダライ・ラマは言って、楽しそうに大主教の腕を叩いた。「彼のすごく好きなところなんです。彼はいつも私をからかい、私も彼をからかう。だから、私たちは特別な間柄なのです。

最後になりますが、あなたは最初から、チベット人の運動の真実と正当性を、いつも声を大にして語ってくださっています。一人のチベット人として、言葉で言い尽くせないほど感謝しています。彼がノーベル平和賞の受賞式に出席すると、必ず会場は喜びに満たされます。雰囲気が違うんです。残念ながら最近は、年齢と身体の不調のため、彼は出席できなくなってしまいました。とはいえ、他にもたくさんノーベル平和賞の受賞者がいて、中には素晴らしい女性(レディ)もいらして――」

「あなた、僧侶なんですよ、わかっているんですか?」。大主教が顔をしかめた。

「ところが、あなたがいないと、大事なものが欠けているように思えてなりません。嘘じゃありませんせん、本当なんです。他のノーベル平和賞の受賞者たちもそう感じていると思います。そんなふうですから、私たちの関係はユニークで特別なものなのです」

「ありがとう。これでおあいこですな」と大主教はささやくように言った。

ダライ・ラマはどっと吹き出し、大主教を指さした。「その顔です、その顔」と言って、大主教の禿げ頭に注意を促した。「今まさに、僧侶のように見えませんか?」。ダライ・ラマは手を引っ込め、目の形を作った。「あなたの目を見ると」と言いかけたかと思うと、今度は大主教の鼻を押しつぶし、「それに、もちろん、あなたの鼻ときたら……」

大主教は鼻のことをとやかく言われ、笑い出した。

すると、ダライ・ラマのふざけた調子がガラリと変わり、大主教の顔を優しげに指さした。「この、他には見られない容貌……」、そう言うと、口をつぐみ、しばらく黙っていた。「私は死ぬとき……」。「死」という言葉が予言のように空中に漂った。「……あなたのことを思い出すでしょう」

部屋にいる人たち全員が、カメラのオペレーターも含め、深いため息をつくのが聞こえた。私たちはみな、心を動かされた。大主教は視線を落とし、なにやら低い声でブツブツ言った。ダライ・ラマの言葉によって、感動させられ、謙虚な気持ちになったのは明らかだった。死ぬときにあなたのことを思い出すという言葉ほど、真心のこもった愛の告白はあるだろうか?

「ありがとう。ありがとう」、大主教が返せたのはこの言葉だけだった。

「おそらく」とダライ・ラマは言った。「あなたの宗教の伝統に従えば、私たちは、神の面前で、天国でお会いするかもしれません。であれば、有能なキリスト教の実践者であるあなたのほうが先に行くはずです」。今や、大主教はひょうきんに笑っている。部屋は再び息を吹き返したようだった。「あなたに助けられて、私たちは再会するのではないかな」。ダライ・ラマの特別入場許可を得るために、真珠の門で聖ペテロに掛け合う大主教の姿を想像して、私たちは笑った。

「ですが、仏教的見地からすると」、ダライ・ラマが続けた。「人生において一度、特別な絆を結ぶと、その影響が死後の人生にまで続きます。それが仏教の見方です。でも、今、私はあなたに再会する別の機会を待ち望んでいます――神のみぞ知るどこかでね」

何枚か最後の写真を撮った後、私たちは空港に急がなければならなかった。大主教が杖にすがっていたので、歩く速度が前より少し遅くなっていた。ダラムサラにやってきた週の初めより、やや年老いた感じもし、ダライ・ラマは額に気遣いと心配のしわを寄せていた。どこで再会するかは神のみぞ知る、そうダライ・ラマは言った。おそらく彼は、神がこの世で再会する別の機会を与えてくれるかどうかについて考えていたのだろう。

二人の指導者は、その週の話し合いの中で、悲しみがなければ、喜びもないと語った。また、私たちが喜びを味わい、評価するのを可能にするのは、痛みであり、苦しみであるとも語った。実際、自分自身や他者の苦しみに向き合う向き合うほど、私たちは喜びに向き合えるようになる。私たちは苦しみと喜びの両方を受け入れ、人生の音楽のボリュームを上げるか、人生そのものに背を向け、人生の音楽が聞けなくなるかのいずれかなのだ。二人はまた、真の喜びが束の間の感情ではなく、存在のあり方であると言い、実際に示してくれた。彼らが長寿の中で培ってきたのは、持続する喜びだった。喜びは目的として追い求めることはできない、さもないと幸福のバスに乗り遅れるだろう、そう彼らは警告してくれた。喜びはむしろ日々の考え、気持ち、行動によって生じる。それは、他して、彼らは、私たちを幸福のバスに乗せてくれる行動についても再三語ってくれた。それは、他人を喜ばせることである。

車のところで、二人のいたずら好きが冗談を言っては笑っている。ダライ・ラマは開いた車の窓越しに大主教の手を取り、優しくさすっていた。まだ心配の様子が見て取れた。ひょっとしたら、さようならを告げる悲しみからかもしれない。エンジンが音を出し始めると、ダライ・ラマは車内の大主教を見つめ、最後のギリギリまで彼と共にいた。ダライ・ラマは顔の前で両手を合わせ、お辞儀をして、深い敬意の念と愛情を示した。

空港に向かう車列が動き出すと、ダライ・ラマは立ったまま軽く頭を下げた。子供のように目を輝かせ、手を振っていた。車が速度を上げると、大主教は窓を通して後ろを振り返り、かけがえのない貴重な友達に、最後の微笑みと笑いを送った。

★
★　★
　　★

翌日、撮影クルーの残りの面々が、晴天のダラムサラの空港から飛び立った。飛行機が離陸してから四五秒後、マグニチュード七・八の巨大地震がネパールを襲った。

被害は甚大で、揺れはダラムサラでも感じられた。私たちは、その地域の知人や、大切に思っている人たちのことを考え、案じた。そして、亡くなった何千人もの人たちを悼んだ。世界中から人々が殺到し、避難民を助け、壊れたものを修復し、負傷した何千人もの人たちを癒すのを私たちは目撃した。対話の最初の日、自然災害の苦しみは止められないが、他のほとんどの苦しみは止められると言ったダライ・ラマの発言を思い出さずにはいられなかった。逆境や病気や死は人生につきものであり、避けられるものではない。だが、そのような避けられない人生の事実を前にして、悲しみに打ちひしがれるかどうかは私たちの選択にかかっている。自分の苦しみに囚われず、他人を気遣い、他人の目から溢れ出す涙を拭い取ることができれば、驚くべきことに、自分自身の苦しみにも耐える力がつき、乗り越えられるようになる。それこそが、二人の言う真の喜びの秘密だった。

Joy Practices

喜びを実践する

心の免疫を育む

対話の週の間、ダライ・ラマと大主教は、誰が朝早くに起きすぎたかや、祈りや瞑想をやりすぎたかについて冗談を飛ばしていたので、霊的な実践が、彼らの存在や人生を支え維持する土台であると二人とも固く信じているのは明らかだった。

日々の祈りと瞑想の時間によって、二人の師は霊的な同志であり続けていた。大主教は、霊的な教師にとってよりも、市場の喧騒の中で生き、死んでいかなければならない人たちにとってのほうが、これらの実践は大切なのだと語った。私たちは喜びを掘り起こし、維持するのを助けてくれる彼らの霊的修行のいくつかについて話し合う機会を持った。

ここに紹介するのは、喜びを妨げる障害を克服し、喜びの八本柱を支えるための簡単な行法（ぎょうほう）である。私たちは、チベット仏教の僧侶が毎日の始めと終わりに習慣的に行なう修行をこのセクションに集約した。他の実践は、定期的に、または必要なときに試（た）めすことができる。身体的な運動と同じように、霊的な鍛錬はそれ自体を目的とはしていない。それらは私たちの精神的な健康や心の免疫をサポートするために存在する。鍛錬はすればするほど効果は上がる。スピリチュアルな競争などというものはないので、自分の人生に適用するために必要なことはなんでもし、効果を最大にしてほしい（ダライ・ラマが、老化した膝を順応させるために朝の行を活用していることを思い出してもらいたい）。

ダライ・ラマは、霊的実践の科学にもよく通じている。以前、私たちは、ダニエル・シーゲルによる瞑想中の脳の説明について取り上げた。脳は破壊的な反応を避けるのを助ける神経発火パターンを確立するために、文字どおり、自分の注意や意識を利用しているようだ。破壊的な反応は心身の健康にきわめて有害であるとダライ・ラマは語る。ここに掲げられている多くの修行は、脳を統合し、調和させるものだ。それが達成されれば、人生の避けられない試練に利己心ではなく、つながる意識を持って、また恐怖や怒りではなく、気楽さや喜びを持って対応できるようになる。即席の満足がもてはやされる現代、どんな情報もまたたくまにグーグルで検索できるが、本物の知識や知恵を自分のものにするには時間がかかる。これらの霊的な鍛錬は、継続的な努力を通じて深化し、より多くの報酬をもたらす。普通、瞑想や祈りをし始めると、大主教が「スピリチュアル・スイーツ」と呼んだもの――内面生活に注意を払い始めることによって生じるゾクゾクした感覚や落ち着き――を味わえるようになる。それらはスイーツのように甘いが、本当の恩恵がもたらされるのは、喜んだり悲しんだりする人生経験に、自分の心血や魂を注ぎ込める一時的な容器を私たちが創造するときである。

瞑想的な人生は、人によって異なるものであり、すべての鍛錬が必ずしもすべての人に効くわけではない。それゆえ、自分に最適なものを見つけてほしい。ここで提示されているのは、修行のサンプルにすぎない。とはいえ、ダライ・ラマや大主教が用いているものもたくさん含まれている。これらがあなた自身の修行の役に立ってくれることを願っている。

朝の目標設定

すべての意識的な行動は志すこと、すなわち目標を設定することから始まる。多くのチベットの僧侶は一日にどう向き合うかの心の準備をする一つの手段としてそれを行なう。彼らはまた、瞑想で座る準備をする際、あるいは、大切な仕事を引き受けるとき、定期的に自分の志をチェックする。あなたの志に焦点を当てるもう一つの方法は、あなたのもっとも高い理想を支える短い印象的な一節を読むことである。大主教は毎朝、聖体を祝福する――聖書の一節を読むことや、聖書の一節に思いを巡らせることを含む。彼は何時間にもわたって聖餐式を挙げる（朝と昼と夜のお祈り）。そのために指定された文書を繰り返し読む。彼はまた、心の指針となる偉大な神秘家が書いた一節を読むのを好んでいる。

❶**かかとを床につけ、くつろいで椅子に座るか、足を組んで座る**。このエクササイズは目覚ましが鳴り終わり、あわただしい一日が始まる前、まだベッドに横たわっている間でもできる。両手は膝の上か、お腹の上に置く。

❷**目を閉じ、鼻でゆったりとした呼吸を数回行なう**。呼吸をするたびに、お腹が出たり引っ込んだりするのを感じる。

❸**自分にこう問いかける**。「**私が心の底から願うのはなんだろう？　自分自身のため、自分が愛する人のため、世界のために私が望むのはなんだろう？**」。私たちのもっとも深い願望は普通、束の間の願望や欲求を超えたところに横たわっている。それらは、私たちを最大の幸福に導いてくれる。ダライ・ラマは私たちの志を試す単純な方法として、「それはただ単に私のためだろうか、それとも他人のためだろうか？　少数の人の利益のためだろうか、大勢の人の利益のためだろうか？　今のためだろうか、未来のためだろうか？」と自らに問うことを勧めている。この問いかけは、私たちが真に望んでいるもののほうへと私たちを導いてくれる可能性がある。

❹**次にその日の自分の志を声に出してみる**。たとえば、「今日、心の底から愛をこめてみんなに挨拶

できますように」「今日、あまり批判的になりませんように」「今日、子供に忍耐強く愛情を持って接することができますように」。もし自分の志がわからなければ、多くの人々をより大きな慈しみと幸せの旅に導いてきた伝統的なチベット人の祈りを暗唱してもいいだろう。

生きとし生けるものが幸せになれますように
生きとし生けるものが苦しみから解き放たれますように
生きとし生けるものが喜びから引き離されませんように
生きとし生けるものが平穏無事に暮らせますように

喜びをさまたげるものを克服する

集中とストレスの緩和──呼吸法

呼吸は、多くの宗教的伝統において、霊的修行の要として重視されている。というのも、自己と世界をつなぐ蝶番だからだ。私たちの呼吸は内的なものでもあるし、外的なものでもある。また、自発的にも行なわれるし、無意識にも行なわれる。したがって、自己修養をきわめるための理想的な入口なのだ。覚えているかもしれないが、集中は非常に重要であり、神経科学者のリチャード・デイヴィッドソンは、健康の四つの神経回路のうちの一つが、精神を集中させる能力に捧げられていることを発見した。大主教が夜明け前、昼、夕方に維持している静かな時間を守ることが、精神を集中させてストレスを和らげ、もっとも重要なことに専念するもう一つの方法である。

❶**誰にも邪魔されずに修行ができる静かな場所を見つける**。その物理的空間——部屋、コーナー、クッションなど——が、修行の時間であることをあなたの身体に伝える合図になるだろう。

❷**快適に座る**。クッションや椅子に座っている場合は、少し上体を前に傾け、背筋をまっすぐに伸ばせるよう、背中を背もたれから離す。慢性的な腰痛があるなら、必要に応じて調整する。

❸**目は閉じるか、リラックスした状態で薄く開けたままにする**。

❹**手は膝の上にそっと置く**。

❺**呼吸に集中する**。

❻**腹が膨れるぐらい、鼻を通して深呼吸する**。**水差しが底のほうから水で満たされていくように、あなたの肺もまた底のほうから空気で満たされていく**。

❼**ゆっくりと息を吐く**。

❽**息を吸うたびに「入ってくる」、息を吐くたびに「出ていく」と考える**。**代わりに、息を吸って吐くたびに、息をした回数を数えてもよい**。

❾**五回から一〇回、息を数えたら、初めに戻り一から数え直す**。よくあることだが、集中力が切れて、余計なことを考え始めたら、あわてずただ注意を呼吸に戻す。最初は五分から一〇分これをし、慣れてきたら、徐々に時間を延ばしていく。

❿**もし特に強くストレスを感じているなら**、息をするたび、心を穏やかにする冷たい空気が入ってきて、体内に広がっていくのを想像するとよい。次に、息を吐くたびに、ストレスがあなたの身体から、具体的に言うなら、あなたの首、肩、背中、お腹、その他、緊張しているところから出ていくのを想像する。

朝の瞑想――歩行あるいは運動

大主教は毎朝、歩行瞑想や健康に良い運動をする。反アパルトヘイト闘争をしている間、死の脅威にさらされても、ずっとそれを続けていた。私はフロリダで一緒に仕事をしていたとき、彼の歩行瞑想のひとつに同行する機会に恵まれた。三〇分ほど黙って歩いていると、突然、道が壁によって断ち切られた。大主教が道の端のギリギリまで歩いていき、鼻が壁にくっつきそうになるのを見たことを忘れられない。私は、その瞬間、アパルトヘイトを終わらせるために、世界中を飛び回り、近道を通ることも、引き返すこともなく、行けるところまで行こうとするまっすぐな人物を見た。ウォーキング、ハイキング、ランニング、その他いかなる運動でも、瞑想にすることができる。鍵は、お話や音楽やテレビといった外部の気晴らしを避けること。目標は、しばしば身体の知恵を通してやってくる精神の知恵に耳を傾けること。

恐れ、怒り、悲しみ――分析的瞑想

ダライ・ラマが言ったように、恐怖、怒り、そして悲しみは自然な人間の反応である。恐怖と怒りは自然なストレス反応であり、私たちのために重要な情報をもたらす。悲しみも、私たちが人生のなにかに不満を持っていることを知らせてくれることがある。これらの三つの感情は、現状を変えるよう私たちを動機づけるために進化したことは間違いない。大主教が述べたように、霊的な修行を積んでも、ときどき、これらの感情は生じる。しかし、絶えず恐れや怒り、悲しみなどで状況に反応していると、負のエネルギーを永続化させやすい。破壊的なのは、こうした感情の非合理的で強迫的な要素である。瞑想は、闘争／逃走反応から逃れ、感情的に反応するのではなく、意図を持って行動するために、刺激と反応の間の間(ま)を広げる能力を発達させる深遠な方法である。

ダライ・ラマは次のように語っている。「〝瞑想〟という言葉はきわめて広大です。たとえば、瞑想の一つの形態は、無思慮を含みます。朝、カーテンを引くと、窓台の上にハトがとまっているのをよく見かけるんですが、ハトはこの種の瞑想と似たようなことをしているように思います。眠っているわけではなく、思慮のない状態にいるのです。焦点を絞った注意を維持する瞑想もあります。たとえば、宗教的な信者にとって、神への一点集中は、瞑想して心を鎮めるすこぶる強力な方法です。

現在、私自身の修行では、もっぱら分析的瞑想に打ち込んでいます。これは精神的な探究の一形態で、自分の思考を思考として見、それに縛られたり、それと同一化したりしないようにする術を学ぶものです。あなたは自分の思考が必ずしも真実を反映するとは限らないことを認識するようになります。分析的な瞑想では、絶えず次のように自問します。〝真実とはなんだろう？　私たちが大切に保持し、私たちの最大の関心の的になっているこの自己あるいは「私」とはなんだろう？〟分析的瞑想では、私たちの存在の非永続性やはかない性質について熟考します。

一部の瞑想は、ただ単に無思慮の状態を生み出そうとします。それが鎮痛剤のような働きをします。とはいえ、一時的に恐怖や怒りが消えますが、瞑想が終わると、戻ってきます。分析的瞑想を用いれば、恐怖や怒りの根本的な原因に到達することができます。たとえば、怒りの九〇パーセントが自分の気持ちの反映であることがわかります。怒りの言葉は過去のものであり、記憶の中以外、存在しないことがわかるのです。そのように考えると、怒りの強烈さが薄れ、心の免疫ができて、怒ることが少なくなります。

瞑想とは、単に座って目を閉じていることを意味すると多くの人が思っています」とダライ・ラマは続け、目を閉じて、硬直した姿勢を取った。「そのような瞑想なら、私の飼っている猫でさえできます。彼はそこにゴロゴロ喉を鳴らしながら、穏やかに座っています。ネズミが来ても、心配することはありません。私たちチベット人は、オム・マニ・ペメ・フム（Om Mani Padme Hum）のような真言（マントラ）を頻繁に唱えます。観音菩薩の名を呼んで、私たちが苦しみの根本原因を調べるのを忘れていることを知らせる真言です。たぶん、ゴロゴロ喉を鳴らす私の猫は、実際には、オム・マニ・ペメ・フムを唱えているのでしょう」。ダライ・ラマは敬虔（けいけん）なチベット仏教の猫のことを考えて、高笑いした。仏教の伝統のもっとも神聖なフレーズでさえ、彼の分析的探究やユーモアのセンスを超えてはいなかった。ダライ・ラマは、真実がどこにあろうと、それに関心を抱いていた。分析的瞑想は真実を見分けるためのもっとも効果的なツールの一つなのだ。

❶**楽に座る。**

❷**目は閉じてもいいし、開けたままでもよい。**開けたままにするなら、視線をぼかし、内面に焦点を当てる。ダライ・ラマが瞑想するときは、目は開けたままだが、なにも見ないよう、視線を少し下に落とす。

❸**あなたを悩ませている問題か経験を選ぶ。もしくは、生じてくる思考や感情をただ見つめ、それらを判断したり、それらに同一化したりせず、それらが一過性のものであることを認識する。**一部の思考や感情は明るくて楽しいだろうが、暗く、荒れ狂った思考や感情もあるだろう。いずれにせよ、すべては時間と共にすぎさっていく。空に浮かぶ雲のように、あなたの心の中を浮かんで通りすぎていくのに任せよう。

❹**次のように自問する。**「**私の思考は真実だろうか？　どうすれば、真実であるかどうかを確かめられるだろう？**　それは現状を好転させる助けになるだろうか？　その状況にアプローチするより良い方法はあるだろうか？」。厄介なことが多い三つの基本的な否定的感情を、どのように分析したらいいか見ていこう。

・**恐怖――恐怖感は、直接、恐怖と向き合うのを助けてくれることがある。**もしあなたの恐れていることが現実になったら、あなたは起こりうる最悪の事態を考えることができる。あなたや（あなたの）愛する人は、それを乗り越えて生き残ることができるだろうか？　実際に、それはあなたや愛する人に、益をもたらすだろうか？　それが起こったら、あなたや愛する人はなにを学ぶことができるだろう？　それは、あなたや愛する人が、人として成長し、深みを増すのを、どのようにして助けてくれるだろう？　たとえば、あなたは学校で奮闘している自分の子供を心配し、悪い結果が起こることを恐れるかもしれない。そのようなときは、こう自問してもらいたい。「恐れている結果は間違いなく起こるのだろうか？　どうして確実に起こることがわかるのだろう？　私が心配すれば、状況を好転させる助けになるのだろうか？　心配すること以外、その状況にアプローチするもっと良い方法はないのだろうか？　私の子供はこの経験からなにを学べるだろう？　彼らは人間としてどのように成長・発達するだろう？」

●**怒り——怒りがなんの役に立つか自問する**。怒りについて考える場合、頭をバンパーにぶつけたことに怒り、故意に頭をバンパーにぶつけたダライ・ラマの運転手の話が参考になる。怒りはちょっとした失望や裏切られた期待を含んでいることが多い。こう自問してみよう。「私はなにを期待していたのだろう？　期待を手放し、起こることを起こるがままに、また、他人のなすがままに受け入れることができるだろうか？　自分にも争いの原因があることを認められるだろうか？　私が怒っている今の状況に、自分自身も一役買っていることを理解できるだろうか？　もし私が言われたことに怒っているなら、それらはもはや存在しない単なる言葉であり、すべてのもの同様、束の間のものであることを認識できるだろうか？　私の怒りは私を含めた誰かのためになるだろうか？」。あなたはまた、怒りが後に後悔するような破壊的な行動——人を傷つけるような言葉を発することから、あからさまな暴力まで——に導きうることをじっくり考えられる。怒りが人間関係を破壊し、他人を遠ざけ、心の平和を奪うことがありうることを瞑想しよう。

● 悲しみ——悲しみに襲われたら、慰めを得ようとすることもできるし、自分の恵みを数えることもできる。すでに見たように、悲しみは、お互いの必要性を表現する感情であり、私たちの悲しみは共に悲しんでくれる人がいると半減する。また、悲しみは他の感情より長く続くかもしれないが、やはり過ぎ去っていく。すべての生命あるものは、悲しみを含め、一時的なものであり、終わりを迎える。どんな生命にも、どんな一年にも、どんな一日にも必ず好不調の波がある。私たちの気分の多くは、なにに焦点を当てるかで決まる。私たちは、自分やかかわりのある人たちにとって、順調にいっていることに焦点を当てるという選択ができる。大主教が言ったように、自分の恵みを数えることもできる。私たちが感謝している事柄に注意を向けることによって、悲しみから立ち直り、素早く喜びの状態を引き戻すことができる。亡命生活の中で、失われたものではなく、自分を豊かにしてくれたものに集中するダライ・ラマの能力は、悲しみや悼み、さらには絶望さえ乗り越えることを可能にした。

いらだちと怒り——祈り

アパルトヘイトの時代、大主教は、圧政的な体制を維持していた政府の役人のために毎日祈っていた。彼らが考えを変え、自分たちが作り出した人種差別の体制を変えるよう祈ったが、彼らの幸福のためにも真剣に祈った。そのことが、彼らを憎むのではなくむしろ愛することを可能にし、最終的に、民主主義国家への転換を果たすために彼らと協力するに至った。

❶目を閉じ、注意を自分の内面に向ける。

❷あなたをいらだたせている人を思い浮かべ、彼らのために祈る。彼らの喜びと幸福を祈る。心の底から真剣に彼らの幸せを祈ろう。彼らを神に愛されるに値する神の子供、あるいは幸せになって苦しみを避けたいというあなたと同じ願望を持つもう一人の人間とみなそう。

❸これを二週間の間、毎日やる。そして、人間関係がどのように変化していくかを観察する。

孤独――共通の人間性を認識する

ダライ・ラマは「第一レベル」の共通の人間性について絶えず語っている。私たちを分け隔てるもの（民族性、人種、国籍、性別）は、私たちを結びつけるもの――共通の人間性、人間的感情、幸せになって苦しみを避けたいという基本的欲求――よりはるかに重要性の度合いが低い。私たちはそれぞれ人間の身体、脳、心臓を持っているので、同じ人間の憧れの他、大主教が指摘するように、同じ人間の弱さや傷つきやすさを持っている。共通の人間性を認識する実践は、外見の違いや拒絶されるおそれがあるにもかかわらず、私たちが深いところでつながっていることを思い出させる。

大主教は、人類の揺りかご、すなわち人類という種が誕生したと思われている場所の近くで生まれた。わずか一〇〇〇世代で、私たちは世界中に広がった。大主教が言っているように、「私たちはすべて、わずか数千世代しか離れていないいとこ同士」なのだ。

❶あなたが愛している子供、親、親しい友人、または大切にしているペットを思い浮かべる。彼らのイメージを心に思い浮かべ、彼らに対してあなたが抱いている愛情を感じる。愛情を感じることから生じる暖かさや開かれた心の感覚に注目する。

❷苦しみを避けて幸せになりたいという彼らの願望を想像する。その願望を達成するために彼らがどのように生きてきたかに思いを巡らす。

❸知り合いではあるが、よくは知らない人を思い浮かべる。仕事の同僚や、学校の級友でもいいし、あなたが買い物をする店の従業員でもいい。その人物に対してあなたが抱く感情が、あなたが気にかけている人に対する気持ちとどのように異なっているかを認識する。私たちはともすれば知らない人に共感せず、つながりも感じない。自分とは分離した存在として、無関心なままでいることが多い。批判的な目で見ることさえある。では、そういう人物になったと想像してみよう。彼らの人生、希望、夢、恐怖、失望、苦しみを想像してもらいたい。あなたと同じように彼らもまた、幸福になって、わずかな苦しみでも回避したいと望んでいることを認めよう。そういう認識の下、改めて自己紹介するには及ばないことを理解しよう。なぜなら、あなたと彼らは同じ人間であり、すでに強い絆で結ばれているからだ。彼らはあなたと同じように孤独かもしれない。あなたが彼らに差し延べる手は、彼らにとって贈り物かもしれない。

❹その気づきを持って世界に出ていく。周囲の人たちに心を開くことによって、この新たに発見したつながりに基づく生活を始めてもらいたい。微笑みかける、暖かな目で見る、軽く会釈するといったことで、他人を認めてもいいだろう。文化の違いによって、他者を認める方法はさまざまであるが、自分に合った方法を見つけて、人類の兄弟姉妹に挨拶してもらいたい。孤独と孤立に苦しみ、あなたを認めない人がいたとしても、落胆しないように。あなたは自ら孤独を経験したことがあるゆえに、共感することができるだろう。大きな信頼感、親切心、慈しみの心を持って世間の人々に挨拶してもらいたい。そうすれば、世間の人々も同じように応えてくれるだろう。あなたが世界に向かって微笑めば、世界は微笑み返してくれやすくなるのだ。

嫉妬——ムディターの実践

私たちは嫉妬すると、喜びを消し去る不満足感につきまとわれる。そして、自分が持っているものではなく、持っていないものしか見ることができなくなる。妬みは罪悪感や自己批判を伴う毒であり、私たちの幸福をだいなしにし、富と驚異に満ちた世界を空っぽにする。上述した共通の人間性を認識する実践の他に、仏教は私たちを分離させる孤立と嫉妬の絆を断ち切る行法を持っている。ムディターと呼ばれるもので、他人の幸運を喜ぶ行だ。親が自分の子供の幸運を喜ぶのと同じように、私たちは他人を自分の一部として受け入れられるようになるまでアイデンティティを広げ、心を開いて他人の喜びを自分の喜びとして経験することで、他人の幸運を喜ぶことができる。

❶**あなたが妬むものを持っている人物を想像する**。

❷**あなたがその人物と同じ人間であることを認める**。共通の人間性を認識する、以前の修行を参考にしてもいいし、あなたが妬む人の希望、夢、恐怖、失望、そして苦しみに焦点を当ててもよい。あなたの妬む人物が、あなたと同じように、幸福になって、わずかな苦しみさえ回避したいと願っていることを認識しよう。

❸**彼らが持っているものがいかに彼らを幸せにしているかを想像する**。あなたが妬むものを彼らが持っていることが、彼らや彼らの家族にとってどんな意味を持つかについて考える。車、家、または地位が大きな満足の源かもしれない。心を広げて、彼らの幸運を自分のこととして受けとめ、彼らの幸運を喜ぼう。彼らがあなたの助けを必要としないほど自立しているのは喜ばしいことなのだ。

苦しみ、逆境、病気——ロジョン・プラクティス(八句の心の訓練法)

チベットのマインド・トレーニング（ロジョン）の基本は、自分が経験している苦しみや逆境がどんなものであれ、それらを霊的な鍛錬とし、自分の成長・発達のために利用する、という考え方である。たとえば、厄介な上司がいるとしよう。あなたはその上司とのやりとりを、粘り強くて立ち直りが早い信頼できる人間になるための、試金石とみなすことができる。もし交通事故に遭って、あなたの車がめちゃくちゃに壊れたら、車を失ったことにこだわるのではなく、自分が怪我をしなかったことに感謝する。財政的な危機や破産に直面したら、その経験を、同様の苦難を経験している人たちに共感し、自分の共感と思いやりの能力を拡大する機会とみなす。大主教が言ったように、共感する能力や慈しみの心は、苦しい経験を通して培われるのだ。

❶**あなたがどんな状況で苦しみや逆境を経験しているかを考える。**

❷**同じ状況を経験している他人について考える。**似たような状況か、もっと悪い状況に置かれている他人について考えることができるだろうか？　彼らに対して共感や慈しみを感じることができるだろうか？

❸**この状況はあなたにとってどんな役に立つのだろう？**　この経験からなにが得られるだろう？　どのような教訓が学べるだろう？　この状況は、あなたが人として成長し成熟するのをどのように助けてくれるだろう？

❹**この苦しみと逆境があなたに与えてくれた好機に感謝する。**

❺**「私の苦しみの経験が同様の苦しみを味わっている他人を救う役に立ちますように」と唱える。**あなたは、他人の苦しみを緩和するために、自分の苦しみをどのように活用できるだろう？　あなたの行動は、他人が同様の苦しみを味わうのを防ぐ助けになるだろうか、あるいは、他人の苦しみを軽減することに貢献できるだろうか？

他人の苦しみ、逆境、病気――トングレン瞑想

有名なトングレン瞑想は、今ここに存在し、他人が苦しんでいるときや逆境にあるとき、あるいは病にたおれたとき、助けの手を差し延べるものである。この瞑想法はコンパッション・カルティベーション・トレーニング（慈しみの心を養う訓練）のきわめつけであり、強力な仏教の実践をベースにしている。なにをするかというと、イメージの中で、吸う息とともに、他人の苦しみを自分のものとして吸い取り、自らのハートの光でその苦しみを消し去り、吐く息とともに、私たちの愛、勇気、力、そして喜びをその人物に向けて送り出すのだ。『恐れない心』の中で、ジンパはトングレンの強力な効果を紹介している――コンパッション・カルティベーション・トレーニングを受けた病院の牧師が、子供がからむ溺死事故があって、救急救命室（ER）に呼ばれた際、トレーニングがいかに助けになったかを詳しく語った事例である。

「私はこのような状況の重大さを知っていたので、内心、身のすくむ思いがしました。子供がかかわっているケースは、困難なことが多いのです。私はERに向かって急ぎながら、神に力を授けてくれるよう祈りました。看護師は、実際には、兄弟の二人の子供がいたことを私に報告しました。医師は蘇生措置を講じていましたが、好転する兆しはありませんでした。救命室に入っていくと、若い母親が屈んでさめざめと泣いているのが見えたので、全身がこわばるのを覚えました。……私は圧倒されるのを感じました。まるで苦しみと私の仕事のプレッシャーで押しつぶされそうでした。私になにができるだろう？　と、そのとき、トングレンの「与えて、受け取る」テクニックを思い出しました。……そこで、イメージの中で、暗黒の雲のような苦しみを吸い込み、部屋中に、また、私が出会ったすべての人に向けて、ハートから黄金の光を吐き出しました。するとプレッシャーが消え去り、私は苦しみの経験に心を開き、自分を保つために欠かせない大切なものを見つけることができました。苦しみは一呼吸ごとに流動的になり、私に打ち寄せたので、私は解き放たれ始めました。そのときに感

じた解放感は、積極的にかかわった結果、もたらされたものでした」

トングレンはまた、私たち自身の過剰な自分への気遣いから私たちを解放し、他者に注意を集中することにより、私たち自身の苦しみを軽減するために使用できる。ジンパは、恐ろしい交通事故に見舞われ、複数の救命手術を受けなければならなかったチベットのミュージシャン、ナワン・ケチョに関する別の話をしている。生死をさまよう数週間に及ぶ痛みの中で、彼を支えていたのはトングレン瞑想だった。彼はベッドの中で、身体的苦痛や感情的な痛みを経験している他人のことを何時間も考えて過ごした。彼らの苦しみを吸い込み、自分の慈しみと彼らの回復を願う気遣いを吐き出したのだ。ケチョは完治し、音楽の演奏に戻った。

トングレンは、私たちが平和と癒しのオアシスになることを可能にする。ダライ・ラマは、二〇〇八年のチベットでのデモの最中に負傷したチベットの抗議者の苦しみだけではなく、デモに加わった抗議者を厳しく取り締まった中国人兵士の怒りと憎悪をも変容させるためにこの瞑想を用いた。ダライ・ラマが説明したように、それが実際に地上の人々を助けたかどうかは別として、苦しみとの関係を変え、より効果的に対応することを可能にした。

❶ **何度かゆっくりと鼻を通して呼吸し、心を整える。**

❷ **苦しんでいる人のことを考える。** 愛する人や友人、あるいは戦争や紛争の難民のようなグループの人々を選んでもよい。

❸ **あなたと同じように、彼らが苦しみを克服し、喜びに満たされて暮らしたがっている事実を思い出す。** あなたが焦点を当てている人物やグループの幸せを気遣っている感覚を感じてみよう。彼らが苦しみから自由でいてもらいたいという願望を心の底から感じよう。

❹ **彼らの苦しみを受け入れる。** 息を吸うとき、彼らの身体の痛みが、あなたの思いやりのあるハート

の暖かさに触れ、溶けていくところを想像しよう。彼らの痛みは、あなたのハートの明るい光に遭遇すると消滅する暗黒の雲とみなすことができる。もし他人の苦しみを受け入れるという考えが不安に思えるなら、彼らの苦しみがあなたの思いやりのあるハートから輝き出る明るい光の球に溶け込んでいくのを想像してもよい。

❺**あなたの喜びを放出する**。息を吐くとき、あなたの愛と慈しみ、勇気と自信、力強さと喜びで満たされた光線を送っていると想像する。

❻**他人の苦しみを受け止め、あなたの喜びを与えることによって、苦しみを変容させるこの瞑想を繰り返す**。もし個人または愛する人のためにこの瞑想をしたことがあるなら、世界中の苦しんでいる人たちに広げていってもらいたい。もし他人に傷つけられている人の苦しみを和らげたいなら、人を傷つける残酷さと憎しみを受け止め、あなたの愛と親切心を送り出そう。もしできるという感覚があるなら、生きとし生けるものすべての苦しみを受け取り、あなたの慈しみと喜びを与えてもよいだろう。沈黙の中で、あなたの愛と喜びを、ハートから輝き出させてもらいたい。

沈黙のリトリート（**静修——修行や瞑想のために一定期間閉じこもること**）

大主教は年に一、二回、七日から十日の沈黙のリトリートを行なう。大主教は、自分の欲求を叶えるリトリートを設計してくれる霊的なディレクターを擁(よう)している。大主教にとって、沈黙のリトリートは、誰にも邪魔されずに、集中的な祈り、反省、自己検証、深い休息などができる絶好の機会である。リトリートはまた、ダライ・ラマの人生の重要なイベントでもある。彼もまた、自分の住まいで行なう短めのリトリートに加えて、夏のモンスーンの季節に、主としてラダックで、一月のリトリートを行なう。目まぐるしく変化する今の世の中で、こうしたリトリートの時間は、以前よりはるかに大切になっている。リトリートするのに、世界のリーダーである必要はない。

死の瞑想

すべての霊的伝統は、死が私たちの人生の避けられない一部であることを思い出させる。私たち自身の死ぬべき運命を瞑想すれば、緊迫感や物事を冷静に見る感覚、感謝の気持ちを培う助けになる。聖ベネディクトが「あなたの目の前に死を据えておきなさい」と言ったのは有名である。すべての恐怖がそうだが、死の恐怖は無意識の中で成長する。死はあらゆる生命の非連続性やはかなさを思い出させる究極の催促状である。無駄にしてもいい日は一日もなく、一瞬一瞬が重要であることを思い出させるのだ。この死の瞑想は、ダライ・ラマが前に述べた死と再生の瞑想よりも込み入ってはいないが、同じ目標を持っている。私たちが生き生きと生きるのを助けるために死という催促状を活用するのだ。

❶**「生まれたものは必ず死ぬ。私も例外ではない」という言葉をじっくり噛みしめる。**

❷**以下のことを熟考する。「死に至る多くの状況がある。**死は決して止めることはできない。不可避なことは防げない」

❸**今、あなたが死の床にあると想像する。**自分自身に以下の質問をする――「私は他人を愛したことがあるだろうか？　他人を慈しみ、喜びを与えたことがあるだろうか？　私の人生は他人にとって重要だっただろうか？」

❹**自分の葬儀を想像する。**あなたの愛する人があなたの葬儀の準備をし、「今は亡き、誰それ」とあなたに言及するところを想像する。

❺**人々があなたについてなんと言うか想像する。**彼らが言うかもしれないことに、あなたは満足だろ

うか？　彼らに言われるであろうことを変えるために、あなたが変える必要があるのはなんだろう？

❻「私はいつも目的を持って人生を送る」と決意する。 時間は決してとどまっていない。もっとも有意義な方法で時間を使えるかどうかは自分にかかっている。最後の日がきたとき、楽々と後悔せずに去ることができるよう、強い意志を持って生きてもらいたい。

喜びの八本柱を養う

視点――セルフ・ディスタンシング・プラクティス（自分から距離を置く訓練）

すでに紹介した修練の多くは、物の見方を養うものである。瞑想の実践は私たちの視点を、反応しやすい感情の脳からより進化した高度な脳の中枢へと切り替える働きをする。ダライ・ラマの言う「より広い視点」の獲得は、今、いる状況から一歩しりぞいてより大きな構図を見ることによって可能となる。科学者たちはこの訓練を、「セルフ・ディスタンシング」と呼んできた。それは私たちの問題をより明確に考えることを可能にするだけではなく、私たちのストレス反応や否定的な感情を和らげてくれる。広角の視点はまた、自分自身の限られた当面の利益を超えて、他人の利益を考慮する視点を持つことを可能にする。大主教が述べているように、この「神の目」の視点を獲得すると、すべての神の子供たちにとって役立つものが見えてくるのだ。自分自身の利益に囚われないこの能力は、国や組織や家族の有能なリーダーに欠かせないものである。

❶**あなたが直面している問題や状況を考える。**

❷**あなたの問題を、あたかも他人に起こっているかのように自分に説明してみる。**第一人称（私）ではなく、あなたの名前を使う。

❸**問題や出来事を、一週間後、一年後、さらには一〇年後の視点から想像する。**それは、依然としてそのときもあなたに影響力を持っているだろうか？ あなたはそれをまだ覚えているだろうか？ その経験からあなたはなにを学んだだろう？

❹**神の目、あるいは宇宙的視点からあなたの人生を目撃する。**そのような観点からあなたの恐れや不満を見る。かかわりのあるすべての人が、あなたと同等の価値を持ち、愛され、敬われるに値することを認める。そのあとで、全体のためになることがなにかを自問する。

謙虚さ――ロジョン・プラクティス

謙虚さは、他人との共通の絆を思い出すのを助けてくれる。また、孤立、判定、そして無関心を避けることに手を貸してくれる。大主教の言い方を借りれば、私たちはすべて同等に愛されている神の子供たちであり、地球上で暮らす七〇億の人間の一人にすぎないことを思い出させてくれるのも謙虚さである。私たちは全員、人類という種の兄弟姉妹なのだ。

❶**あなたの人生に責任を負っているすべての人のことを考える。**あなたを生んでくれた両親、あなたにいろいろなことを教えてくれた先生、あなたの食べ物を育ててくれた人たち、あなたの服を作ってくれた人たち、その他、あなたの日々の人生を支えてくれている無数の人たちについて考える。次に、私たちが当たり前だと思っているもの、たとえば、私たちの生活を支えてくれている家や作

物や薬を生み出した人たちについて考える。また、大きな困難に立ち向かって生き延び、私たちがこの世に誕生することを可能にしたすべての先祖のことを考える。そして最後に、あなたの人生に意味と目的を与えてくれる家族や友人のことを考える。

❷**心を開いて、これらの人たちへの愛と感謝の気持ちを感じ取る**。自分に与えられてきたすべてのものを思い起こすときに湧き上がってくる大きな喜びと感謝の気持ちを味わう。そして、私たちがいかに他人に依存しているか、ひとりひとりでは弱いが、団結すれば、いかに強くなれるかを悟る。

ユーモアを育むために自分自身を笑う

ユーモアは自然に湧き起こるもので、育てることはできないが、自分自身を笑う能力や、人生のあちこちに転がっている皮肉やおかしな現実を見抜く能力は、物の見方同様、時間をかけて訓練することによって習得できる。

❶**あなたの能力不足、人間的な欠点や癖について考える**。ある角度から見れば、手放しで笑えるあなたの一面について考える。ダライ・ラマは、英語を流暢に話せない自分の能力不足を笑うことができるし、大主教は自分の大きな鼻を笑うことができる。あなたは自分のなにを笑えるだろう？ あなたが自分自身を笑い飛ばすことができれば、他人はあなたに親近感を覚えるようになり、自分自身の能力不足や欠点や癖を受け入れることができるようになる。

❷**自分自身を笑う**。今度、あなたが、滑稽な振る舞いをする、面白おかしいことを言う、無様（ぶざま）な失態を演じるといったことがあったら、自分自身を笑い、茶化してみよう。ユーモアは衝突を終わらせる最善の方法の一つである。あなたが自分自身を茶化したり、過剰反応していることや愚かである

ことを認めることができればなおさらだ。

❸ **人生を笑う**。今度、あなたが遅刻したり、なにかが思いどおりにいかなかったりしたら、怒ったり憤慨したりする代わりに、その状況を楽しんでみよう。あなたが楽しめば、他人がリラックスし、和(なご)やかな雰囲気になることに気づくだろう。同様に、日々の生活の中で、皮肉な結果に遭遇したら、ユーモアを持って受け止めよう。

受容——瞑想

喜びを味わえるようになるには、現実を受け入れることが必要である。大主教とダライ・ラマが共に述べているように、個人的に変化するにしろ、グローバルな変化を引き起こすにしろ、現実の受容が唯一の出発点である。瞑想は、判断や期待をせずに、人生をあるがままに受け入れることを可能にする訓練である。

❶ **足を地面につけて椅子に座るか、あぐらをかいて座る**。手は膝の上に置いてもよい。

❷ **目を閉じて、長い鼻呼吸を数回行なう**。息を吸うたびに、胃のあたりが膨らむのを感じる。

❸ **周囲で聞こえるものに注意を払う**。世界がどのような音で満たされているかに注意を向ける。それらの音についての考え——判断、評価、いらだち——が生じたら、心に浮かんで去っていくままに任せる。

❹ **呼吸に焦点を当てるのをやめる**。**現在の瞬間に留まったまま、生じてくる思考や感情に注意を向ける**。おそらく、あなたは身体になんらかの不快感や感情を覚えるだろう。あるいは、成し遂げなければならないことや、今日中に、やらなければならないことについての考えが浮かんでくるかもし

れない。

❺**思考が浮かんできたら、判断したり、囚われたりせずに、流れ去っていくままに任せる。**思考に同一化せず、あくまでも思考として眺めることから始めよう。一瞬一瞬、判断せずに、じっと観察する。

❻**あなたが受け入れるのに苦労した状況について考える。**もしかしたら、それは仕事を探すことかもしれないし、人生のパートナーを探すことかもしれない。あるいは、友人の病気や、戦争のような集合的な出来事かもしれない。

❼**痛みを伴うのが現実の性質であることを思い出す。**痛みを伴うこうした現実は、私たちにも、私たちが愛する者にも起こる。

❽**現在の状況に導いた要因のすべてを知ることなどできないという事実を認める。**

❾**起こったことはすでに起こってしまったこととして受け入れる。**過去を変えるために、あなたにできることはなにもない。

❿**「この状況にもっとも肯定的な貢献を果たすには、それが現実であることを受け入れなければならない」ということを思い出す。**

⓫**あなたはまた、以下の二つの一節（一つは仏教の伝統、もう一つはキリスト教の伝統から取ったもの）のいずれかを暗唱するか熟考してもよい。**

それに関してなにかがなされるとすれば、
どうして落胆する必要があるだろう？
それに関してなにもなしうることがないならば、
落胆することで、どんな役に立つだろう？

神よ、変えられないものを心穏やかに受け入れる寛大さと、
変えるべきものを変える勇気と、
変えられないものと変えるべきものとを分別する知恵を、
われらに与え給え。

——ラインホルド・ニーバー『ニーバーの祈り』

——寂天『菩薩(ぼさつ)の道』

四重の許しの道

大主教は、当時、大統領だったネルソン・マンデラから、南アフリカの真実和解委員会の議長になってくれと頼まれたとき、世界を牽引(けんいん)する許しの唱道者になった。真実と許しと和解を用いて、暴力的な闘争を乗り越えようとした先駆的な努力以来、彼は何十年にもわたって、どのようにして許せばいいのかと問われてきた。大主教やダライ・ラマを含め、ほとんどの霊的指導者は、許しの重要性を断固として主張するが、実際の許しのプロセスについて語る人はまれである。『許しの本』の中で、大主教と彼の娘、ムポ・ツツは、許しへの普遍的な四重の道を提示した。この一歩一歩のプロセスは、フォーギブネス・チャレンジ(forgivenesschallenge.com)の中で、世界中の人々に明らかにされてきた。そして、現在、一七〇か国以上の人々によって用いられている。許しは、どちらかというと、込み入ったプロセスになりやすい。四重の道は、痛みやトラウマの主要源を癒そうとしている人たちにとって助けになるかもしれない。また、どのようにして許しを乞(こ)えばよいかや、自分自身を許すことを学ぶにはどうしたらいいかにも取り組んでいる。以下に紹介するのは、四重の道の基本ステップに最新

の神経科学の研究のいくつかを組み合わせたものである。

❶**あなたの経験談を話す**。すべての許しは真実に向き合うことから始めなければならない。実際に起こったことを日記に書き出してもいいし、信頼できる友人に話してもよい。また、自分のストーリーを語ると、意識の中で記憶が統合され、感情的な反応の一部を和らげてくれる可能性がある。痛ましい記憶を癒し、自分自身を再び傷つけるのを回避するには、その出来事を、映画の中で起こっているかのように見つめているという想像が役に立つ。そうすれば、脳神経のストレス反応を誘発することが少なくなる。イーサン・クロスと彼の同僚による科学的議定書は、次のようにして自分の経験を思い出すよう勧めている――目を閉じる。感情的な経験をした時と場所に遡り、心の目でその場面を見る。次に二、三歩後ろに下がり、距離を置いたところからその出来事が展開するのを見つめる。出来事の中の自分自身を観察できる地点まで、その状況から離れるのだ。そして、離れている自分にその出来事が起こっているかのように観察する。

❷**傷に名前をつける**。事実は事実であるが、これらの経験は強い情動や痛みの原因となったので、名前をつけることが大切である。離れている自分のまわりで、出来事が展開するのを観察する際、自分がどんな感情を覚えているかに注意しよう。なぜそのような感情を覚えたのだろう？ その感情を引き起こした原因はなんだったのだろう？ 新鮮な傷なら、「この状況は一〇年間、私に影響し続けるだろうか？」と自問してみよう。古い傷なら、自分がずっとその痛みを抱えていたいか、それとも痛みから解放されたいかを自問しよう。

❸**許しを与える**。許す能力は、私たちが同じ人間であるという認識や、人間であるゆえに、お互いに傷つけ合うことを認めることによって培われる。あなたは、自分を傷つけた人間が自分と同じ人間性を持っていることや、彼らが自分自身の苦しみゆえにあなたを傷つけたという事実を受け入れる

ことができるだろうか？ もし人間性を共有していることを受け入れられれば、復讐の権利を放棄し、報復するのではなく、関係を癒すことに向けて、一歩を踏み出すことができる。とくに親しい間柄では、自分にもなんらかの非があったことを認め、許しを乞う必要がある場合もある。

❹**関係を取り戻す、あるいは手放す**。いったん、誰かを許したら、その関係を取り戻すか、手放すかの重要な決断をしなければならない。トラウマが著しい場合には、以前の関係には戻れないだろうが、関係を刷新（さっしん）できるチャンスはある。関係を刷新すれば、家族やコミュニティを癒すことによって、恩恵を受けられる。関係を手放せば、前に進むことができる。とくに、私たちを傷つけた人の幸福を心から望み、彼らも私たちと同じように、苦しみを避けて、幸せになりたいだけだということを認める場合はそうだ。

感謝の日記

これまで見てきたように、感謝は喜びのきわめて重要な一部である。というのも、人生を味わい尽くし、人生における私たちの幸運のほとんどが、他人からもたらされることを認識できるようにしてくれるからだ。感謝の実践は大層簡単である。感謝を広げるために、謙虚さの実践に戻ってもいいだろう。謙虚さの実践も、あなたが現在のあなたになるのを助けてくれたすべての人たちへの感謝を含んでいるからだ。次の感謝の実践は、大小の恵みに感謝するために、毎日できるよう意図されている。この実践にまた、朝設定した目標を達成したかどうかを振り返ってみる一日の終わりにすることもできる。配偶者や友人と一緒に行なってもいいだろう。

❶**目を閉じて、その日あったことであなたが感謝している三つのことを思い出す**。友人の優しさや寛

大さから食の恵み、太陽の暖かさ、夜空の美しさまでなんでもよい。できるだけ具体的に思い出そう。

❷その三つのことを日記に書き留める。この実践は頭の中で行なってもいい。あなたが感謝しているもののリストを心に保つことが、時間の経過と共に多くの身体的および感情的な恩恵をもたらすことが明らかにされてきた。日記をつけるたびに、三つの異なることを書き留めよう。効果的な感謝の日記の鍵はバリエーションである。

慈しみの瞑想

ダライ・ラマと大主教が、養う価値がある性質について語るとき、おそらく「慈しみ」以上に頻繁（ひんぱん）に使う言葉はない。要するに、ダライ・ラマは子供たちにもっと慈しみの心を持つよう教育することが、世界を変えるために私たちにできるもっとも大切なことだと感じているのだ。とはいえ、慈しみの恩恵を享受するために、次の世代が成長するのを待つ必要はない。実際に、一日一〇分でも慈しみの心を育てれば、尽きることのない喜びに導いてくれる、とダライ・ラマは語っている。私たちの関心の輪を広げることは、私たちの幸せだけではなく、世界の幸せにとっても欠かせない。以下の実践はコンパッション・カルティベーション・トレーニングのプログラムから取ったものである。さらに徹底したコンパッション・プラクティスの連続プログラムは、ジンパの『恐れないハート』の中に見出される。

❶快適に座れる場所を探す。

❷鼻を通して五、六回ゆっくりと呼吸をしてから、一、二分呼吸を意識する瞑想を行なう。

❸ **あなたが心から愛している人を思い浮かべる**。親戚や友人、ペットでもかまわない。心の目で彼らの顔を見るか、彼らの存在を感じる。彼らを思い浮かべるとき、あなたがどのように感じるかに注目する。

❹ **湧き上がってくる感情をありのまま感じる**。もし暖かさ、優しさ、愛情を感じたら、それらの感情を感じるままに任せる。もしなにも感じなかったら、思い浮かべた愛する人を心に留めておく。

❺ **以下の祈りの言葉を暗唱する**。

- **あなた**（愛する人）**が苦しみから解放されますように**。
- あなたが健康でありますように。
- あなたが幸せでありますように。
- あなたが心の平和と喜びを見つけられますように。

❻ **息を吸い、吐くときに、自分のハートの中心から暖かな光が放たれ**、あなたの愛する人たちにあなたの愛を届け、心の平和と喜びをもたらすところを想像する。

❼ **一分以上、愛する人の幸せを思って楽しむ**。

❽ **愛する人が困難な時期を味わっていたときを思い出す**。

❾ **愛する人の痛みを経験する**。どんな感じだろう？　胸が痛むだろうか？　胃のあたりに不快感を覚えるだろうか？　それとも、助けたくなるだろうか？　ただ、感情に気づき、感じるままに任せよう。

❿ **以下のフレーズを暗唱する**。

- あなたが苦しみから解放されますように。
- あなたが健康でありますように。
- あなたが幸せでありますように。

●あなたが心の平和と喜びを見つけられますように。

⓫ **暖かな光が自分のハートの中心から湧き出し、あなたが思い浮かべている人物を包みこみ、その苦しみを和らげるところを想像する。**その人が苦しみから解放されてもらいたいと心の底から願う。

⓬ **あなたが大きな困難や苦しみを経験したときを思い出す。****子供のときかもしれないし、ひょっとしたら今かもしれない。**

⓭ **手を胸に当て、暖かさや優しさ、自分自身に対する慈しみの感覚に注目する。**

⓮ **すべての人と同じように、あなたが幸せになって、苦しみから解放されたいと思っている事実を思い起こす。**

⓯ **以下のフレーズを暗唱する。**

●私が苦しみから解放されますように。
●私が健康でいられますように。
●私が幸せでいられますように。
●私が心の平和と喜びを見つけられますように。

⓰ **あなたが好きでも嫌いでもない人物を想像する。** 仕事場や店やトレーニング・ジムで頻繁に会うが、これといった強い感情を抱いていない人物である。

⓱ **すべての人と同じように、その人物が幸せになって、苦しみから解放されたいと願っている事実を思い起こす。**

⓲ **その人物が苦しみに直面していると想像する。** 愛する人と喧嘩をしているかもしれないし、絶望や悼みを感じているかもしれない。あなたのハートが、この人物に対する暖かさや優しさ、思いやりや助けたいという衝動を感じるままに任せる。

⓳ **以下のフレーズを暗唱する。**

- あなた（好きでも嫌いでもない人）が苦しみから解放されますように。
- あなたが健康でありますように。
- あなたが幸せでありますように。
- あなたが心の平和と喜びを見つけられますように。

⑳地球上で暮らす誰もが、幸せになって、苦しみから解放されたいという基本的な欲求を持っている事実を思い起こす。

㉑あなたが困難な関係を持っている人物も含め、すべての人が苦しみから解放されてほしいという願望で、あなたのハートを満たす。そして、以下のフレーズを声に出さずに繰り返す。

- 生きとし生けるものがすべて苦しみから解放されますように。
- 生きとし生けるものがすべて健康でありますように。
- 生きとし生けるものがすべて幸せでありますように。
- 生きとし生けるものがすべて心の平和と喜びを見つけられますように。

㉒あなたのハートが慈しみと気遣いの感情で満たされるままに任せ、暖かさや優しさ、親切心を感じる。この慈しみの感情を世界に向かって輝かせよう。

慈しみ——祈り

大主教は、祈りを必要としている人のために、長い祈りのリストを持っていることが多い。祈りは指定された礼拝の間や個人の祈りの時間に行なわれる。名前を知っていようがいまいが、また、ニュースで知っただけにしても、苦しんでいる他者に心やハートを開く能力は、日々、自分のことにかまけている心に、慈しみの気持ちをしみ入らせてくれる。彼らを助けるよう神に頼んでもいいし、彼らが必要としているものを与えてくれるよう頼んでもいいだろう。彼らを祝福してくれるよう神に頼み、彼らが健全で幸せになれますように、と祈ってもいいだろう。

慈しみ——断食

大主教は毎週、断食をする。断食は自制心を養う助けになるだけではなく、一部の人たちが貧困などで否応なく耐えなければならない空腹を体験できるので、慈しみの心を育む助けにもなる。多くの人を虜(とりこ)にする食物から注意をそらせば、思考や祈りに捧げる時間をもっと増やせるようになる。大主教は年を取ったので、彼の医師は断食の際、飲み物を呑むよう勧めた。そこで、大主教は、「ホットチョコレート断食」をし始めた。あなたも、自分の身体、精神、心に適した方法で断食するといいだろう。

寛大さを養う実践

これまで論じてきたように、慈しみは必要ではあるが、それだけでは充分ではない。慈しみは他人を助けたいという衝動だが、その衝動によって引き起こされる行動は寛大さである。寛大さの実践は、とても大切なので、世界の多くの宗教で公認され、義務付けられてさえいる。ここでは、仏教で処方されている三つの与える形態——財を与える、恐れからの自由を与える、精神的なものを与える——を紹介している。多くのキリスト教徒は収入の一〇分の一を与える。その精神を拡大し、時間や才能や財産の一〇分の一を与える人たちもいる。私たちがもっとも大きな喜びを味わうのは、このような他者への気遣いによってである。

❶財を与える。この世界を住みやすい場所にするには、永続する不平等や不正を少なくするに越した

ことはない。収入の一〇分の一を与えるにしろ、施しをするにしろ、物を与えるのは、あなたが他者になにを与えられるかを考える日々の実践の第一歩である。

❷**恐怖からの自由を与える**。これには、保護する、相談に乗る、慰めるといったことが含まれる。これは、私たちの時間や注意を他者に与える方法である。今日、あなたにそばにいてもらう必要があるのは誰だろう？　あなたの子供、配偶者、両親、友人、さらには、路上にいる見知らぬ人が、あなたの慈しみと世話を必要としているだろうか？　誰に対してあなたは助け船を出すことができるだろう？

❸**精神的なものを与える**。精神的なものを与えるのに、聖人や霊的指導者である必要はない。ここに含まれるのは、必要としている人に知恵や教えを授けることだけではない。あなた自身の精神の寛大さによって、他人がもっと楽しむのをサポートすることも含まれる。自分の人生を生きることで、慈しみと気遣いのオアシスになってもらいたい。通りを歩いているとき、他人に微笑みかけるだけで、地域社会の人間の相互作用の質に、大きな違いをもたらすことがある。ますます混雑していく孤独な惑星、豊かではあるが、いまだ貧しいこの世界における人生の質に、もっとも影響力があるのは、そのような相互作用なのだ。

喜びの瞑想——八本柱

これは喜びの八本柱を振り返り、問題に遭遇したとき、あるいは、大きな人生の試練であれ、日々の不満（dukkha）であれ、痛みや苦しみに直面したとき、それらを活用できるようにする瞑想である。この瞑想は、人生のでこぼこ道をスムーズに乗りこなすことを目指している。これまでの瞑想を土台にしているが、別個に使用することもできる。八本柱は、心の平和と大きな喜びにつながる実践である。

❶**快適に座る**。足を床につけて椅子に座ってもいいし、あぐらをかいて座ってもよい。手は膝の上に置く。

❷**鼻を通して五、六回ゆっくりと呼吸をする**。身体がリラックスするのに任せ、八本柱のそれぞれを思い起こす。そして、身体がさらにくつろぎ、心が軽くなるのを感じる。

❸**問題を思い浮かべる**。あなたに痛みや苦しみを引き起こしている状況、人物、試練を思い出す。

❹**視点**。広角な視点から自分自身や自分の問題を見つめる。自分自身や自分の問題から数歩しりぞく。自分自身や自分の葛藤を、自分の人生についての映画を見ているかのように見る。次に、問題を一年後、一〇年後の未来から考える。あなたの問題が通りすぎていくものであることを認識する。広い角度から見れば見るほど、問題が縮小していくのがわかるだろう。

❺**謙虚さ**。自分自身を七〇億の人間の一人とみなす。自分の問題を多くの人が経験している痛みや苦しみの一部とみなす。自分の問題を地球上で展開している相互依存の人生ドラマの一部とみなすこともできる。さらには、自分自身を宇宙空間から見たり、神の視点から見たりすることもできる。私たちがお互いにいかに深くつながれているかを見てもらいたい。あなたは特定の場所と時間に咲く宇宙の花の一部なのだ。他人とのつながりはあなたをより強くし、問題を解決する能力を高めてくれる。あなたの人生を支え、あなたが今のあなたになるのを助けてくれたすべての人々への愛と感謝の気持ちを感じてもらいたい。

❻**ユーモア**。あなたは自分の問題、欠点、もろさを笑えるだろうか？　状況や葛藤の中に、ユーモアを見出す努力をしよう。たとえ危険をはらんだ深刻な状態でも、ユーモアを見出せる場合が多い。人間的なドラマは喜劇であることが多く、笑いが救いとなる。たとえ私たちがより良い人生やより

良い世界を望んでいるにしても、笑う能力は、不完全な人生を、あるがままに受け入れられるようにする。

❼**受容**。自分がいくら努力しても人間的な限界を持っていることを受け入れる。私たちに起こっている痛みを伴う現実は、私たちが愛する人にも、周囲の人々にも起こることを思い出す。この出来事に導いた原因のすべてを知ることはできないことを認める。起こったことはすでに起こってしまったこととして受け入れる。そして、過去を変えるために、あなたにできることはなにもないことを認める。「今の状況を好転させることに貢献したければ、それが現実であることを受け入れなければならない」ことを思い出す。

❽**許し**。胸に手を当て、たとえあなたの一部が、問題や困った状況を生み出すことに一役買っていたとしても、自分自身を許す。あなたは人間であり、どんな野望を抱いても、必ずそれを達成できないことがあることを認める。あなたは他人を傷つけ、他人に傷つけられるだろう。かかわりのあるすべての人が同じ人間性を共有していることを認め、たとえ能力不足でも、彼らを許そう。

❾**感謝**。当面の問題で、あるいは現在の人生で、あなたが感謝している三人以上の人物か三つ以上の物事を思い出す。自分の問題が人生や成長に貢献する道を見出すことができるだろうか？　この課題に向き合うのをサポートしてくれる人がいるだろうか？　あるいは、背中を押してくれる物事があるだろうか？

❿**慈しみ**。手を胸に当てるか、両手の掌を胸の前で合わせる。自分が苦労していることを認め、自分自身を思いやる。成長し、学ぶのには時間がかかることを思い出す。あなたは完璧であるようには造られていない。苦しみは避けられない。苦しみは人生という織物の一部である。どんな人生にも不満はつきまとう。目標はそれを肯定的なものとして活用すること。あなたのハートから輝き出る慈愛の光を感じてもらいたい。それをあなたの愛する人、あなたが闘っている人、愛や慈しみを必

要としているすべての人に送ってもらいたい。

⓫**寛大さ**。あなたの魂の寛大さをしっかり感じ取り、周囲の人たち全員に、その魂の寛大さを輝かせている自分自身を想像する。どのようにして自分の贈り物を与えればいいだろう？　自分の問題を他者に喜びを与えるチャンスに変えるにはどうすればいいのだろう？　私たちは他者に喜びを与えるとき、自分自身も真の喜びを味わう。

一日を喜ぶ

一日をどのように締めくくって眠りにつくかは、私たちの修行の重要な部分をなしている。仏教の僧もキリスト教の修道士も、多くの伝統の人々と同じように、修行の一部として一日を振り返ってみる習慣を持っている。聖イグナティウス・ロヨラはそれを「日々の検査 Daily Examen」と呼んだ。仏教の僧は「献辞 Making a dedication」と呼ぶ。この実践はさまざまな側面を持っているが、すべては、その日の目標を達成したかどうか、自分への恵みに感謝したかどうか、翌日への心の準備はできたかどうかを確認する手段として、その日にあったことを振り返ってみることを含んでいる。以下に紹介するのは、二つの伝統の主要な特徴を反映する共通の実践である。もしあなたが宗教的な信仰を持っているなら、これを神と対話する祈りの実践に適用してもいいだろう。信仰を持っていなければ、あなた自身の最良の部分に焦点を当てればいいだろう。

❶**一日を振り返る**。寝る前か、ベッドに横たわっているとき、数分かけて一日を振り返ってみる。重

要な経験、会話、感情、思考を思い返す。だが、自分がしたことやしなかったことに集中しすぎないことが大切である。要は、一日の大まかな特徴に気づき、朝設定した目標にかなっていたかどうかを考えることだ。

❷**自分の感情に注意を払い、経験を受け入れる**。その日に浮かんできた感情を振り返る。もしネガティブな思考や感情が生じたら、ただ感じるままに任せよう。ネガティブな思考や感情を押しのけようとしたり、ポジティブな思考や感情をつかもうとしたりしてはならない。ただ、起こったことを認めるのだ。自分のした行動に失望したら、胸に手を当て、「私はあるがままの自分自身、他のみんなと同じように人間的な欠点を持っている自分自身を受け入れます」と言おう。それから、目標が達成できなかったところがどこかに目を向けよう。というのも、そこが、あなたの成長や学習を可能にする部分だからだ。その日、あなたに痛ましい出来事が起こったら、穏やかにそれを認め、こう語りかけよう。「あれは苦痛だった。僕だけじゃない。人はみんな、ときに苦しむことがあるのだ」

❸**感謝を感じる**。一日を終えるにあたってもっとも重要なのは、たとえつらかったとしても自分が経験したことや、学んだり、成長させてもらったりした出来事に感謝することである。もしあなたが感謝の日記をつけているなら、それらを書きたくなるかもしれない。

❹**一日を喜ぶ**。その日、あなたが気持ちよくしたこと――誰かを助けた、口論の最中、冷静さを保った――を思い出す。なにも思いつかなかったら、この実践を行なっている事実を喜べばよい。あなたの一日の功績を捧げ、すべての人を祝福する。

❺**明日に目を向ける**。翌日に注意を向け、試練にどのように向き合うかの目標を定めることによって、一日を締めくくることができる。翌日、どのようなことがあなたの関心を捉えようと、対処できると信じよう。

人間関係とコミュニティ——大いなる喜び

上記の実践はほぼすべてがある程度の孤独を想定するが、真の喜びの源が、ダライ・ラマと大主教の一週間の言動や、彼らの人生で実証されているように、他者との人間関係にあることを強調しなければならない。それが彼らのもっとも重要なメッセージなのだ。二人とも、自らが育むと同時に育まれた深遠な霊的コミュニティの中に、しっかりと組み込まれている。あなた自身の愛と修行のコミュニティを探し出し、どのような方法でもいいから、喜びの教えを伝えてもらいたい。それはあなたが所属している既存の宗教的なコミュニティかもしれないし、あなたが作るのを手伝ったコミュニティかもしれない。友人や親戚が集まって作ったコミュニティでもいいし、本書を一緒に読む読書グループを母体にしたものでもいいだろう。本書で紹介した喜びの実践は、自分一人でやるより、他の人を誘って一緒にやったほうが、はるかに大きい喜びを得られるだろう。人間関係は霊性の真の基盤である。突き詰めれば、喜びは学ぶものではなく、生きるものだ。私たちの最大の喜びは、他者との寛大で愛情のこもった深い関係の中でこそ味わうことができる。

謝辞

最初に、ダライ・ラマ法王基金の元議長ジェームス・ドウティ医学博士に感謝します。ドウティ博士はリー・ツツの八〇歳の誕生日パーティで、共著のアイディアを提案してくれました。テーマは「喜び」と即決。本を執筆することの喜びに加え、ダラムサラでダライ・ラマやデズモンド・ツツとご一緒できたのは、この上なく光栄でした。本の出版を可能にしてくれたすべての人たちに心から感謝の意を捧げます。

喜びを世の中に広め、この世を住み良い場所にする本を出版する努力をしている編集者や発行者にも感謝します――マウロ・パレルモ、ヴァンダ・オニスコヴァ、ティウ・クラウト、ペニーレ・フォルマン・バルバイ、ヘンリッキ・ティムグレン、パトリス・ホフマン、フロレント・マソット、ウルリッヒ・ゲンツラー、ジャコブ・マルマン、ジェイコブ・マルマン、アダム・ハルモス、アーテム・ステパノフ、パオロ・ザニノニ、タリア・マルクス、ジュリア・クオン、ヘレーン・ブッシュ、ハルダン・フレイハフ、クヌート・オラ・ウルベスタ、ダミアン・ヴァルシャフスキー、アナスタシア・ガメサ、マリヤ・ペトロビッチ、マーチン・ヴィドラ、ローラ・アルヴァレス、カルロス・マルティネス、クラース・エリクソン、ユニ・ウー、インギ・イエ、アレックス・シュー、ジョコスタ・ハミルトン、スーザン・サンドン、メガン・ニューマン、ブリアナ・フラハティ、アンドレア・ホー、ジャスティン・スリフト、キャロライン・サットン。とくにキャロラインは、本書を、単に私たちの言葉を伝えるだけではなく、私たちの深い思いを伝えるものにするために、再三、原稿を推敲してくれました。彼女にはいくら感謝してもしきれません。

私たちの本が適切な発行者――シャンドラー・クロフォード、ジョー・グロスマン、メアリー・クレムメイ、ピーター・フィリッツ、エリカ・ベルラ、ゾーイ・ヒュー、グレイ・タン、トライン・リヒト、クリスティン・オルソン、マリベル・ルクエ、マル・デ・ムンセラー、ジェニファー・ホーグ、ルドミラ・サッシュコバ、ウラジーミル・チェルニショフ、スー・ヤング、ジャッキー・ヤング、エフラト・レブ、デボラ・ハリス、イリアーヌ・ベニスティ、フィリップ・ウォジェハウスキー、マーチン・ビエガジ、リン・フランクリン――の元に行き着くよう獅子奮迅の努力をしてくれた、献身的で有能な海外版権の代理人たちにも感謝します。とりわけ、有能な翻訳者に感謝します。

テンジン・タクラ、チャイム・リグジン、カイドア・オーカツァング、それにダライ・ラマ・オフィスとダライ・ラマ法王基金の顧問弁護士、ケン・ノーウィックはこのプロジェクトの進行に手を貸し、ダラムサラでのスケジュールを実に巧みに調整してくれました。彼らに心から感謝します。彼らの並外れた責任感と努力がなければ、このプロジェクトは成功しなかったでしょう。

ダライ・ラマの八〇歳の誕生祝いのホスト役を務めてくれたツェワン・イエシとゴダップ・ワングドゥ、そしてチベット子供村の同僚たちにも感謝しなければなりません。彼らは学ぶことだけではなく愛情を必要としている多くの子供たちのために力を尽くしてきました。

ダラムサラでの対話の実現を後押しし、多くの人たちがそれを視聴できるようにしてくれた撮影クルーとサポート・チームの方々――テンジン・チョジェ、チェメイ・テンジン、テンジン・プンツォク、ロブサン・ツェリン、ベン・ロブサン・クンガ、ドン・アイゼンバーグ、ジェーソン・エクスジアン、ジュアン・カンマラーノ、ザッカリー・サヴィッツ、ミランダ・ペン・ツゥーリン、アンドリュー・マム、マイケル・マトキン、ララ・ラブ・ハーディン、シビー・ベリアス、サットバー・シン、ジェシー・アブラムス、ラマ・テンジン、ミシェル・ボハナ、パット・クリステン、シャノン・セジウィック・デイビス、ジョン・アンド・アン・モントゴメリー、スコット・アンド・ジョニー・クリエンス、ジョー・ロンバード、マット・グレイ、ドン・ケンダル、ルドルフ・ローマイヤ、ニコ・フォン・フエッツ、ロイド・サットン――にも心から感謝します。とくに、イベントをプロデュースし、シーンをつなぎ合わせてドキュメンタリーに仕上げてくれたペギー・カラハンに感謝しなければなりません。彼女は、万事が時計のように滞りなく進行し、国際色豊かなチームがなめらかに機能するよう取り計らってくれただけではありません。ライティングの魔術で、二人の老人を見違えるほどにハンサムに見えるようにしてくれました。大主教のアメリカ人担当医、レイチェル・エイブラムス医師にも感謝しなければなりません。旅の最中、みんなの体調管理にあたってくれたからです。メアリー・エレン・クレーとゴードン・ウィーラーにも感謝します。

偉大な才能を駆使して喜びのメッセージを広げる手伝いをしてくれた喜びチームの他の国際メンバー――マイク・モール、ラリタ・スズキ、サラ・スティーブン、リンゼイ・ゴードン、アン・コスモスキ、ファリン・シュリセル、ケーシー・マロニー、アレクサンドラ・ブラスキ、ナジマー・フィンレイ、シャーロッテ・ブッシュ、アンドリュー・マム、マーク・ヨシタケ、アイバン・アスクウィス、アンナ・ソーヤー、サバンナ・ピーターソン、ケビン・ケリー、マーク・デイリー、ライアン・ブロンリー、タイ・ラブ、ジェス・クラガー、エリン・ロバーツ、ケルシー・シェロナス――にも感謝いたします。

私たちを支えてくれた最愛の家族と友人たち――ムポ・ツツ・バン・ファース、マーセリン・ツツ・バン・ファース、テンジン・チョーギャル――にも感謝しなければなりません。大主教は、今回の旅に同行することはできなかったけれども、いつものように心の支えになってくれたリー・ツツにも感謝しています。パムとピエール・オミディアーへの感謝の気持ちも伝えなければなりません。彼らがいなければ、本書は日の目を見ることはなかったでしょう。彼らは大切な友人であり、私たちのオフィスと、もっと思いやりのある平和な世界を築くためのキャンペーン、双方の辛抱強いサポーターです。

ダグラスは自分の家族や友人、とりわけ生涯かけての喜びへの旅を支えてくれた両親に感謝しています。そしてもちろん、彼の最大の喜びである妻と子供たち、レイチェル、ジェシー、ケイラ、エリアナにも感謝しています。

トゥプテン・ジンパには最大限の感謝を捧げたいと思います。対話の前後と最中の彼の助けは、本書の実現になくてはならないものでした。彼は本づくりのプロセスのあらゆる局面でダグラスと緻密に連携してくれました。彼の奥の深い知識や寛大な精神、誰もが恐れないハートを持てる思いやりのある世界を生み出そうとする熱意、そういったものがなければ本書は完成しなかったでしょう。

大主教の長年の協力者であり、本書の共同執筆者である友人のダグラス・エイブラムスに感謝するのは言うまでもありません。私たちは彼に、私たちの話した言葉を正確な英文に仕立て上げてくれるよう頼みました。なにしろ私たちの一人は英語のネイティブ・スピーカーではありませんので（誰かはおわかりでしょう）。彼は私たちの言葉を忠実に、そして私たちの気持ちを正直に伝える素晴らしい仕事をしてくれました。それだけではありません。貴重な科学の最新情報をふんだんに盛り込み、笑いと楽しみに満たされた私たちの友情の喜びを実に見事にとらえてくれました。素晴らしい才能を持っている彼は、本書においてその才能をいかんなく発揮し、私たちや読者を魅了してくれました。著作権の代理人、インタビュアー、共著者という重責を担ってくれた彼がいなければ、そもそも今回のプロジェクトは生まれなかったでしょう。特別な存在である彼には心から感謝します。

最後に、喜びと愛に満ちた世界を生み出すために日々努力している私たちの読者に感謝します。私たちが共に生み出す未来は、私たちのこの上なく大胆な夢に応えてくれるでしょう。

訳者あとがき

本書は世界に強い影響力を持つ二人のノーベル平和賞受賞者、ダライ・ラマ一四世と南アフリカの人種隔離政策アパルトヘイトに対する抵抗運動で指導的な役割を果たした名誉大主教デズモンド・ツツによる茶目っ気たっぷりの対談ドキュメントである。ダライ・ラマの八〇歳の誕生日を祝うために大主教ツツがインドのダラムサラを訪れたのを機に、人々への誕生日プレゼントとして企画されたものだ。二〇一六年九月二〇日に発売され、その直後に評判となり、世界的なベストセラーになっている。

テーマは「喜び」。幸不幸は外部の状況次第で変化するが、喜びは私たちの内側にあるもので、満たされた人生にとってより根本的なものだと彼らは言う。つまり喜びは永続する幸福を実現するためになくてはならないものだというのだ。

私たちはともすれば、今の苦しみの多い世の中で喜びを持って生きるのは難しいと考えがちである。だが、苦しみがあるからこそ、真の喜びを知ることができるというのが、苦難の人生を歩んできた二人の偉大な霊的教師が、それぞれの人生経験を通してつかんだ確信なのだ。

恐れやストレスや絶望といった喜びを妨げる人生の要素について考察した後、本書は喜びを持って生きるために必要な八つの徳目（物の見方、謙虚さ、ユーモア、受容、許し、感謝、思いやり、寛大さ）を列挙し、「喜びの八本柱」と名付けている。これは仏教で言う八正道（悟りを得るために養う必要がある八つの徳目）と一部重複しているが、あくまで今回の対談を通して二人がたどりついた結論である。

本書は単なる二人の対談集ではない。二人のユーモアに溢れたやりとりが、ドキュメンタリータッチで描かれている点に最大の特徴がある。報告者の役割を果たしているのが、長年、デズモンド・ツツと一緒に仕事をしてきた作家兼著作権代理人のダグラス・エイブラムスだ。インタビュアーも務めたエイブラムスは、二人の発言や主張を忠実に再現するだけではなく、しぐさや表情を生き生きと捉え、なんともほほえましい喜びに満ちた友情物語に仕立て上げている。とくに、チベット子供村で行われた誕生パーティの臨場感あふれる描写は感動的である。

もう一つの本書の特徴は、スピリチュアリティと科学を互いに反目し合う力とみなさず、お互いに補足し合うものだとしている点である。今や、脳科学や実験心理学の新しい発見により、人間の幸福についての奥の深い洞察がたくさん存在している。そうした最新の科学の知見が、本書の随所に散りばめられている。「これが仏教徒やキリスト教徒の本ではなく、科学によっても支えられている普遍的な本であることが重要なのです」とダライ・ラマは語っている。

巻末の「喜びを実践する」は、二人の偉大な教師が、霊的生活の礎となっている日々の実践を読者と分かち合うためのものである。これらの実践が、本書の教えを読者の日々の生活に統合する助けになってくれるよう彼らは願っている。

最後に本書の翻訳出版を快諾してくれた河出書房新社のみなさんとさまざまなアイディアで助けてくれた編集者の吉住唯さんにこの場を借りて感謝いたします。

二〇一八年八月
菅 靖彦

ダライ・ラマ法王十四世

His Holiness The 14th Dalai Lama, Tenzin Gyatso

法名テンジン・ギャツォ。自らを一人の仏教僧と呼ぶ。チベット国民とチベット仏教の精神的支柱。1989年にノーベル平和賞、2007年に議会名誉黄金勲章を受章。1935年、チベット北東部の貧しい農家に生まれる。2歳のとき、ダライ・ラマ十三世の転生者として認定される。基本的な人間の価値を養うために世俗的な普遍的アプローチの必要性を熱心に訴えてきた。30年以上にわたり、自らも設立に加わったマインド・アンド・ライフ・インスティテュートを通して、幅広い分野の科学者たちと協力し合い、対話しつづけている。世界中を飛び回り、親切や思いやり、宗教間の相互理解、環境への配慮、そしてなかんずく世界平和を促進すべく獅子奮迅の努力をしている。現在、インドのダラムサラで亡命生活を送る。www.dalailama.com

デズモンド・ムピロ・ツツ

Desmond Mpilo Tutu, Archbishop Emeritus of Southern Africa

南アフリカの名誉大主教。南アフリカにおける正義と人種間の融和を推し進める運動で卓越したリーダーシップを発揮した。1984年にノーベル平和賞、2009年に大統領自由勲章を受章。1996年、ネルソン・マンデラによって南アフリカの真実和解委員会の委員長に任命され、人種間の衝突と圧制を経験した後の新たな道筋を切り拓いた。平和と人権を守るために世界中のリーダーたちが協力し合う組織「エルダー」の初代会長でもある。ツツは道徳的な声の先導者、希望の象徴とみなされている。生涯を通じて世界中の人々に耳を傾け、愛と思いやりの大切さを教えてきた。現在、南アフリカのケープ・タウンに住んでいる。tutu.org.za

ダグラス・エイブラムス

Douglas Abrams

作家、編集者、著作権代理人。空想家たちがより賢明で健全な公正世界を生み出すのを助ける創造的な書籍とメディアのエージェンシー「アイディア・アーキテクツ」の創始者兼社長。過去10年以上もの間、デズモンド・ツツの共著者や編集者として働く。自身の著作権エージェンシーを設立する前は、ハーパーコリンズ社の副編集長や、カリフォルニア大学出版の宗教部門の編集者を9年間務める。グローバルな文化の進化の次の段階への橋渡しをする本やメディアの力を信じている。現在、カリフォルニアのサンタ・クルスに在住。idea-architects.com

菅靖彦

すが・やすひこ

翻訳家。日本トランスパーソナル学会顧問。この40年来、自己成長や癒しをテーマに執筆、翻訳、講演を行なっている。著書に『心はどこに向かうのか』(NHKブックス)、主な訳書に『ずっとやりたかったことを、やりなさい。』(サンマーク出版)、『サレンダー』(風雲舎)、『意識のスペクトル』(春秋社)などがある。

よろこびの書
変わりゆく世界のなかで幸せに生きるということ

2018年9月20日　初版印刷
2018年9月30日　初版発行

著　者　ダライ・ラマ　デズモンド・ツツ　ダグラス・エイブラムス
訳　者　菅靖彦
発行者　小野寺優
発行所　株式会社河出書房新社
〒151-0051
東京都渋谷区千駄ヶ谷2-32-2
電話　03-3404-1201（営業）
03-3404-8611（編集）
http://www.kawade.co.jp/
組　版　株式会社キャップス
印　刷　株式会社暁印刷
製　本　株式会社暁印刷

Printed in Japan
ISBN978-4-309-20750-6